ELOISA DONADELLI

LE VOCI DELLE BETULLE

Sperling & Kupfer

Questa è un'opera di fantasia. Nomi, personaggi, località e avvenimenti sono frutto dell'immaginazione dell'autrice o usati in chiave di finzione letteraria. Qualsiasi rassomiglianza con fatti, luoghi reali o persone, realmente esistenti o esistite, è puramente casuale.

Il brano di Alda Merini è tratto da *L'anima innamorata*, Frassinelli, Milano 2000.

Si ringrazia per il permesso di pubblicare brani dalla canzone *Nuotando nell'aria* dei Marlene Kuntz, testo di Cristiano Godano, musica di Cristiano Godano, Gianluca Bergia e Riccardo Tesio © 1994 Universal/MCA Music Italy S.r.l. Per gentile concessione di HAL LEONARD MGB S.r.l., Italia

Pubblicato per

Sperling & Kupfer

da Mondadori Libri S.p.A.

Published by arrangement with Meucci Agency, Milano

ISBN 978-88-200-6538-6

I Edizione giugno 2018

Anno 2018-2019-2020 - 1 2 3 4 5 6 7 8 9 10

A te, nonno Giovanni, che ora sei nel vento.

Tu non sai: ci sono betulle che di notte levano le loro radici,
e tu non crederesti mai che di notte gli alberi camminano
o diventano sogni.

ALDA MERINI

Oggi

Era un autunno che aveva ancora del silenzio da dare. Il silenzio struggente del cambiamento e dell'accettazione.

Le betulle stavano abbandonando le loro foglie. Avevano sfumature color bronzo e cadevano leggere sul prato sfinito, che si preparava a sospendere la vita e accogliere l'inverno.

Le foglie danzavano e le sfiorarono il capo, le si appoggiarono tra i capelli, le accarezzarono le braccia, le toccarono le guance arrossate, le si infilarono nella scollatura, impertinenti, tra i seni.

Bernadette ne afferrò una con la mano. La sgretolò e la foglia finì in niente. Ma sentirle addosso era una sensazione bellissima. Era la sacralità della natura che la avvolgeva, nuda.

Quel giorno aveva parcheggiato in basso, alcuni tornanti più sotto. Poi era risalita a piedi, accompagnata solo dal rumore dei passi e della ghiaia sotto le suole. L'aveva fatto per una sorta di rispetto, per preparare le betulle alla sua presenza fisica.

Arrivata lassù, prese il sentiero che portava alla radura di eriche. L'attraversò e arrivò al suo bosco.

Mosse le mani per smuovere l'aria, per abbracciare l'anima del luogo. Ne percepì subito le vibrazioni e si sedette al centro, vicino alle pietre con i nomi incisi.

La casa di sasso era ormai chiusa. Le betulle stavano ripiegandosi su di essa, per nasconderla. Giosuè aveva pronosticato che l'avrebbero fatto, che quelle piante pioniere, sempre in cerca di nuova terra, sarebbero andate contro natura e avrebbero protetto la loro storia per sempre.

Bernadette alzò il viso e guardò un tiepido sole sfumare intrecciato tra i rami, quando le foglie in volo, improvvisamente, vennero intrappolate dal vento, che gliele lanciò addosso con violenza. Si sentì trafitta. E le si aprì il cuore. Ricordò tutto il dolore provato per arrivare a essere se stessa.

E fu un'esplosione. Il vento, le foglie, i rami nudi, i tronchi bianchi, la sottigliezza maestosa di chi ha coraggio.

Il cuore le scoppiò nel petto. Fu una forza mostruosa che non aveva mai provato. Risuonò, come un gong ancestrale, come musica delle sfere, e l'energia si diffuse in tutto il corpo. Le si colorarono le guance, le pizzicarono i polpastrelli, si contrassero i muscoli, si inumidirono le gambe.

Era l'amore di tutti loro, tornati per dirglielo. Che l'amore lo vivi tutto, nell'anima, sul corpo. E devi essere libera per comprenderlo. Senza ieri, senza domani. Se devi amare, devi farlo nel non-tempo, dove tutto ha un senso e una sua necessità.

Bernadette si sentì viva come neanche in cent'anni avrebbe potuto mai essere.

E apprese anche l'ultima lezione delle betulle.

Avere radici per restare e foglie per sognare.

1

Spostamenti

Luglio 2016

È UN'ESTATE calda e umida, di quelle che riempiono l'aria di zanzare tigre e hai voglia di granite alla fragola e di vivere in un bosco, pieno di aria blu e ossigeno alla menta.

Bernadette Laudis tiene con una mano la figlia e con l'altra trascina un trolley. A tracolla indossa una borsa fatta di pezze di stoffa colorate, cucite insieme senza criterio, così poco capiente da contenere una Nivea, fazzolettini di carta, un mp3 con musica classica, un paio di occhiali da sole e fogli strappati dalle riviste femminili che si compra ogni tanto al sabato e legge sdraiata nella vasca da bagno. Quegli articoli racchiudono i suoi buoni propositi per il futuro.

Si avvia leggera verso il gate numero 3, gustando la brezza spavalda dell'aria condizionata, poi si copre un poco la pancia con la borsa, perché ogni tanto soffre della sindrome da colon irritabile, getta uno sguardo alle lunghe file di viaggiatori, seduti in attesa sulle poltroncine geometriche, e nota che la maggior parte indossa auricolari con chissà quale musica e mascherine per silenziare la luce.

Le paiono tutti immersi in una bolla, isolati dalla vita che scorre, perché le partenze sono questo: pause leggere dalla vita. Ultimamente cominciano a piacerle gli spostamenti veloci, un salto temporale pronto a scalciare il passato per spronare il futuro ad arrivare forte e chiaro, che poi è esattamente ciò che desidera.

Solo un viaggio aereo può finalmente sbloccare le ultime energie stagnanti, pensa sulla porta del Boeing Alitalia, mentre fa un cenno di saluto alla hostess, vestita di verde, le labbra aperte in un sorriso dal rossetto color prugna.

Guarda un'ultima volta i biglietti su cui spicca la data, 21 luglio 2016, e mostra alla figlia il numero delle poltrone, 12 D e C. Infila a fatica nella cappelliera già piena il trolley, una valigia squadrata di colore rosa, che le hanno regalato Silvia e Lili.

È la prima volta che lei e la figlia prendono un aereo insieme e si accusa di aver tardato così tanto. Mentre si siedono accanto a una signora anziana, si girano verso la fila a fianco, dove una coppia sta discutendo in maniera sgraziata.

Malvina non ci fa caso, è elettrizzata da ogni lucina, dalla voce dell'altoparlante, dagli spazi circoscritti. Poi prende materialmente possesso della sua postazione, schiaccia tutti i tasti visibili con stupore, posiziona la poltrona in alto, in basso, ancora su, poi giù, alla fine infastidisce l'anziana scrupolosa che sta litigando con dei collant contenitivi. Chiede scusa alle lamentele della pensionata e si riaggancia la cintura due o tre volte, fruga nella tasca che ha davanti, per poi venire letteralmente rapita dalle immagini di una hostess che spiega la procedura di salvataggio. Bernadette invece si accartoccia sul sedile, sperando di ricucire completamente quell'anno pieno di slabbrature di vita.

Ha indosso una sottoveste in seta color rosa antico, con sopra una maglia informe color liquirizia dalle impunture larghe che possiede da una vita, e dei sandali da gladiatore romano, che tiene inchiodati al pavimento per non pensare di stare in bilico fra le nuvole. Lei ama volare con i pensieri e la musica, ma non con il corpo, ché poi le vengono quelle vertigini ingloriose di quando ci si affaccia da un terrazzo troppo esposto.

Apre nuovamente la borsa, che terrà sulle ginocchia per tutto il volo, e tra i mille oggetti fluttuanti senza criterio trova il Rescue Remedy: ne mette quattro gocce sotto la lingua – la farmacista le ha assicurato che è infallibile contro gli attacchi d'ansia –, poi si aggrappa al dito della figlia per acquietarsi.

«Cosa bevi, mamma, l'amaro come il papà?» chiede la piccola.

«No, tesoro, solo una medicina per fare un buon viaggio!»

«Allora devi darla anche a me, perché non ho mai volato.»

«Non dirmi che hai paura!»

«Paura? Sono felicissimissima!»

«Anche io», dice lei deglutendo.

La giovane coppia seduta nella fila di fianco comincia a discutere con un tono di voce più alto, attirando l'attenzione di tutti.

«Ogni volta, ogni singola volta che andiamo da qualche parte, tua madre sta male. E se non sta male lei, stai male tu e bisogna tornare a casa in anticipo, Cristo Santo!» urla l'uomo.

«Non permetterti di offendere mia madre, con tutto quello che fa per noi.»

La moglie ha capelli crespi e denti grandi da castorino. Di sbieco, pare una tipa tutta Azione Cattolica, che sparge verbi da «fatebenefratelli» ma pretende di avere sempre l'ultima parola; lui invece è un giovane lungo come uno spazzolino da denti e sta perdendo ogni forma di contegno mentre gonfia i polmoni contro suocera e moglie madre-dipendente.

«Se non ci fosse quell'impicciona, saremmo una coppia! E sinceramente mi sono rotto di dipendere da lei ed essere controllato da lei! Lei, lei, lei. Non esiste che esca dal bagno in mutande e me la ritrovi lì a fissarmi, ché mi fa pure venire i complessi!»

Bernadette si immagina l'uomo con indosso dei boxer di cotone, larghi e vuoti, di fronte a una suocera pettoruta con il mento alzato e il dito puntato, e ride. Intanto la hostess con il rossetto prugna chiede con gentilezza studiata se desiderano da bere.

«Posso chiedere una Coca-Cola, mamma?» chiede Malvina, entusiasta. Lei sorride, ordina del succo d'arancia fresco e pensa che la famiglia non te la puoi ordinare al bancone del supermercato, come fosse un etto di prosciutto e due di formaggio Latteria.

La famiglia è il legame con il passato, l'uovo da cui si emerge per danzare nel mondo, il filo che ricorda chi sei e da dove provieni. La sua, in particolare, è arrivata, in tempi diversi e misteriosi, ma è giunta. Per lo meno, gli ultimi eventi sconnessi della sua vita le hanno insegnato a essere libera sempre, di cervello, di sangue, di cuore, senza dipendenze e limitazioni castranti.

L'amore coniugale invece lo si può scegliere, perché è il futuro. Basta coglierlo tra le direzioni del proprio vento.

Bernadette assapora la bevanda e, mentre giocherella con la borsa, le viene in mente un passatempo che faceva con la figlia quando era più piccola: vi infilava delle formine e la bimba doveva indovinare l'oggetto toccandolo. Porge il bicchiere vuoto alla hostess e ottiene in cambio una bustina di mele disidratate.

Mentre le afferra, si volta a guardare oltre. Oltre le file ordinate di gente colorata che attende di arrivare al mare. Oltre le mille espressioni di visi aperti, come fiori sbocciati al sole. E pensa alla sua vita.

Poi ruba un auricolare a Malvina, che sta ascoltando una canzone ritmata di Max Gazzè. Le note le fanno battere i piedi a tempo, piedi che zampettano su quel vuoto che si sta colmando, grazie ad alcuni segreti di famiglia che sono sfuggiti di mano a tutti loro, che si sono inspiegabilmente sfilacciati dai loro polsi, come palloncini gonfiati a elio.

L'aereo intanto si libra deciso verso il sole del Salento. Malvina scruta meravigliata la luminosità del cielo limpido. «Mamma, guarda quella nuvola, sembra un puffo!» dice sfilandole la mano in quel momento placido di tempo fermo.

Bernadette zittisce il timore del vuoto che le ricorda le mancanze e guarda quel letto di cotone candido, posato sui colori tenui di un mondo visto dall'alto. Vi immerge la somma della vita: il non avere mai ascoltato la voce del cuore, il divorzio, il mistero di quei genitori meravigliosi e geniali che l'avevano cresciuta nonostante tutto e in particolare il pensiero che l'amore ha legami inspiegabili che vanno oltre il tempo e la nostra stessa natura. Come un suono infinito.

In un lampo rivede le betulle e sente ancora il loro abbraccio antico, con il segreto di sua madre nascosto tra le radici.

Poi riprende il dito di Malvina per prepararsi all'atterraggio. Le attende, in Salento, la masseria di un passato che reclama il presente.

2
Cavaliere del lavoro Orazio Laudis

Il cavaliere del lavoro Orazio Laudis apparteneva a una prospera famiglia di calzaturieri meneghini. In realtà, il trisnonno Zeno Laudis era sellaio da generazioni, un utile ma povero membro della categoria di artigiani seri e devoti dei secoli andati. Poi, le girandole della vita, guerre, epidemie e sfortune intramontabili obbligarono la famiglia a cadere e rialzarsi con ancora più devozione, tanto che, durante la Prima guerra mondiale, il bisnonno Luigi usò la propria arte per compiacere un colonnello nano e borioso, più empatico verso i cavalli che verso tutti gli alpini che incitò a morire sul Piave, e riuscì a salvarsi il sedere.

Finita la guerra, usò l'astuzia commerciale per ampliare l'attività, acquistando la posta, laddove carrozze e calessi facevano tappa per assestarsi con l'aiuto di sellai e maniscalchi. Dopo poco tempo, un nemico micidiale rischiò di far prendere ai Laudis un esaurimento nervoso. L'arrivo delle automobili. Quegli impenitenti motori roboanti usurparono per sempre la professione ai cavalli ma, giusto prima di impallinare uno sfortunato gagà che aveva parcheggiato casualmente di fronte alla posta, Luigi Laudis affondò le mani nel pellame e capì che poteva usarlo per dare forma a qualunque cosa.

Invece delle selle, iniziò dapprima a cucire a macchina coperture per carri, tranvai tirati dai cavalli e automobili, finché una notte ebbe l'illuminazione di fare capotte miniaturizzate, ovvero scarpe.

«Perché i piedi non passano mai di moda!» disse illuminato, mentre stappava un brindisi di capodanno, felice come se avesse scoperto le onde radio.

E la fantasia di quegli avi sellai, che con aghi e filo cerato avevano regalato un tocco d'arte a morsi imbrigliati e cinghie resistenti, lasciò rimasugli di estro nel DNA. Il cuoio e le tomaie azzeccarono forme comode e guantate, che piacquero a una certa clientela facoltosa. Nacque così il prestigioso marchio Laudis & Co.

Laudis: scarpe artigiane di qualità.

Così recitava la prima pubblicità, uscita a colori su un *Corriere della Sera* del 1922, ancora incorniciata in un bel quadretto ingiallito appeso in ufficio.

I nuovi laboratori furono alloggiati nella posta, un lungo e vecchio porticato di mattoni color terra bruciata poco distante da piazza Piemonte, che assomigliava all'architettura di certe cascine padane ormai abbandonate al loro inesorabile declino. Le grandi arcate vennero sigillate con vetrate luminose che davano su un ampio piazzale di ghiaia fine. La navata centrale della costruzione a un piano fu riservata ai numerosi calzolai, in maniche di camicia arrotolate, protetti da ampi grembiuli di pelle. Lavoravano tra le rastrelliere piene di scarpe, piegati su deschetti coperti di tomaie e di forme dei piedi dei clienti. Alle due estremità stavano gli uffici in cui lavoravano modeste ma capaci segretarie, sedute impassibili di fronte a grandi scrivanie in legno, circondate da pareti zeppe di cassettiere sottili. Dalla parte opposta era situato l'ufficio privato dei Laudis.

Nel seminterrato si trovava il deposito vasto e buio, in cui lavoravano un capo magazziniere e alcune donne che preparavano gli imballaggi delle scarpe, avvolgendole con cura in una velina di color bianco intenso e ponendole con grazia nelle scatole. Il capo magazziniere annotava sul bordo della scatola di cartone leggero il modello, il colore e il numero, dapprima a mano, poi incollando etichette prestampate. Quando il suo lavoro venne modernizzato, andò in pensione ed evitò lo sconforto di essere sostituito da una macchina.

I Laudis poterono finalmente permettersi di lasciare gli umidi appartamenti in affitto sui Navigli e commissionare la costruzione di una villa signorile di opera eclettica. La nuova dimora fu edificata in via Monferrato, vicino al grande mercato comunale e al nuovo Teatro Nazionale, a cui si arrivava comodamente con un tram che all'epoca aveva il pregio di correre tra i campi di grano ancora presenti in città.

La casa fu progettata dall'architetto Lanci nel suo periodo di massimo fervore. A pianterreno erano collocati i locali di ricevimento, mentre al primo le camere da letto. Nel seminterrato le cucine e i servizi. Le sale erano riscaldate con batterie all'avanguardia, disposte nei sotterranei, che riscaldavano l'aria presa dal giardino. La facciata aveva la zoccolatura in serizzo ghiandone, le parti superiori erano in mattoni stilati a vista, mentre le finestre avevano i cappelli in verde di Roja e le mazzette rivestite in lastre di marmo. Ai Laudis parve una reggia, soprattutto per il portavivande che passava da un piano all'altro.

La ditta era fiorita in maniera prodigiosa per l'abilità con cui i maestri calzolai modellavano forme di legno personalizzate e, grazie a un passaparola entusiasta, la fama si diffuse tra nobili dell'epoca e personaggi di spicco. Anche il famoso pugile Primo Carnera fu cliente d'eccezione con i suoi piedi numero 52.

Orazio senior, il figlio di Luigi, sposò Liliana Benn, la figlia di un notaio trentino che conobbe in una gita sul lago di Garda, a Sirmione, quando, giovane e spavaldo, venne mandato dal padre per acquistare pellami. Di lei, prima notò il cappello dalla falda larga, ornata da una lunga piuma di fagiano che spuntava da un roseto, su cui la ragazza si era chinata per cogliere il profumo. Lei apprezzò quei due lunghi baffi corvini e il sorriso birichino.

Iniziarono allora a passeggiare insieme, lungo le rive placide e meste di un'estate che annunciava l'arrivo di una nuova guerra. Liliana si trasferì a Milano e si dedicò al giardino un poco trascurato della villa, per trasformarlo in un angolo sereno, profuso di rose intervallate da cariofillata e calicanto, che le ricordavano il panorama rurale della valle da cui proveniva, ma soprattutto per non pensare a quegli anni in cui il mondo pareva sgretolarsi. Avrebbe anche piantato filari di melo per sfamare le persone, ma Orazio senior le ricordò che Milano non era la val di Non.

Quest'ultimo venne esonerato dal conflitto grazie ai fratelli maggiori, che furono sacrificati dallo stato sovrano in difesa del popolo, e Liliana si dedicò agli orti di guerra sorti in città. Orazio junior nacque il giorno in cui fu dichiarata la liberazione e i genitori festeggiarono entrambe le novità, per scacciare un passato che aveva spazzato crudelmente mezza Europa.

Nel dopoguerra, i Laudis rimasti furono di nuovo in grado di cavalcare il boom economico lanciando il marchio verso un mercato internazionale, fedeli alla scelta fondata sulla qualità piuttosto che sui grandi numeri, così che il nuovo *establishment*, ovvero i clienti danarosi, rimasero affezionati a quell'uomo bonario che arrivò persino a fasciare i piedi di nobili anglosassoni.

Poi, negli anni Settanta, sbarcarono in Italia le Nike, e Orazio senior si offese con il mondo.

«L'era delle scarpe serie è finita, figlio mio. Se le persone hanno intenzione di mettersi ai piedi copertoni bruciati, io non ho proprio capito niente!» disse a Orazio junior dopo il meteo di Bernacca.

Poco dopo, morì sulla soglia del calzaturificio, poiché il cuore si era fermato senza annunciarsi, lasciando tutta l'eredità a quell'unico figlio omonimo.

3
Parti di noi

Settembre 2015

«I FIGLI sono parti di noi che se ne vanno in giro per il mondo», Bernadette meditò su quella frase che aveva appena letto in un'immagine scorsa velocemente su Facebook. La scritta stava sotto la foto di una meravigliosa donna color ebano, con in braccio un figlio appena nato. Le pareva una filosofia giusta ma fastidiosa: non aveva nessuna voglia di separarsi dalla sua bimba, anzi, l'avrebbe seguita ovunque, in classe, alle lezioni di pianoforte, ai compleanni delle amiche, per continuare a mangiarne l'odore, accarezzarle le pieghe della pelle, osservarne i piccoli peletti scuri sul viso come quando era neonata. Era il suo nutrimento materno.

Quella mattina di metà settembre, Malvina se ne stava a saltellare in piazza, sulle spalle uno zaino lilla pieno di libri, quaderni e fantasie, in attesa che la campanella chiamasse per l'inizio delle lezioni.

Camilla e le altre compagne la tiravano per le maniche per cercarne l'attenzione, le sussurravano qualcosa, poi risero insieme prima di varcare il pesante portone scuro della scuola.

Poco prima, Bernadette le aveva afferrato il mignolino che fuoriusciva dal giubbotto, lo aveva accostato alle labbra per riempirlo di baci e assaporarne la leggerezza dell'essere.

Il loro è un mondo di zucchero filato, pensò con malinconia. Malvina aveva otto anni e, come spesso faceva quando si alzava di buon'ora, si era acconciata i capelli con gioielli in legno colorato e mollettine fosforescenti, tanto che pareva un talismano, ma forse lo era davvero, con quell'innata allegria che si portava sempre appresso.

Bernadette si diresse, un poco infastidita dal vento, nel piccolo bar di Ugo, un ambiente amato dagli alpinisti che riempivano il paese nelle stagioni consone.

Il locale aveva pareti ocra e mobili squadrati, non c'era nulla sui muri, niente poster, foto, quadri, solo un vuoto elegante e legno di larice, sopra, sotto, ovunque con un odore pieno che penetrava nelle narici e donava al bar un aspetto vergine, incontaminato.

«Per conciliare la natura umana», diceva sempre il signor Farmaden. Bernadette sorrise nel ricordare quelle parole, poi diede un'occhiata al bancone, dove erano esposte fette di pane nero, spalmate di ricotta e marmellata di mirtilli, per ingraziare la fame.

Da profonda milanese qual era, aveva subito apprezzato con ingenuità le caratteristiche della piccola stazione turistica in cui ora viveva, adorava i profumi caserecci e le piaceva il pane di segale, che sapeva di cibo vecchio, impastato da storie di tempi in cui la terra era dura come marmo. Lo mangiava spesso. Secco. Se lo sgranocchiava finché non diventava briciole. La notte. Soprattutto da quando non dormiva più bene, si svegliava all'improvviso e le pareva di soffocare.

Si tolse il piumino verde scuro, lo piegò con le mani e lo appoggiò sullo schienale della sedia. Prese posto al tavolo vicino alla grande vetrata. C'era una visuale completa sul cuore pulsante del paese, una piazzetta delimitata da edifici fondamentali come il municipio, la scuola elementare, il panificio e la farmacia; oltre, si scorgeva il campanile della chiesa di San Rocco, che non sfuggiva di molto a quella planimetria perfetta.

Era un crocicchio di passaggio tra il centro storico e il grande parcheggio comunale, l'unico a disposizione degli abitanti, e al mattino, quando poteva, Bernadette amava regalarsi quella pausa con le amiche, prima di intraprendere la giornata.

Dopo aver ordinato un caffè d'orzo in tazza piccola, vide un uomo minuto, scaldato da un giacchettino in loden, attraversare la piazza e trascinare con delicatezza un uomo grande quanto lui, vestito allo stesso modo ma con tratti del viso più sfumati. Il secondo uomo seguiva metodicamente i passi del primo come un funambolo incerto.

Da dietro i vetri, salutò con un ampio gesto della mano il signor Hans Farmaden, il suo datore di lavoro, e suo fratello Klaus.

«*Schnell, Klaus, schnell!*» lo sentì da dietro la vetrata incitare il fratello, che farfugliò qualcosa con lentezza, si fermò per accarezzarsi le mani, sbuffò e ripartì di nuovo, incerto su cosa dire o fare. Era facile anticipare i suoi gesti, Klaus era una persona elementare, un bimbo nel corpo di un uomo che cercava certezze negli altri. Solo questo gli bastava per essere felice.

Finalmente arrivò Silvia, trafelata, era vestita di colori caldi e indossava il fruscio della sabbia sotto i piedi.

«Ciao, tesoro. E smettila di guardare la scuola!» tuonò con accento catanese, poi ordinò un cappuccino e tirò la sedia a sé, graffiando il pavimento.

«Lasciala crescere in pace, tua figlia, tanto mica puoi evitare che diventi grande! Sta con Camilla in classe e la loro maestra non è una violenta che insulta i bambini, quindi siamo in una botte di ferro.» Poi, muovendo il braccio pieno di braccialetti e ciondoli, indicò le finestre del secondo piano, dove sui vetri erano attaccati disegni di castagne, ricci, foglie e animaletti del bosco.

«Vedi, stanno avendo un'infanzia serena, hanno maestre che lavorano di colla coccoina, pastelli a cera e punteruoli... come noi, una volta.»

«Ma va', mi stavo solo chiedendo se avesse dimenticato qualche quaderno! Ultimamente ha la testa per aria!»

«Come te, che sei sua madre!» Silvia cominciò a versare lo zucchero nel cappuccino.

«Da qualcuno avrà pure preso, la mia Malvina! Di certo non da mio marito! Lui ha i piedi ben piantati sulla terra», e spalmò uno strato invisibile di marmellata sul pane.

«Anche troppo! A proposito di padri, sai che i genitori di Paolino si sono lasciati?»

Bernadette storse il labbro. «Anche loro? Sono i terzi in classe, quest'anno.»

L'amica annuì e si accarezzò i ricami della maglietta,

infine rise. Rideva sempre e portava gesti caldi in una terra fredda.

«Se andiamo avanti così, la loro classe avrà il record dei divorzi. È un'ecatombe di matrimoni!» Silvia mise la seconda bustina di zucchero.

«Certo che i suoi genitori sono proprio giovani...»

«Sì, l'hanno avuto prestissimo. Ieri ho incrociato Maura, sua madre. Era in lacrime.»

«Povera! Ma perché? Maura sembra un uccellino! Ha i lineamenti delicati e quel modo di camminare discreto, come chi non ha ancora deciso dove infilare la vita. Certe madri mantengono sempre la loro ingenuità, racchiusa in quegli zainetti lilla fuori da scuola.»

«In vena di poesia, oggi?» e raccolse la schiuma con la punta del cucchiaino e la posò sulle labbra.

«Oh, guarda, non proprio.»

E risero all'unisono.

«Comunque Maura mi ha detto che aveva un prurito, un prurito fastidiosissimo che non passava più. 'Devo venire da lei dottoressa, prenderò un appuntamento. Spero che quel fetente non mi abbia attaccato nulla...' E si è aperta come una diga piena d'acqua, che neanche respirava tra una parola e l'altra. Suo marito è uno stronzo, perché l'ha lasciata per mettersi con un'altra. Messo proprio, nel senso del termine, l'ha messa incinta!»

«Noooo! E adesso... Cornuta e mazziata! Come mi spiace, e se non sbaglio cercava pure lavoro. Forse per mantenere il figlio. Se fossi in lei non saprei dove sbattere la testa.»

«Vedrai che qualcosa di buono le arriverà, dai. Ne ha diritto!»

Silvia, la mamma di Camilla, lavorava come ginecologa all'ospedale locale. Da piccola era stata sicuramente nutrita di abbracci, perché, quando si è amati da bambini, si è portatori di risate. Una buona infanzia regala la consapevolezza di essere protetti da un amore che non muore mai. Mai. Oltre il tempo e la distanza.

«Se ti vuoi bene, avrai la forza per affrontare ogni avversità», le ripeteva sempre Orazio, suo padre, quando si presentò quell'età incerta che era l'adolescenza.

«Ma la forza va protetta, perché gli altri la invidiano e cercano di reciderne le gemme», aggiungeva sua madre, che conosceva la perfidia femminile.

«Allora aspetta un altro figlio? Cavolo. E, minimo, l'hanno fatto solo una volta e per caso.» Bernadette riprese il discorso, perché aveva una sensibilità innata verso le donne lasciate sole con prole. Le parevano senza intelaiatura, animali selvatici privati di uno scheletro e quindi costretti a ripiegarsi su loro stessi per proteggere il cucciolo con la propria vita.

«Ma figurati, come sei ingenua. Agli uomini piace spargere DNA!»

«Già, tu ci lavori su questo, sei più ferrata...» e addentò il pane con la marmellata.

«Certo che ci lavoro sui DNA lanciati per il mondo. E il mio ex marito ha scoperto l'elisir di lunga vita, grazie alle infermiere che si spolvera nei turni di notte. Oddio, non sono tutte così, però quelle da cui meno te l'aspetti nel turno di notte si trasformano.»

«Dai, non pensarci più ora. E comunque il buio è strano.

Io ho un modo di pensare, di percepire le cose diverso quando manca la luce, come se perdessi ogni condizionamento.»

«A parte il buio, la nuova compagna del marito di Maura ha un bimbo di un anno. Insomma, un casino pazzesco in due mesi. Altro che disinibiti, sono debosciati!»

«Ah, allora si ritrovano con tre figli in tre! Certo, poi in questi tempi di magra, con quel che costa mantenerli...»

Sorrisero con una profonda amarezza nel cuore.

Vite sfasciate. Figli scarrozzati tra piccoli e brevi piaceri. Bernadette ritornò al ricordo lontano di suo padre, che l'aveva cresciuta nella semplicità dei sentimenti, nell'equilibrio del cuore.

Lei non avrebbe mai voluto camminare su un filo sospeso, tirandosi dietro sua figlia come un funambolo per caso, aveva imparato che, se voleva stare sull'orlo di un precipizio, doveva farlo da sola.

«Ogni vita è un fiume, Silvia. Proteggiamo o trasciniamo con noi gli altri», disse mentre afferrava il piumino dalla sedia.

«Non sono tutti all'antica come te», e Silvia si avvolse in una sciarpa dai colori chiassosi.

«Hai ragione, sono proprio vintage!»

«Lavori oggi?»

«Ho la giornata libera.»

«Io no, tesoro, corro in consultorio a visitare i pruriti. Certi danni non si riparano più.» Silvia infilò cellulare e chiavi in borsa, si dimenticò di pagare la colazione, le lanciò un bacio svolazzante e corse in ospedale.

«Buon lavoro!»

Forse sono in bianco e nero, come diceva mio padre Orazio, pensò Bernadette, soffermandosi ancora un poco al bar per osservare il paese che si animava.

4
Luoghi sconosciuti all'anima

CERTE persone sono come uccellini scivolati giù dal nido. Il primo sguardo cade su luoghi che rimarranno sempre sconosciuti alla loro anima e allora vagano per il resto della vita a cercare la culla perduta, dove posare finalmente le ali impolverate dal tempo, fuggito inesorabile.

Così fu per Agata, che aspettò la tempesta di grandine e lampi del 1963 per nascere. Stava diventando giorno quando suo padre, un uomo alto e dal portamento pulito, uscì dalla baita protetta dalle betulle, come una furia, coperto da una cerata verde e un cappello di panno povero, che si teneva fermo con la mano sinistra mentre con la destra si sorreggeva ai tronchi per non scivolare. La levatrice stava a valle e lui non aveva il telefono. Scelse il lato ripido, scendendo a perdifiato per il bosco. Gli alberi gli furono cari, non gli permisero di scivolare nei tratti più impervi, lo protessero dallo sciabordio, scansarono per lui le saette. Quando giunse in paese, bussò al portone svegliando anche il marito, ormai abituato alle levatacce, riempirono lo zaino con gli strumenti quasi chirurgici e se la trascinò sotto la pioggia per risalire. Corsero, cercando di stare lontani dai tronchi, facili prede dei fulmini, e si inzupparono gli scarponi. Intanto la partoriente stringeva i pugni sino a farsi male, adagiata su lenzuola pulite.

Agata nacque nel silenzio dei gesti, perché la levatrice e suo padre non arrivarono in tempo. La madre partorì e poi si accasciò muta, sconvolta ed esausta, dimenticandosi di accogliere la figlia tra le braccia. La bimba perse, in quel primo vuoto, il suono e l'odore di chi l'aveva generata e smarrì l'impronta originaria, fugando per sempre il legame con il suo inizio. E pianse a lungo, comunicando al bosco il suo arrivo. Le betulle accolsero quella presenza piegandosi leggermente verso la casa, per cercare di avvolgerla. Ma fu solo il primo abbraccio del padre che la tranquillizzò, trasformandola in una foglia solitaria fra tronchi solidi, in bilico tra il rispetto e il timore per la valle scura in cui crebbe.

E più la bimba-tempesta scansava il contatto con gli elementi naturali, più sviluppava una forte connessione con essi, riuscendo a percepirne i respiri ancestrali, elaborando sensazioni da cui sarebbe germogliata una personalità difficile.

Allora l'ombra inesorabile, l'umidità, le pareti bugiarde, le muffe viscide e i colori misteriosi del fitto sottobosco si annodarono tra loro e le entrarono dentro, come una nuvola scura che le si fermò per sempre al centro del petto. Comprese da quel momento la tristezza arcaica di rocce private della possibilità di evolversi, i sensi di colpa di abeti nei boschi amari che soffocavano il terreno sottostante, la timidezza dell'acqua limpida che sfuggiva sempre in basso, per adempiere le sue funzioni, e soprattutto la mancanza di connessione tra i due mondi.

Cercò sempre di scacciare quella massa nera che pesava sul suo petto, ma non ci fu nulla da fare, rimase lì. In principio si lamentò continuamente con i genitori, come una pentola di castagne messe sulla fiamma a bollire. Borbottava principalmente con il padre, tirandogli i lembi delle camicie a quadrettoni. Lui la guardava dall'alto preoccupato, scostandole la manina.

«Che faccino triste!» le diceva, dandole un buffetto sincero sulla guancia.

Lei muoveva il ditino a destra e a sinistra e raccontava che non sopportava l'umido della notte nella camera buia a cui si accedeva da una scala esterna, il freddo dell'inverno che le solleticava il collo scoperto facendole venire i brividi, il vento frizzante che le si intrufolava imperioso tra le vesti come un amante non voluto, la brina mattutina che sentiva anche nelle ossa, la primavera, perché quando starnutiva le si gonfiavano gli occhi, l'estate, perché le cicale e il loro cri cri le mangiavano le trame della maglia con quella loro natura solare e irruente che urtava la sua essenza scontrosa.

«Ma ci sono anche le cose belle, guardati intorno!» rispondeva lui, abbassandosi per fissarla negli occhi.

Lei correva ad abbracciare le betulle e muoveva l'indice per dire «no no, mi fa paura il bosco buio che sta là dietro». Purtroppo non colse le pietre luminose racchiuse tra le montagne, non riuscì a vedere la rinascita delle piccole gemme che facevano timidamente capolino tra i rami di ogni marzo, né le sfumature preziose di bianco e argento intrappolate nelle sottili betulle che continuavano ad amarla. Se solo si fosse guardata intorno, non avrebbe scelto la fuga.

Suo padre Giosuè era un pastore che odorava di fieno, letame e mammelle appena munte. Viveva grazie al latte di mucche e capre con cui produceva un buon formaggio. Lui amava quelle valli terribili. Erano resina fluida che oliava la sua vita semplice.

La madre, Isolina, si accostava al marito come un manto grosso e caldo, silenzioso ma presente.

La famigliola viveva prevalentemente nella casa di sasso isolata nel bosco delle betulle, mentre nei mesi più freddi si trasferivano tutti, cristiani e non, in paese.

Agata pensava di essere nata per sbaglio tra quei genitori semplici, poco loquaci ma premurosi, e si interrogò più e più volte sul fatto che la cicogna avesse sbagliato indirizzo. Li amava, per carità, ma come due simpatici personaggi che la accudivano.

Per forza di cose aveva dovuto accettare l'unica vita che le era stata donata, senza godere dei frutti, che restano invisibili a chi non li vuole vedere.

Durante l'adolescenza cominciò a percepire la sua fragilità. Quando poteva si appostava sulle pesanti rocce protese a valle, oltre le betulle, poggiava le mani sul muschio, respirava l'odore del verde e sentiva la solitudine del bosco. In quei momenti le mancava il respiro e quell'agglomerato scuro le premeva sul cuore, facendole paura. Allora si imponeva di guardare oltre le montagne della Svizzera, sperando di andare lontano un giorno, per non farsi spegnere da quella vita selvatica.

Poi, la notte, si raggomitolava sotto le numerose coperte calde, che sapevano di naftalina, e sognava il mondo che non conosceva. Mura che attutissero i movimenti, corridoi che indicassero la via, luci, tante luci a tutte le ore. Voleva una città con gente raffinata, non certo animali puzzolenti di urina secca che ti facevano svegliare all'alba. Desiderava strusciarsi contro carte da parati che ingigantivano gli orizzonti, rotolarsi su divani morbidi, ampie sale in cui ballare e lenzuola gigantesche in cui perdersi. Sognava cameriere che le cucinavano risotti e biancomangiare.

Non per una questione sociale, piuttosto per una curiosità atavica.

Al risveglio rimaneva frustrata, senza parole con cui intavolare chiacchiere rosa e leggere, che non potevano certo essere udite da miriadi di piante mute che ascoltavano i suoi pensieri segreti senza degnarsi di rispondere.

Restare o andarsene? Crescendo, si trovò davanti a questo bivio senza indicazioni chiare e dovette scegliere tra le radici e l'istinto primordiale.

Agata scelse il secondo e pregò ogni notte che qualcuno la portasse via da quelle montagne introverse.

5
Il drago

Ottobre 2015

Bernadette pagò il conto della colazione a Ugo che, scherzoso, giocherellò con una moneta da due euro che poi le diede come resto.

Lei la infilò nel portamonete e gli sorrise.

Si avviò verso casa, osservando i boschi che si erano tinti di rosso e giallo. Arrivando lungo la valle che portava a Cimacase, colpivano le ripide pareti boschive che custodivano gelosamente il borgo, dando una sensazione di protezione religiosa e distacco dal resto della penisola. Eppure, questo paesotto alpino di diecimila abitanti era stranamente aperto per gli standard montani: grazie all'amore per la propria terra e a una furba rivisitazione urbanistica, avevano conservato un'ottima qualità della vita, che non solo rinnovava continuamente un turismo sano, ma attirava nuovi residenti, portatori di strategie vincenti.

La casa in cui viveva Bernadette era una grande villa moderna in cemento, a due piani, con generose vetrate sulla facciata d'ingresso, progettata dall'architetto Gronchi, un amico di Edoardo, il marito.

Aveva tempo, e decise di pulire a fondo il salotto, per rassicurare alcune sue fragilità che emergevano nei momenti di pioggia e la bloccavano in girandole di pensieri molesti. Durante quell'anno, il 2015, non era successo niente di eccezionale, eppure percepiva di dover dare risposte a pensieri poco chiari, per questo soffocava gli angoli bui spazzando e rassettando.

Sul tappeto blu a motivi floreali dell'ingresso, notò un pezzettino colorato di qualcosa. Sembrava un insetto vestito per il carnevale di Rio, ma forse era soltanto un ciondolo delle collane di Malvina, che adorava agghindarsi di carabattole.

Lo raccolse con la paletta di plastica e vide un ovale smaltato di arancione, che faceva da sfondo a una miniatura. Era un serpente con muso di drago, le linee erano ben definite e dalla bocca usciva una piccola lingua di fuoco grande mezzo millimetro, tratteggiato con minuzia diabolica.

La vista le si offuscò leggermente, quando si accorse che l'ovale era un'unghia posticcia.

Che schifo! pensò. «Ma perché c'è tanta gente che non si basta?» e lasciò cadere la paletta.

Di chi è? si chiese per tutta la mattina. Ossessionata da quel pensiero, nel pomeriggio la mostrò a Malvina, appena rientrata da scuola, che guardò di controvoglia.

«Le mie amiche non mettono queste cose...» disse appoggiandosi una mano sul collo.

«Me lo auguro!»

«Neppure io indosso unghie, neanche le parrucche, mami! Non voglio essere una bambina tutta rosa e cuoricini, io voglio vincere *Junior MasterChef*», e fece svolazzare i capelli castani tagliati appena sopra le spalle.

«E ce la farai. Ne sono sicura!»

Bernadette lasciò andare quel pensiero, per concentrarsi sulla figlia. Era grassottella ma ben tornita, con un visino leggiadro e il naso fine, all'insù. Avrebbe voluto imparare dalla sua allegria, innata in ogni piccolo gesto, a lasciarsi andare e rafforzare il presente.

«Essere come acqua che scorre»: un suggerimento che aveva appreso al corso di meditazione iniziato da poco, in cui si chiedeva di abbandonare i pensieri negativi fuori dal portone e di far fluire le emozioni, altrimenti le energie negative si sarebbero rinchiuse in atomi impazziti.

È facile fare la mamma di Malvina. È un cosino buono e cicciotto. Di sicuro ha preso il perenne buonumore da nonna Josephine, pensò mentre osservava le manine dalle dita corte, sempre sporche di qualcosa di commestibile.

«Cosa cuciniamo, mamma? Dimmi due ingredienti!» la interruppe Malvina saltellando su un piede verso la cucina.

«Mmmmmm, gocce di cioccolato bianco e nocciole!» guardò la dispensa per fare mente locale.

«Le abbiamo?»

Bernadette aprì l'armadietto sopra il lavello, frugò tra i barattoli posti con ordine tra i pacchetti di pasta e si dimenticò l'unghia.

«Sì, bene, le abbiamo!» E Malvina canticchiò una canzone, mentre iniziò il loro gioco segreto in cui chiamavano due ingredienti e trovavano una ricetta con cui amalgamarli.

Così cucinarono biscotti americani, si rilassarono e impastarono il loro amore complice.

Mentre la bimba lasciava cadere a pioggia i pezzettini di cacao indurito in una grossa ciotola, Edoardo aprì la porta d'ingresso con disinvoltura.

Bernadette percepì la giacca buttata con noia sulla sedia trasparente, che si era regalato un mese prima.

Sedie trasparenti e invisibilità dei presenti.

Quella era una delle tante repentine passioni o manie che frastornavano la moglie, non abituata a virate improvvise, poiché celavano temperamenti inediti che avrebbero finito per travolgerli. Lo sapeva per esperienza. Conosceva i sentimenti ellittici del marito, le minuzie ambigue che modificavano il loro rapporto. Fu un attimo ricollegare il tutto con l'unghia drago-serpente.

Eccola la minuzia ambigua, stava nell'unghia, nell'aria soddisfatta del marito, nel dopobarba che ultimamente si spalmava sulle pieghe del collo.

«Papà!» urlò la bimba. Lui le fece un gesto con la mano e rimandò a dopo il resoconto della giornata.

«Edoardo, non è che ti fai fare la manicure?» disse Bernadette seduta davanti al forno, mostrando l'unghia artificiale adagiata sulla paletta.

«Spero tu ti renda conto da sola dell'idiozia della tua domanda!» disse lui arricciando le labbra.

Lei guardò quelle rughe intorno alla bocca. Le sembrò di intravedere del rosso. Rise con amarezza malcelata e lui si sfregò il lobo di un orecchio, un gesto di imbarazzo simulato, che lei non sapeva ancora decifrare.

«Sarà della Tina!»

Tina era una persona deliziosa che lavorava per loro da anni. Curava Malvina durante i loro impegni lavorativi e la aiutava a riorganizzare il lavoro domestico con una meticolosità che non contemplava unghie posticce. Inoltre era una gran cuoca, specializzata in gnocchetti e zuppe proteiche.

La bimba le era affezionata come a una nonna e da lei aveva imparato ad amalgamare gli ingredienti con grazia.

«Ma figurati, dai! L'unica cosa che Tina ha di pitonato è quell'orrenda fodera del cellulare che le ha portato il figlio dal Messico», replicò Bernadette, mentre apriva il forno per togliere i biscotti. «Ma hai mangiato qualcosa di rosso? Fammi vedere, sembri sporco!»

Lui indietreggiò e si strofinò la bocca con il palmo della mano. Un gesto nervoso, repentino e incontrollato.

«Sì!» rispose. «La segretaria ha portato dei cioccolatini da Lugano.»

«E che c'entra il rosso?»

«Avevano la bandiera svizzera colorata sopra!»

Poi si allentò il nodo della cravatta regimental viola e marrone.

Non l'aveva mai notata e, mentre fissava quelle inutili righe, pensò che tutte le sue cravatte erano regali della suocera invisibile, e lui le indossava con indifferenza, più per affetto che per moda.

«È un nuovo regalo di tua madre?» si riferì a lei con dolcezza, voleva bene a quella donnina così timida da sembrare trasparente.

«Non ricordo, l'ho presa dall'armadio», e si mise uno spicchio d'arancia in bocca, per evitare un ulteriore interrogatorio.

Bernadette ficcò, con fastidio, l'unghia di ignoti nel posacenere di cristallo, che ogni anno regalavano alla cena del Rotary Club, le serate monotone in cui si sentiva un'alienata perenne, perché non aveva niente da dare e niente da ricevere, eppure loro continuavano a richiedere il suono del suo violoncello.

Da quando si era trasferita in paese, aveva smesso con i concerti della filarmonica di Milano che la portavano a zigzagare per teatri sparsi in Europa. Quelle esibizioni le mancavano, e proprio per quell'astinenza accettava di buon grado gli inviti a suonare, anche se poi si sentiva sola come un pois solitario su una stoffa grande, tra gente con idee sabbiose e alito pesante.

«Forse l'unghia è di qualche signora del Rotary, perché di qualcuna dovrà pur essere. Magari è caduta nella custodia del violoncello durante il concerto di sabato scorso, o me la sono portata fino a casa impigliata nell'orlo del vestito da sera...», e guardò il marito che se ne stava girato a mondare nervosamente altre fette d'arancia. Non ricevette alcuna confessione.

Ma quella notte, quando si alzò per fare pipì, frugò nelle tasche del marito. Come una ladra.

6
Amabili suoni

Quando Orazio junior era al lavoro, teneva sempre un vecchio giradischi acceso. Vi ascoltava solo musica classica, dal suono ancora frusciante delle puntine.

«Amabili suoni...» diceva lui sognante. «Amabili come te», ribatteva sua moglie Josephine.

In effetti erano due personcine a modo con cui era facile passare del tempo fermo, anche se lui aveva una passione letale: la caccia.

La colpa era degli uccelli, fastidiosi spara-cacca volanti a tradimento. Proprio non ci fu verso di farglieli apprezzare, anche se fu per merito loro che incontrò la moglie.

Il passatempo venatorio era cominciato a causa dei piccioni che facevano da tappeto a piazza Duomo.

L'odio aveva assunto proporzioni serie quando avevano iniziato a defecargli in testa in concomitanza con la sua calvizie. A quel punto aveva deciso di ripulire il mondo da bestie fastidiose. Stranamente, più lui cacciava e più prendevano di mira la sua chierica. Allora, non potendo sparare in piazza Duomo, per evidenti motivi di sicurezza urbana, aveva trovato un'improbabile compagnia di giovani cacciatori milanesi che ogni weekend indossavano pantaloni alla zuava e partivano in spedizione punitiva.

I viaggi erano disparati e fuori mano, a volte si protraevano per giorni; nel diario delle battute di caccia, annotò diverse prede quali storni spagnoli, fagiani macedoni, coturnici francesi, chiurli e pettegole slovene.

In una di queste spedizioni punitive aveva conosciuto la graziosa Josephine, grazie a delle scarpette originali, color rosso coccinella, feticcio del Laudis.

A Brionne, un paesino normanno in cui la compagnia di cacciatori alloggiava, cominciò a piovere. Orazio osservava la pioggia cadere da una piccola finestrella e ascoltava un poco annoiato il tic tic ritmato che si abbatteva sul vetro. Decise di uscire all'aperto ed entrò in un negozietto di fronte alla locanda. Si comprò un impermeabile di cerata catramata con interno scozzese, pagando con timidezza una anziana donna, dai capelli intrecciati intorno alla testa. Mentre gli amici oziavano giocando a scala quaranta e trangugiando allegri bicchierini di grappa, decise di accogliere un poco di acqua piovana e provare la giacca nuova. Si ritrovò solo nella piazzetta su cui si affacciava la locanda e cominciò a saltellare come un bambino, ciac ciac, da una pozzanghera all'altra, finché macchiò delle bellissime polacchine in renna colorata, misura trentacinque, apparse all'improvviso.

Si chinò prontamente con il fazzoletto di cotone leggero, con le iniziali ricamate in un angolo, e cercò di pulire quella piccola meraviglia dal taglio oblungo. Raffinatezza tutta francese! pensò, mentre fumetti di novità lo pungolarono.

Dopo mille visioni di nuovi modelli e fantasie a colori per nuovi pellami, si decise finalmente ad alzare il viso verso la padrona del piede, che lo guardava immobile, con le mani sui fianchi, la testa inclinata di lato, una lunga treccia che le ornava la testa come una corona, e due grandi occhi curiosi e ridenti che spuntavano da un viso aperto, lentigginoso.

«*Merci! Personne ne m'a jamais nettoyé les chaussures sous la pluie...*»

Lui trovò divino il suono di quelle parole graziose con poco senso. Gli parve di essere di fronte a una enorme coppa di fragole con la panna e, seduta stante, si innamorò di quella ragazza piccola e allegra, figlia della padrona del negozietto che portava la stessa pettinatura.

Tornò da quel viaggio con un amore, cinque piovanelli maggiori, due pettegole e sette colombacci.

Lei aveva 18 anni, lui 28.

7
Nuotando nell'aria

La mattina, Edoardo accompagnò la piccola a scuola e Bernadette dormì un poco in più. Appena sveglia, accese la radio rosa sul comodino, su una stazione locale che prediligeva musica di fine anni Novanta. Di solito, queste hit piene di ricordi dei suoi vent'anni le lasciavano buone sensazioni. Stava appunto iniziando una canzone dei Marlene Kuntz che conosceva bene, perché la ascoltava con Bastiano anni prima.

Nuotando nell'aria, Nuotando nell'aria.
Odori dell'amore nella mente dolente, tremante, dolente.
Il cuore domanda cos'è che manca...

Il suo Bastiano.

«Chissà dov'è ora!» si chiese, come tutte le volte in cui si trovava in difficoltà.

Come se lui fosse l'angelo custode e amorevole, sempre pronto ad apparire per portarla in salvo dalla furia di un brutto pensiero.

Pensando a lui, si sentiva travolgere da un'onda calda, sempre la stessa, immutata da quando, molti anni prima, si erano posizionati su coordinate opposte, separati da un oceano, lei Europa, lui America. Quella volta non aveva saputo ascoltare il muscolo principale del suo corpo, il cuore, l'aveva zittito e messo da parte, probabilmente si era offeso e, per lungo tempo, non si era fatto più sentire.

Così lei aveva compensato con la musica, suonava e affidava alle note le emozioni che non riusciva a gestire, che erano oltremodo ingarbugliate e le sbriciolavano il cuore.

Canticchiò il testo della canzone, che stava egregiamente conservata nella memoria. Nuotava nell'aria, provando quella strana sensazione di apnea che la prendeva ultimamente, con una ferocia nuova. Bastiano.

E mentre si vestiva per andare al lavoro, si guardò le unghie scarne, che di tanto in tanto si mordicchiava.

8

La bambina tempesta

Orazio tornò diverse volte a Brionne. Alloggiando sempre nella locanda di fronte al negozietto dei genitori di Josephine. A furia di osservarla dalla vetrina senza prendere iniziative, fu il futuro suocero a stanarlo e invitarlo a una cena a base di crema di cipolle e burro, sgombri alla panna su pane croccante e patate fritte.

Dopo i due *oui* del matrimonio, celebrato in suolo francese, gli sposi si trasferirono a Milano, a villa Laudis, dove lei diede nuovi impulsi alla linea femminile di calzature. Per il resto, non si preoccupò di stringere amicizie, perché ancora non dominava l'italiano. Le bastava chiacchierare con Liliana, la suocera ormai vedova, che abitava con loro e dormiva in una camera con la tappezzeria verde punteggiata da miriadi di boccioli rosa e viola.

Dopo un paio d'anni, Orazio partì per una breve spedizione venatoria in Valtellina, senza stare troppo lontano dalla piccola moglie solare. Purtroppo la scelta non portò fortuna, in quanto rischiò di essere colpito da un fulmine improvviso, che si stagliò contro l'albero sotto cui si stava proteggendo dalla pioggia. A causa dello spavento e delle ferite, perse l'orientamento e vagò tra quelle montagne fosche dall'odore umido, finché non venne il buio.

Giosuè si alzò all'alba, aprì la porta di casa e annusò l'aria. Era proprio aria di funghi. Prese il cestino, lo appese alla spalla con una cinghia di tela e mise in tasca il coltellino svizzero. Il cesto aveva una trama larga, adatta a lasciar scivolare sul suolo le spore dei funghi raccolti.

Scostò le betulle e si diresse verso i piccoli abeti sul costone. Si abbassò e cominciò a setacciare il sottosuolo. Tastava in continuazione il morbido tappeto di aghi di pino e allenava l'occhio in cerca di una capocchia bianca che facesse capolino nel terreno.

Cominciò a trovarne di piccoli, cresciuti nella notte, buoni da mettere sott'olio. Camminò a lungo, dirigendosi verso il bordo del bosco, dove il costone ripido si appianava in tante piccole radure, che si trovavano sotto i pendii rocciosi. Sperava di trovare qualche vecchio fungo cresciuto nell'erba alta. Quei funghi potevano essere davvero grandi e saporiti.

Fu lì che lo vide. Ammassato, come un enorme gomitolo, sporco di terra e sangue, in un'alcova di cervi, posta attorno a una grossa radice d'abete.

«'Sti milanesi imbranati», si lamentò, «van su per queste montagne senza conoscerle!»

Cercò di fargli riprendere conoscenza, quando si accorse che poco più avanti c'era un fucile.

Speriamo non sia stato impallinato, pensò.

Orazio si svegliò, intorpidito. Non fu certo di essere vivo e, nel pastore che lo soccorse, vide l'angelo custode.

Riuscì ad alzarsi in piedi, anche se gli girava la testa ed era dolorante.

«Pare non abbia niente di rotto», gli disse Giosuè, che scaricò il fucile e lo mise in sicurezza.

«Pare di no, grazie», rispose con la bocca impastata, «solo ferite e un gran freddo!»

Era intirizzito, non si ricordava cosa facesse lì, sentiva il gelo della notte nelle ossa e sulle escoriazioni. Giosuè non aveva acqua per dissetarlo, ma lo coprì con la sua giacca cerata. Poi lo prese sottobraccio e si caricò fucile e zaino in spalla. Lo portò a fatica e con lentezza nella sua casa di sasso, una tipica costruzione montana della zona, quelle che da secoli vengono costruite con materiale offerto da una terra dura e sudata.

Sperava che il giovane e sparuto cacciatore riprendesse la memoria al più presto, per capire almeno quale fosse il suo nome e a chi rimandarlo. La moglie lo accudì per una settimana, gli lavò le ferite, lo nutrì con latte appena munto, polentina e decotti d'altura.

Lo adagiarono su un materasso imbottito a fieno e gli spalmarono le giunture con grasso di marmotta mentre la loro bimba, Agata, gli leggeva fiabe ingiallite.

Era una tipetta secca, con i capelli neri che le piovevano sugli occhi come temporali punitivi.

Aveva già le idee chiare sul futuro e, mentre lui recuperava le coordinate della vita, la bimba-tempesta gli disse: «Io non sono simpatica, ma con te faccio un'eccezione, così quando guarisci mi porti in città! Ci sono i negozi di caramelle più buone del mondo e voglio vivere lì!» Detto quello che aveva bisogno di dire, non gli rivolse più la parola.

Orazio riprese la memoria in una notte e si fermò altri sei

giorni per guarire le escoriazioni e recuperare le forze, cullato da quella strana atmosfera arcaica. Apprezzò oltremodo la calma e la bellezza di quella baita montana, circondata da tante betulle di diverse dimensioni, che parevano incrociarsi per formare un velo che isolava quelle persone. Intanto, Josephine fu raggiunta da una telefonata disturbata da un fruscio. Le fecero sapere che suo marito era salvo e lei corse a snocciolare il rosario – che si era fatta inviare da una cugina pia da Lourdes – insieme alla suocera, che aggiunse tante raccomandazioni e Ave Maria contate sulle dita.

Mentre soffiava un vento forte, Giosuè prese Orazio e lo portò a fare una passeggiata.

«Caro Orazio, il vento porta cambiamenti e, quando insiste, è perché dobbiamo dargli ragione.»

«I cambiamenti mi fanno un po' paura, anche se è normale, nella vita, modificare le proprie abitudini, il proprio lavoro, le proprie opinioni. Poi la città è sempre in fermento, vedo passare così tanta gente che, quando torno a casa la sera, chiudo tutte le tende per restare solo con la mia famiglia.»

«Io nella vita non ho cambiato molto le abitudini, sono nato e cresciuto qua, continuo il lavoro di mio padre, eppure osservo ogni giorno i movimenti della natura.»

«È curioso che lei si rapporti alla natura, ma d'altronde, qua, c'è solo questo!»

«Vede il bosco? Non è fermo come può sembrare, è pieno di vita, e quando lo si ascolta è come sentire la voce degli Dei! Guardi il cambio delle stagioni. Ogni anno, tutto si ribalta per tornare dal principio. E se lo fa, significa che è necessario.»

«Non ci avevo mai pensato, in effetti non mi fermo molto a riflettere. Ogni giorno vado al lavoro, il fine settimana vado a cacciare o sto in salotto a leggere il giornale e fumare la pipa, mentre mia madre e mia moglie vanno a messa.»

«Penso che le abitudini ci tranquillizzino, ci tengano un poco protetti. Siamo come dei treni che viaggiano su binari, eppure ogni tanto subentra d'improvviso quella voglia di scardinare l'ordine, di ribellarsi a una ripetitività che fa invecchiare dentro.»

Il vento riprese a fischiare e a correre tra i rami.

«Venga, Orazio, è meglio rientrare, attenderemo l'arrivo di sua moglie in casa!»

«Giosuè, crede che stiano arrivando davvero dei cambiamenti importanti?»

«Non dei cambiamenti. Ne basta uno solo nella vita. Ma quello la stravolgerà per sempre, come a ricordare che siamo fatti per vivere fino in fondo.»

Orazio non si dimenticò più di quelle persone generose con una figlioletta stramba. L'innata riconoscenza verso il prossimo e la visione dell'angelo salvatore lo portarono a mantenere un legame affettivo con quel luogo e quei nuovi amici, trovati proprio nel momento di profondo dolore, quando cioè lui e Josephine capirono di non riuscire ad avere figli. Così, nonostante non si spiegassero come il loro amore non producesse frutti, cercarono conforto nella montagna e acquistarono una casetta delle vacanze da quelle parti, una villettina di due piani in legno con un minuscolo giardino nella cittadina turistica di Cimacase. Lì sperarono che l'aria buona e quell'affetto verde e odoroso portassero fortuna.

9
Un minuscolo pensiero

DOPO la chiacchierata avuta con Silvia e il mistero dell'unghia, un minuscolo pensiero si era annidato nel cuore di Bernadette. Era una lucina che andava e veniva, come il sussulto intermittente delle emergenze, che cercava di rivelare un segreto. Ma lei zittì il tutto con timore.

Va tutto bene, Bernadette, è tutto sotto controllo! Tutto bene! Si ripeté sulla porta di casa, facendo respiri lunghi come mantici che la inondavano di ossigeno. Eppure, anche con i polmoni gonfi, quella lucina intermittente lampeggiava nell'anima, con insistenza.

Era un messaggio inconscio, perché il cuore già sapeva...

Sapeva che la vita non era un manuale, con un indice ordinato e prevedibile. Sapeva che la vita era un pozzo di acque, azzurre in profondità e torbide in superficie. Che stava alle persone scegliere l'intensità delle proprie intuizioni.

E lei aveva scelto di stare nel mezzo, di galleggiare aggrappata a braccioli sgonfi, continuando imperterrita una vita ovattata e prevedibile.

Poi cominciò a mancarle l'aria e sentì il bisogno di mangiarsela. Era qualcosa di impercettibile, che la spronò finalmente a guardare oltre le apparenze. Oltre la visione infantile di famiglia perfetta che si raccontava da anni.

In quei momenti di anossia, comprese che dentro di lei aleggiava un grande vuoto, che aveva cercato di colmare con il violoncello, sperando che la musica riempisse quelle insolvenze vacue.

Ma quel vuoto, senza causa comprensibile, in realtà c'era da sempre.

Su una rivista lesse che qualunque fragilità emotiva era dovuta alla mancanza di affetto.

Questo non poteva essere vero per lei, che aveva avuto un'infanzia felice. Eppure ogni tanto faceva capolino, come un croco in primavera, quella mancanza, quella leggerezza che faceva vacillare il cuore, quell'assenza impercettibile che fermava il respiro, quelle vertigini di altezza, o forse solo la paura dell'inesistenza, l'*horror vacui* dei latini.

E quando questo mostro impertinente la aggrediva, rimaneva annichilita, sudata, senza aria, in un tempo immobile. Gli era già capitato più volte e ormai conosceva i meccanismi. Poi tutto passava e il mondo tornava a brillare.

Dopo tali cortocircuiti, cercava una risposta al perché di questi attimi persi, ma qualcosa le sfuggiva, non era mai riuscita a comprendere cosa fosse. Si convinse che doveva essere innato. Qualcosa che Freud avrebbe amato studiare.

Sì, pensò che fosse proprio il suo vuoto innato. Ma perché? Da dove veniva?

Una sera ne aveva parlato pure con i genitori, che avevano minimizzato, per proteggerla. Sapevano che certe verità sono peggiori quando vengono a galla.

Lei, dunque, senza risposte, aveva trovato nella musica un sostegno alla sua delicatezza. La musica le era amica, la faceva fluttuare come una stella riflessa sul manto blu, come il suono delle onde sulla chiglia attraccata in porto la sera, con quel moto perpetuo che conforta. Il ponte tra la realtà e l'essere.

Sono fortunata. La mia passione è il mio lavoro, pensava Bernadette dopo avere plasmato quell'attitudine lungo i sentieri della vita.

Da quando si era trasferita a Cimacase, insegnava violoncello alla scuola «Sull'acqua», un centro in cui si apprendeva musica, danza, canto, teatro e yoga; aveva sede in un ex convento adagiato sul piccolo fiume che attraversava il paese.

L'aveva aperto il signor Hans Farmaden, un arzillo mecenate svizzero.

Quest'ultimo era un ereditiere che non si era lasciato accalappiare da cercatrici di dote. Non era un adone, era minuto e con la testa sproporzionata, ma i soldi, si sa, hanno il potere di rendere affascinante chiunque.

Grazie alle rendite ereditate dal padre, aveva potuto dedicarsi alle passioni e alla sua piccola famiglia, ovvero un fratello con la sindrome di Down, il parente più prossimo, che si portava sempre appresso.

Inoltre, suonava egregiamente il clarinetto e aveva l'innamoramento facile per l'arte e l'architettura storica. Non si stancava di ripetere che gli italiani non meritavano il Paese più bello del mondo, che era uno stato di castelli di sabbia e andava salvato o dato in gestione agli svizzeri. Lui, i soldi, li usava per preservare baluardi antichi e centri storici, che uno stato miope lasciava sgretolare nella sporcizia e nell'incuria.

Quando si infatuò di Cimacase, fermandocisi a pranzare per caso durante una giornata estiva di sole e orizzonti punteggiati di fiori come un quadro impressionista, decise di finanziare il restauro di palazzo Biancamano, partendo dagli affreschi del Cinquecento, nella collegiata. Apprezzando la mentalità locale, i buoni ristoranti, la vicinanza alla Svizzera e gli elogi dell'assessora alla Cultura, vi si stabilì, aprendo quella strana scuola che divenne ben presto un importante centro di congressi in cui si intrecciavano voci da mondi artistici e spirituali, in genere poco remunerativi, per offrire soluzioni al grande mistero della vita.

Partì da lezioni di musica, canto, pittura, finché si espanse verso piani olistici, introducendo poco a poco yoga, reiki, massaggio ayurvedico, tarologia, alimentazione consapevole per la longevità, costellazioni familiari, Qi-gong, mindfulness, il metodo Grinberg, e arrivando a restaurare parti remote del convento per ampliare la ricettività dei numerosi ospiti dei seminari. Diceva che erano discipline che riposavano l'anima di qualunque temperamento, e spesso citava Nikola Tesla come profeta della nuova scienza.

Bernadette e Lili, che lavoravano in questo centro con radici ben distanti, diventarono subito amiche, condividendo tè verde e bacche di goji nelle pause dalle lezioni.

Nella scuola c'erano infatti zone ricreative dalle mura chiare, con cuscini color malva e dispenser di semi vari, parevano angoli di Giappone in cui artisti e sciamani si incrociavano, scrutandosi con curiosità.

Il mondo sarebbe migliore se ci fossero più signor Farmaden. E visto che non ha figli, sono disposta a adottarlo come nonno per Malvina, pensò Bernadette, quando lo incrociò quella mattina all'ingresso, prima delle lezioni.

Aveva il passo svelto e teneva il capo proteso in avanti, come se volesse mostrare che prima veniva la mente e poi le braccia. Era un veloce omino pensante coperto dall'immancabile cappotto di loden a quadrettoni. Dietro, fedele come l'ombra, seguiva il fratello, più lento ma simile.

«Bernadette, la vedo preoccupata!» le strinse un avambraccio con le sue vecchie mani rugose e profumate di viola. Arthur, il fratello, ripeté il gesto con la delicatezza di chi non deve occuparsi delle conseguenze.

«Dedichi un po' di tempo ai suoi pensieri! La vita di oggi è talmente veloce che ci si dimentica di esistere. Vada a camminare in montagna, ché c'è aria buona e rinvigorisce il corpo», aggiunse in tono paterno.

«Ai suoi pensieri!» ripeté il fratello strabuzzando gli occhi.

«Arthur, non ripetere. E lei, Bernadette, prenda quel poco di sole che rimane all'autunno. Non solo perché è pallida come il latte, ma perché fa bene. Aumenta il tasso di serotonina. Mi raccomando, aria e sole!»

«Il sssole!» enfatizzò Arthur guardandosi la piccola mano sinistra poco mobile e sempre girata all'indietro.

«Arthur, sole, non sssole!»

I fratelli avevano colto in pieno la mancanza di ossigeno che da qualche tempo la angosciava.

Conduceva la solita vita, eppure quella strana asfissia aveva cominciato a insinuarsi nelle sue vene. Per questo sentiva il bisogno di nuotare nell'aria.

«Grazie, signori Farmaden, apprezzo sempre i vostri consigli.»

Arthur fece un sorriso pieno di soddisfazione, che Bernadette ricambiò, accarezzandogli la mano, mentre rimpolpò il dubbio che Hans sapesse leggere gesti e sguardi.

«In effetti mi manca l'aria. Forse dovrei farmi auscultare da un medico!»

«Non si preoccupi. Non avrà niente di serio. Ma ascolti di più se stessa. Forse le manca qualcosa e l'apnea glielo sta facendo notare. L'aria diminuisce quando si soffre. Ti abbandona pure lei.»

Il signor Farmaden l'aveva capito benissimo e Arthur aprì talmente tanto la bocca che un moscerino gli si posò sulla lingua violacea.

Quel venerdì, Bernadette finì le lezioni decisa a trascorrere il fine settimana in lunghe camminate cariche di aria.

10
Tempo segreto

AGATA crebbe come un'edera avvinghiata ai sottili tronchi di betulla per giungere in alto dove c'era più luce e, da piccola bimba-tempesta ossuta e scontrosa, si trasformò in una ragazza alta e fiera di sé.

Abbandonò l'aria incupita e salvò solo l'espressione perennemente imbronciata, che le regalò uno strano fascino. Gli uomini se ne accorsero presto e lei, in cambio, iniziò a dipingersi le labbra di rosso e a gettare sguardi pretenziosi.

Con questa nuova spavalderia cercò in tutti i modi il colpo di fortuna per abbandonare finalmente la casa nel bosco, che in qualche modo le incuteva timore. Si fece crescere i capelli, scuri come il buio, ben oltre le spalle, comprò degli stivaletti con il tacco largo e predilesse camicine strette in tessuti nuovi e rugosi al tatto, che copriva con un giacchino di pelle con una cucitura sulle spalle e due taschini ai lati in cui amava infilare le mani, attendendo che il futuro la raggiungesse.

I pomeriggi dopo la scuola erano sempre i medesimi, si fermava in paese per liberare pensieri, si metteva su una panchina nella piazzetta della stazione e osservava i finestrini sfrecciare verso nuove destinazioni.

Qualche coetaneo dal futuro incerto le ronzava intorno, e insieme fumavano sigarette e parlavano poco. Ma lei aveva le idee chiare, voleva delle spalle forti che venissero da lontano.

La sera, tornando a casa, camminava sul ciglio della strada per guardare il confine con la Svizzera, come se il cambiamento fosse vicino eppure ostico da raggiungere.

«Non è mai contenta!» commentava sua madre con tenerezza.

«È la nostra bambina! È fatta così!» sorrideva bonariamente suo padre.

«Non è più una bambina, Giosuè!»

Una domenica mattina, imboccò a piedi la mulattiera verso il pian di Gembro e incrociò Salvatore, un bel finanziere napoletano.

Vide finalmente la luce che aspettava da tanto e credette alle sue illusioni. Tutto iniziò con un saluto di circostanza, uno sguardo affascinante in cambio di due occhi sorpresi e speranzosi. Si aggiunse una curiosità malcelata dietro parole lanciate con cura.

Salvatore la prese di petto parlando di Napoli, di mare, di strade piene di gente e di musica allegra.

Agata vide la vita sognata dalla gente che vive ai lati nascosti del mondo.

Si ricavò allora del tempo segreto per correre da lui e conobbe l'amore fisico, l'amore profano, l'amore che tradisce.

Salvatore era allegro, gioviale e bugiardo, con quella parlata aperta le promise da subito il mare e la sabbia e omise una moglie e due figli piccoli.

* * *

In un paese piccolo situato in una valle con orecchie lunghe e lingua veloce, anche un pastore schivo come Giosuè comprese, tra mormorii e doppi sensi, la passione della figlia; così indossò un gilet in panno di velluto a coste e andò dal finanziere per chiedere spiegazioni. Il napoletano, seduto impettito con una camicia da cui spuntavano peli scuri, negò tutto, mostrando una foto felice con la famigliola seduta sulla spiaggia di Miliscola. Il padre guardò quelle pelli abbronzate, sentì l'odore sconosciuto di acqua salmastra, si concentrò sui bambini allegri e si incupì di fronte alla prestanza fisica dell'uomo in costume.

Riuscì a dire ben poco, non era abituato a risolvere i fatti con parole larghe e Salvatore l'aveva atterrito con una parlantina veloce e pronta. Si sentì perso, disarmato e quella notte sognò un enorme ragno che tesseva una tela sulla loro casa e li intrappolava tutti e tre.

Si svegliò con una sensazione di fastidio e, benché fosse ancora notte fonda, si infilò una camicia e cominciò a camminare avanti e indietro per il cortile, con il cane che lo seguiva in ogni passo. Doveva agire a suo modo, vincere con la sua arte, la discrezione, per evitare delusioni a una figlia inquieta ma adorata. La risposta arrivò quel giorno, quando ricevette la telefonata di un caro amico lontano, il cavalier Orazio Laudis.

Come sempre parlarono del tempo che chiamava pioggia, poi Giosuè fece quella domanda: «Ma un posto al calzaturificio ce l'avresti?» Dopotutto, Agata non aveva voluto proseguire gli studi e qualcosa doveva pur fare.

La sera, annunciò ad Agata la novità: «Ti ho trovato

un lavoro in città», disse con malinconia. «Potresti già iniziare lunedì. Andrai a vivere a Milano. Puoi scegliere tra lavorare in una fabbrica di scarpe e aiutare nei lavori domestici la moglie di un vecchio amico. Ha dieci anni più di te e andrete d'accordo!»

«Ma papà, non sono mai stata in città!»

«Perdindirindina, è tutta la vita *che te ne parlet*, che vuoi andare via, che non ti piace la montagna, che gli animali puzzano. Da lunedì potrai dirmi se veramente preferisci la città.»

Agata non sentì odore di zolfo, anzi, immaginò che potesse essere la gran svolta e diede il nuovo indirizzo all'amante, pensando finalmente di avere in mano la propria vita.

Quella mattina sua madre le fece trovare un pacchetto avvolto con carta di giornale. Lo scartò subito e vi trovò un pesante maglione di lana color muschio, fatto a maglia.

«È un po' che ti vedo sferruzzare quei gomitoli color abete», disse alla madre.

«Lo userai quando avrai freddo e ti ricorderai delle tue montagne. Poi ci dirai se la città è meglio.»

Agata buttò le braccia intorno al collo della madre che, non abituata alle esternazioni, si ritrasse un poco. Poi prese dall'armadio una minuscola valigia in pelle afflosciata con doppia cinghia di chiusura e la diede alla figlia.

Ad Agata parve fin troppo spaziosa, ma subito la riempì. Con una spazzola, un sapone profumato, dei jeans a zampa di elefante, le camicine strette in tessuti nuovi e il maglione che le aveva fatto sua madre. Sopra al giacchino di pelle, indossò il cappotto, ché era quasi novembre, e partì da quella piccola stazione che era stata per tutto quel tempo il suo osservatorio.

Il padre la portò in stazione. Parlò poco, ma continuò a stringerle saldamente la mano. La lasciò solo nel momento in cui la porta del vagone si richiuse. Quando il treno si mosse con un cupo rumore di rotaie, disse: «Torna presto!» Ma Agata non riuscì a sentirlo.

Nel momento in cui il treno partì, le betulle persero le foglie, che volarono via e si sparsero, lasciando una piccola scia dorata.

11
Risvolti bui

Il lunedì seguente, Malvina piegò il pigiama, lo ripose sotto il cuscino e si vestì con calma. Fece colazione con del latte straripante di cornflakes e si ricordò della lezione di pianoforte. Le mancavano gli spartiti. Corse in stanza, spostò libri, scansò quaderni, ma non trovò lo Czerny color senape.

«Mamma, puoi cercare in macchina di papà? Forse è caduto lì!» guardò sua madre con occhi scuri da procione e gote paonazze da lavandaia. Aveva sempre avuto quei tratti forti, di chi sta in alta quota e si nutre di aria pura, da protagonista dello spot di un'acqua minerale purissima, che ti veniva voglia di darle un bel pizzicotto tanto era soda la sua carnagione.

La madre l'aveva avviata presto verso la musica classica, sin da quando era incinta: appoggiava le cuffie con Chopin sulla pancia. La bimba aveva scelto il pianoforte, come suo nonno Orazio e, come lui, apprezzava le abbuffate, così sporcava gli spartiti di cibo. Dita paciose e musiche golose.

Edoardo non era andato in ufficio in macchina, perché nel pomeriggio sarebbe partito in aereo per Cagliari.

Bernadette trovò il volume con facilità, proprio lì, adagiato sul sedile del passeggero. Quando lo sollevò, notò qualcosa brillare.

Si sentì un'esaltata che lavorava per C.S.I., una psico-antropo-biologa che scovava sempre un serial killer geniale. Quindi focalizzò lo sguardo e la vide. Di nuovo. La stessa unghia tragicamente dipinta. Il serpente-drago che la sfidava, viscido e sfuggente.

Sentì delle corde di violoncello stridere rovinosamente e le mancò ancora l'aria. Tutto quello che aveva voluto scacciare tornava, pesante, melmoso.

«O mio marito fa la drag-queen di sera, o ha un'amante.» Escluse la prima ipotesi, in quanto Edoardo vestito da donna sarebbe stato indigesto anche per i più perversi. Aveva un naso pronunciato, impossibile da celare sotto qualsiasi trucco. Rise leggermente per quell'ironia che la distolse dalla realtà. Ma quello spiraglio illusorio finì subito.

«Be', meglio un'unghia che una parrucca, altrimenti avrei una seria crisi esistenziale. Ora voglio scoprire di chi è la mano che semina unghie nella mia vita.»

Malvina la raggiunse trafelata. «Mamma, l'hai trovato?»

Bernadette allungò lo spartito osservando la figlia e l'unghia con sguardo bifocale. «Senti, stellina, papà oggi parte per Cagliari per un processo, io devo andare a Milano per delle registrazioni, ti va di stare dalla nonna due notti?» mentì per digerire l'onta in solitaria.

«Certo che mi va!»

«Bene, allora ricordati che ti verrà a prendere nonna Josephine dopo scuola.»

«Oui mamà!» rispose scherzando.

«E se cucinate le *madeleines*, conservamene qualcuna!»

In verità non si sarebbe mossa da casa, non aveva alcuna registrazione da fare, ma non aveva intenzione di crollare davanti alla figlia, voleva stare sola, scavare nei suoi sentimenti, nel suo rapporto coniugale, tranciarsi il cuore, otturare i polmoni e cadere sul duro, perché i buchi neri, nei rapporti con chi amiamo, ci divorano.

La accompagnò a scuola e la abbracciò a lungo davanti al portone, come se avesse dovuto partire per chissà quanto tempo, e aveva bisogno più che mai dell'energia buona della figlia.

L'aveva visto in un film, in cui gli abitanti di un pianeta verde si ricaricavano abbracciando i bambini.

Bernadette lasciò la scuola velocemente, cercando di non incontrare lo sguardo carico di domande di Silvia, quello profondo del signor Farmaden e le pareti d'abete di Ugo.

Ora era sola e il quadro si chiarì in modo indigesto. Suo marito aveva un'altra. Semplicemente.

Semplicemente la realtà si scompose senza grazia, le si strinse lo stomaco e le venne da vomitare.

Chi è questa stronza con unghie agghiaccianti che non sa neanche incollarsi? pensò Bernadette serrando le mani a pugno, con forza, fino a farsi male. Poi iniziò a mordere le sue, di unghie, che erano piccole, insignificanti e trasparenti. E tra quei morsi insoddisfatti crebbe la nebbia.

Erano i risvolti bui dell'amore, lo spettro che blocca la luce e proietta l'ombra del tradimento, un virus che arriva, infetta qualcuno e prende forza. Gli altri osservano, commentano, affamati di disgrazie altrui, e non si preoccupano della legge del contrappasso, finché non arriva il loro turno.

12
La vita sognata

NELL'OTTOBRE del 1980, il cavalier Laudis e la moglie accolsero con affetto la ragazza-tempesta. In fondo, Giosuè aveva sempre confidato all'amico la sua preoccupazione per quella ragazza con tanti grilli per la testa.

Dopo le prime rimostranze di Liliana Benn, che venne convinta con la scusa che la ragazza di montagna fosse una grande amante dei giardini, la andarono ad accogliere in Stazione Centrale, vestiti eleganti. Liliana aveva un foulard fiorato di Pierre Cardin in testa, Josephine un abito optical di Emilio Pucci sormontato da un cappottino corto e stivali bianchi, mentre Orazio si era messo il solito gilet ormai stretto, con i bottoni sul panciotto pronti a esplodere. Le comprarono un cartoccio di caldarroste a un baracchino davanti al binario, pensando di farla sentire a casa. Lui le portò la valigia e la mise nel bagagliaio sulla loro spaziosa Citroën GS, che a lei sembrò un'astronave.

Aveva 18 anni ed era notevolmente cambiata dai tempi della magra e ombrosa bambina-tempesta. Orazio stentò a riconoscerla. La portarono a cenare in un ristorante vicino alla villa, in cui mangiò un lauto antipasto di vol-au-vent alla crema di gamberi, dell'insalata russa e dei nervetti conditi. Dopo queste premesse era già piena, ma non riuscì a rifiutare una possente cotoletta con patate arrosto e, per dolce, delle fette di ananas contornate di dolcissima panna. Le piacque l'alto soffitto del ristorante con le pesanti tende color senape e la grande distanza tra un tavolo e l'altro. Era diverso dalla trattoria che frequentavano a Cimacase per le comunioni e le cresime del parentado, dove i tavolini con le tovagliette a quadretti rossi si toccavano e, una volta che prendevi posto sulla sedia impagliata, non riuscivi più a spostarti, neanche per andare in bagno, finché non si alzavano tutti, ché poi quando c'erano i sacramenti dei bambini tutto il paese prenotava in quell'unico ristorante.

Prima di addormentarsi, si domandò se la stavano per adottare o assumere, ma, visto che erano poco più grandi di lei, propese per la seconda ipotesi e si rilassò, cominciando a godere della libertà, anzi, si ripromise di non legarsi troppo a quella coppia gentile, ma un po' troppo pacata.

La signora Josephine sperò di trovare finalmente una confidente, ma non riuscì mai a entrare nei pensieri di quella bella ragazza misteriosa e, per lei e suo marito, Agata rimase la ragazza di montagna chiusa come un gheriglio di noce, pungente verso le persone che avrebbero potuto aiutarla.

Dal canto suo, lei lavorò alacremente nel calzaturificio e si concentrò su quello che le pareva un grande amore. Non indossò mai il maglione fatto da sua madre, le sembrava di tornare bambina.

Salvatore, tronfio di quel corpo fresco e libero, andava a Milano una volta al mese.

Era puntuale negli amplessi e Agata, la domenica convenuta, si univa a lui nella casa di un collega finanziere.

Non provava alcun senso di colpa, né il catechismo del sabato pomeriggio, né la mentalità chiusa del paesino avevano intaccato la voglia di esprimere fisicamente la sua visione del mondo.

Per lei il mondo era Salvatore, un uomo profumato di mare e partenze, con un sorriso rumoroso.

«Agata mia, ti voglio fa' nu regalo», le disse prima di Natale, e la portò alla Scala, in piccionaia, a sentire Puccini.

«Pensavo volessi sposarmi!» rispose Agata ingenuamente, con le guance rosse e il ventre caldo, abitato.

Lui comprese.

Fu l'ultima volta che lo vide. Quando il 24 dicembre tornò a Cimacase per alcuni giorni, scoprì che l'avevano trasferito non si sapeva dove.

Lei, con il figlio in grembo e il maglione color muschio a celarlo, non disse niente e pianse ogni notte, indebolendosi.

Riprese a fumare dal nervoso, mentre passeggiava tra i giardini di parco Vergani, dove si recava ogni giorno dopo il lavoro. Solitamente faceva due passi a braccetto con le ragazze che lavoravano nella zona, si godevano quei tiri lenti di sigaretta e si confidavano, strette in giacchettini di renna, sfiorando l'aria dei tram, carichi di persone. I Laudis, ingenuamente, pensavano che la città l'avesse semplicemente illanguidita.

Maria le consigliò di abortire, se mai conosceva una tipa che praticava queste cose; Lina le disse di tornare dai genitori a Cimacase, dove l'avrebbero sicuramente accolta.

«I miei genitori sì, mi accoglierebbero. Loro sono troppo buoni, io no, sono cattiva. Gli faccio del male e il paese comincerebbe a parlare della figlia svergognata. Smetterebbero anche di comprare latte e formaggio da mio padre. Non posso fargli questo.»

Quella primavera le betulle fiorirono con grande anticipo e abbondanza, peggiorando l'allergia al polline di Maria.

Una sera di marzo, quando ad Agata si ruppe la cucitura della camicia sotto le ascelle, la pancia era già grossa e impossibile da nascondere, abbandonò i Laudis di nascosto.

Improvvisamente e senza ripensamenti, come era lei, veloce e sanguigna.

Prese i pochi averi e li mise in valigia, lasciò solo una lettera appoggiata sul cuscino, ringraziò mentalmente per la gentilezza e si trasferì nel piccolo bilocale di Lina, che faceva la sarta in un atelier in via Pagano. Passò in quei locali piccoli e freddi gli ultimi due mesi di gravidanza, mentre Orazio e Giosuè, che subito era stato avvisato, iniziarono a cercarla con scarne coordinate.

Lina le cucì un completino di cotone giallo e Agata pagava l'affitto all'amica con i soldi che aveva guadagnato.

Quando fu il momento, partorì una bella bimba che chiamò Marina, in memoria del padre perso nel golfo delle menzogne.

Fu un parto in casa, aiutato da una vicina esperta in quanto madre di undici creature, cui seguì un periodo duro, con pochi soldi, tanti sensi di colpa e nessun supporto morale. Le poche forze la prostrarono e a luglio, quando Marina compì tre mesi, Agata si ammalò gravemente. La febbre non accennava a diminuire e cominciò a straparlare. Fu allora che Lina chiamò l'ambulanza, ma si dimenticò di domandare in quale ospedale la stessero portando.

Dopo una settimana, in cui accudì la piccola dandole

latte di capra, la cercò in tutti gli ospedali di Milano, dimenticandosi che non conosceva il cognome di Agata perché non glielo aveva mai chiesto.

Ora si trovava senza coinquilina, con un lavoro che la rincorreva e una neonata che, sebbene tranquilla, richiedeva cure continue che non poteva offrire. Allora fece la scelta che le parve più onesta: prese la cesta di vimini, sul fondo adagiò il vecchio maglione color muschio di Agata a mo' di materasso, vestì la bimba con il completino giallo ormai piccolo, mise nella cesta un ciucciotto e una bambola fatta con il cappotto di Agata, si fece il segno della croce e la posò davanti alla porta dei Laudis. Era una notte estiva ma ventilata, sulla culla attaccò con dello scotch un bigliettino, con su scritto *Marina figlia di Agata*.

Così, mentre una bimba vestita di giallo, posata in una cesta di vimini, attendeva il suo futuro, il vento caldo rubò il foglietto con la sua identità e lo disperse per sempre nelle vie madide di tepore.

Era il 16 agosto 1981.

13
Tradimento

Una volta tornata al riparo discreto delle mura domestiche, Bernadette guardò dalla finestra del piano alto e vide Carlo, il vicino, che apriva un barattolo di cibo per cani da dare a Lucy, un bel labrador scuro. Il cane lo seguiva in ogni gesto, muovendo la coda festosa, fedele. Poi il padrone venne interrotto dallo squillo del cellulare, rientrò in casa e non finì di riempire la ciotola, lasciando la bestiola delusa con la lingua a penzoloni davanti alla porta. Si sentì come Lucy. Lei non aveva mai preso in considerazione quella sensazione di venire dopo, di essere uno scalino sotto, di essere stata scavalcata da una novità, di essere stata messa da parte.

Volle controllare se da cornuti si cambiasse. Dapprima vagliò la sua sessualità e aprì il cassetto della biancheria intima, rovistò senza trovare un completo intrigante, solo pezzi spaiati, azzurrognoli, comprati ai saldi di Intimissimi. Allora si spogliò nuda e le parve di togliersi i petali dalla corolla, ogni indumento che posava a terra la faceva sentire indifesa. Infine alzò gli occhi sullo specchio incorniciato, si osservò scrupolosamente e fece scivolare lo sguardo implacabile su cantucci mai considerati. Fronteggiò la sua fisicità come non faceva più dall'adolescenza e osservò il legame con il passato.

Non assomigliava a suo padre. Lui era stato un omone pacioso, dallo sguardo bonario. Aveva dei labbroni grossi su cui poggiava con comodità il sigaro e capelli bianchi, radi che si tirava rigidi dietro le orecchie.

Nemmeno a sua madre Josephine, che era una donna piccola e morbida, con lentiggini e capelli rossicci.

Bernadette era diventata consapevole del suo corpo a quattordici anni quando, terrorizzata, aveva osservato le forme cambiare e segnare il passaggio. Erano cresciuti i peli fra le gambe, era spuntato il seno, eppure non riusciva ad alzarsi, stretta in un corpo compresso per un lungo periodo. Pareva un timido fiore rimasto senza sole, pronto per sbocciare ma rimasto così, né aperto, né chiuso, a metà, senza un perché. Anche Malvina sarebbe passata presto da quel calvario inaspettato, quel fiorire adolescenziale a metà, dentro e fuori.

Allora, quello stare sospesa le aveva creato un cruccio, perché avrebbe voluto guardare il mondo con più abbondanza, con quella prominenza da bagnina californiana che teneva il mondo in mano.

Ma non era così.

Sua madre la consolava prima di andare a dormire, le accarezzava la testa e le diceva che aveva un fisico da attrice anni Cinquanta, perché era magra e sofisticata, secondo canoni tutti francesi. Ma Bernadette non voleva i canoni francesi, perché Josephine, anche se molto carina, era alta solo un metro e cinquantacinque, e lei voleva superarla.

Perciò il traguardo del metro e cinquantacinque la terrorizzò a lungo. Amava invece il proprio viso, i capelli dritti dritti che coprivano la schiena, gli occhi scuri e le lentiggini sul naso. Forse quei tratti erano di qualche nonna, ma tutto il resto non sembrava pescare somiglianze dai parenti più prossimi, come pioggia confluita in una pozza.

A sedici anni crebbe all'improvviso. Il fiore trovò il sole alto in cielo e raggiunse il metro e settanta. Si era staccata da sua madre di ben quindici centimetri, ma quelle speranze avveratesi tardi le lasciarono il riflesso di sentirsi piccola, sospesa in quella bassezza con cui aveva rivaleggiato troppo a lungo.

I difetti immaginari, a volte, permangono a offuscare la realtà.

Solo con Bastiano, pochi anni dopo, si sarebbe svelata. Era diventata consapevole del corpo adulto grazie al suo primo amore, che era riuscito a mostrarle la sua presenza fisica.

Ora, con quell'unghia in mano, si sentiva nuovamente la quindicenne nana che non si riconosceva allo specchio e non poté esimersi da un rito antico e doloroso. Cominciò a fare paragoni con il fantasma dell'amante.

Immaginò la donna dalle unghie posticce, perfetta, con gambe lunghe, seno che sfidava la forza di gravità e un sedere sodo come un tavolo da macellaio, un incanto patinato che si nutre di baci dati al cellulare per farsi i selfie.

Lei invece aveva fianchi larghi e lisci, con poca carne addosso, denti con una fessura nel mezzo e un orecchio un poco a sventola.

«Te le strapperei con la tenaglia, una a una, quelle unghie disgustose, cara non-so-chi, ma ti odio profondamente», e lanciò un anatema rapace alla rivale.

Ormai, Bernadette si era persa nella trama della moglie sostituita da carne fresca. Il confronto era con un fantasma, ma ne aveva già percepito le vibrazioni e di sicuro rientrava nella categoria delle narcisiste sociopatiche che credono di poter prendersi anche le famiglie altrui.

Capì anche di non avere avuto rispetto per se stessa, si era lasciata trascinare e si era sposata per malinconia. Che colpe poteva imputare a Edoardo se l'aveva sposato per non affondare?

14
Radici

Agata venne stritolata dalla vita.

Il forte scontro tra un bosco protettivo e una città senza frontiere, un amore bugiardo, una figlia da crescere sola e la vergogna furono un cappio che sfociò in una debolezza fisica e mentale. Si aggiunse presto una encefalite erpetica che intaccò il cervello e le lasciò dei postumi gravi e ingrati. Perse l'empatia e i ricordi. Diventò un fantasma in balìa del mondo, una persona dagli occhi vuoti che ripeteva continuamente gesti riconducibili all'infanzia.

Quella primavera del 1981, i Laudis e Giosuè l'avevano cercata in ogni dove, mettendo annunci sui giornali locali senza ottenere risultati.

Alcuni giorni dopo la sparizione, e vittima dell'insonnia, Orazio prese un bagaglio di rimorsi, la lettera e da Milano partì veloce sulla sua GS blu, diretto in Valtellina, alla casa circondata dalle betulle.

Per la fuga di Agata sentiva un macigno enorme appoggiato sulla milza, anche se colpe non ne aveva, lei era maggiorenne e non poteva incatenarla. Ma almeno avesse avvisato, ché poi la gente si faceva venire certi sensi di colpa che non andavano giù, neanche con il migliore distillato alle erbe medicinali.

Quando arrivò, Giosuè svettava etereo di fianco a un abete sul bordo di un prato ricamato tra gli alberi, ritto come una sentinella e con un viso pieno di piogge.

Orazio era pallido, sudato, strizzato in una camicia di cotone, pronto a incassare qualunque cosa avesse da dire il padre abbandonato. Quando vide l'amico infilato tra i tronchi sul limitare del bosco, si fece spugnoso, si rigirò il sigaro spento tra le dita e ripensò a tutti i torpiloqui immaginari che l'avevano tenuto sveglio la notte.

Entrambi percepivano nell'aria l'assenza greve e implacabile, come una parentesi indefinibile, vuota eppure pesante, pronta a cadere e rompersi in mille pezzi.

Orazio prese dalla tasca la lettera sgualcita di Agata. Ne aveva già parlato al telefono con Giosuè. Insieme la lessero e provarono un brivido leggero. Il povero padre la accarezzò con le mani e la guardò in controluce, come se potesse nascondere un messaggio nascosto.

Poi lasciarono i faggi e le betulle e si avviarono silenziosi verso l'alta montagna, seguirono una mulattiera di vecchie pietre, disposte secoli prima come larghi scalini, in mezzo a degli abeti che lasciavano penetrare poca luce e mantenevano l'umidità. Sentirono l'odore profondo degli aghi secchi caduti a terra e salirono là dove la vegetazione cominciava a mutare aspetto. Camminarono di buona lena e dopo un'ora si fermarono a prendere fiato. L'argento delle betulle era ormai lontano e aveva lasciato spazio a un verde scuro, come il mare aperto, profondo.

«Vedi come cambiano gli alberi salendo di quota? Ognuno ha una propria personalità.»

Orazio percepì il mistero di quelle zone poco frequentate. Addentrarsi in ambienti in cui domina la natura crea timore.

L'aria era più fina e l'odore particolare di sottobosco, con la sinfonia di felci, funghi e aghi secchi solleticava la pelle come una ragnatela.

Anche loro restarono intrappolati in quei fili tessuti, pronti ad accogliere e trattenere. Dopo un'ora di salita, quando ormai gli alberi lasciavano posto a una luce piena, erba fitta, erica, piante di mirtilli e tane di marmotte, giunsero a un laghetto e Giosuè finalmente interruppe il silenzio.

«Amico mio», e gli cinse la spalla, «tu sei più giovane, non hai ancora figli e non sai, non puoi sapere...» disse sedendosi su un grande masso squadrato vicino a una pozza.

Orazio ingoiò quel dolore vivo, ma apprezzò quell'àncora da calare, si attaccò alla gomena e accompagnò l'amico in quegli abissi. Lo lasciò parlare di nuovo.

«Avrei voluto un figlio maschio. Le donne non le ho mai capite, complicate, ingarbugliate, si inquinano l'anima con troppi pensieri. Eppure non si può scegliere, arriva quello che deve arrivare e bisogna accoglierlo a cuore aperto, come una sfida con Dio.»

«Giosuè, io...» ma l'altro si sedette su un masso sporgente e continuò a lasciar fluire anni di pensieri.

«Certi futuri inaspettati, un padre li sente. Il destino dei figli si percepisce ancora prima di concepirli. Se ti fermi nel silenzio del tempo, quando solo il vento scuote il mondo, sono visibili. Ma nessun padre li vuole ascoltare, perché la vita deve ancora scorrere e speri che almeno un ingranaggio cambi direzione, e tutto giri nella maniera giusta.»

In realtà, Orazio non gli aveva mai presentato la sua famiglia. Per un tacito accordo avevano deciso di tenere la loro amicizia riparata lungo la mulattiera dei vecchi sassi. Amavano osservare l'essenza degli alberi o dar voce ai pensieri, ma nessuno doveva interrompere quella felice sintonia mentale che si intrecciava tra le affinità della buona sorte.

«Io sono mortificato. Anche Josephine non si dà pace. Dice che non l'abbiamo controllata abbastanza. Ma almeno io avrei potuto...» e si sentì piccolo, mutilato dall'incapacità di procreare.

«Orazio, lasciamo gli 'avrei potuto' a valle! Doveva andare così. Non c'è niente che si poteva cambiare.»

Intanto guardarono in silenzio la lunga fila di macchine che attraversava il fondo valle per raggiungere le località turistiche situate più a est.

«Mia figlia è sempre stata inquieta. Non era felice. Abbiamo cercato in tutti i modi di ammorbidire quella ragazza increspata. Ma era come un'ape tra le formiche. Poi è arrivato quel *taramot*! Quel pallone gonfiato di un finanziere! Scommetto che, se è sparita, c'entra solamente lui.» Giosuè tirò dei sassolini fra le alghe fitte che coprivano la superficie del laghetto dove tante volte aveva portato il pascolo.

«Ma l'abbiamo cercato, Giosuè. Quel conoscente colonnello l'ha rintracciato. Sta a Napoli con la famiglia. E non se la passerà bene. La moglie ha saputo della tresca.» Orazio appoggiò il sigaro sulle labbra, indeciso se accenderlo.

«E se la nascondesse?»

«Ma no, Giosuè, se è infedele avrà altre amanti!»

«Ma se me l'ha uccisa e poi nascosta? Se ne vedono di cose brutte al telegiornale! Io sono buono ma ho visto la guerra, lì mi hanno obbligato a essere cattivo e mi sono mangiato il cuore a rimorsi, ma se ha fatto del male all'Agata tiro fuori la cattiveria!» Guardò il bosco scuro a valle e gli vennero i brividi.

«Sai, Orazio, perché la mia casa è circondata dalle betulle? Le piantò mio nonno, quando ero piccolo. Dalla finestrina della camera in cui dormivo, vedevo il bosco e avevo paura. Era troppo scuro e fitto per un bambino. Lo immaginavo pieno di lupi, streghe, orchi. Mi svegliavo urlando dopo aver fatto incubi. Oggi rido, perché là dentro ci sono solo funghi e qualche animaletto sparuto», disse indicando le grandi chiome degli abeti.

«Era esattamente il 1900 e mio nonno pensò che fosse l'anno giusto per augurare un buon secolo e proteggere la sua famiglia. Allora piantò delle betulle intorno alla casa. Decise di mettere del bianco davanti al buio. Della luce che calmasse le angosce.»

«Non avrai più fatto incubi!»

«Be', le betulle non crescono in una stagione. Ne ha goduto Agata, anche lei non amava il buio del bosco.»

Orazio sorrise e gli batté una mano sulla spalla.

«Abbi fede nella benemerita», gli sussurrò. «Troveranno tua figlia. Secondo me, l'Agata si sta semplicemente nascondendo, perché si sente una svergognata. Fra poco la gente avrà altro di cui sparlare e tornerà. Dove può andare una persona, se non dai propri cari? Sarà ancora a Milano, ne sono sicuro.»

«Cosa ho fatto io per avere una figlia così? Perché non ho una ragazza alla buona, come le mie nipoti, che si sono sposate con un idraulico o uno di quei bravi ragazzi che sono andati a lavorare in banca?»

«Se ne accorgerà anche lei, vedrai che tornerà. Voi gente di montagna siete come alberi. Avete radici. Mica lo smog», e Orazio accese il sigaro con un fiammifero.

Quella sera guidò verso Milano pensando ai figli che ci sono e a quelli che non esistono ancora.

15
Pioggia

I VESTITI di Bernadette giacevano ancora a terra sparpagliati e lei sentì freddo ai piedi. Fuori iniziò a piovere a dirotto, così cominciò a rivestirsi senza più guardare lo specchio. Riprese l'unghia posta dentro un fazzoletto di carta, si diresse verso la finestra socchiusa dove le gocce picchiettavano il vetro con ritmo sincopato. Si incantò a guardarle mentre si allungavano verso il basso e si univano in rivoletti aggrappati al bordo dei serramenti. Poi, senza accorgersene, la spalancò, alzò la mano, gettò l'unghia alle intemperie e rimase ferma a pensare.

Mille immagini in discesa cominciarono a strizzarle il cuore, ingabbiato dentro uno spazio angusto con poco ossigeno.

Ora rimarrò sola, in questo paesino di montagna in cui non è facile entrare nel cuore della gente, e la mia dolce Malvina non avrà più un papà con cui fare colazione e dovrà mendicare del tempo alla sua amante e passare giornate stucchevoli con lei.

«Avrà una sessualità giovane e sporca che fa impazzire Edoardo», confidò a Silvia, che l'aveva raggiunta con una telefonata.

«Hai trentaquattro anni, Bernadette, non sei vecchia, sei solo una ragazza vecchia. Dai, su! E non farti viaggi mentali, altrimenti stai male per niente», la redarguì l'amica, cercando di confortare con pazienza i suoi pensieri rugosi, a dispetto del suo carattere focoso.

«Lei sarà una fanatica della dieta e sgriderà mia figlia perché mangia troppo e a volte si sbrodola il maglione nella foga di godersi il pranzo. E sicuramente le dirà di non ridere troppo perché le vengono le rughe e Malvina la troverà un modello da imitare e mi tratterà con indifferenza», prolungò ad alta voce i pensieri e avvolse completamente l'amica con il suo cruccio.

Quando ci sono tradimenti, le donne conoscono benissimo il finale. Alcune lo vogliono vedere subito, altre no. Ma il finale è già scritto, pensò Silvia, evitando però di esplicitare quel pensiero, a causa dell'irrequietezza dell'amica, che percepiva dai rumori in sottofondo, passi strascicati e picchiettii sui mobili.

«Allora vorrà trasferirsi da suo padre o dalla sua amante, che di certo odieranno la musica classica e la porteranno a un concerto di qualche rapper burino. Poi Miss Unghia vorrà un figlio, perché fanno sempre così queste, godono a lasciare cicatrici indelebili, che poi agli uomini piace, perché si sentono eternamente giovani. Altro che lifting, gli uomini non sanno proprio invecchiare.» E parlava, parlava, rivestendosi senza cura e muovendosi intorno a se stessa. Infine ringraziò l'amica, poiché sapere ascoltare gli altri non è da tutti.

La batteria del cellulare era al minimo, così andò in cucina per ricaricarlo e decise di prepararsi una spremuta di arance, per provare a risollevarsi con un poco di vitamina.

Ma niente. La rabbia la stritolava, la annientava, stava per crollare, così lasciò cadere l'ultima arancia e corse fulminea fuori in giardino. Aveva bisogno di aria!

Dall'inferriata del recinto chiamò Lucy, che con sonnolenza uscì dalla sua cuccia, le diede dei pezzetti di pane e cominciò a parlarle.

«Mio marito mi tradisce, mi tradisce, anche io sono cornuta», e il cane le leccò le mani con innocenza.

Poi alzò la testa verso il cielo, la bocca aperta e, mentre la pioggia le tamburellava sul viso e le entrava nel corpo, si sentì attraversata da un acquazzone che la invase con tutta la potenza liquida dei cieli primordiali. E le parve lava, perché un abbandono è un magma che dilaga e annienta tutto.

Quando arrivò Tina, la trovò in giardino completamente bagnata con la bocca aperta verso il cielo, mentre cercava di bere la pioggia.

«Che succede, Bernadette, ti sei chiusa fuori casa?» la guardò disorientata e la riportò dentro, dove con affetto le posò un asciugamano sulle spalle.

«Se fossi un ramo di pesco, mi avrebbero scambiato per un rubus.»

Tina non capì quella risposta degna di un botanico e cercò di spronarla con empatia genuina, anche se aveva compreso che qualche fantasma l'aveva sconvolta. Poi le accarezzò la schiena con gesto materno e raccolse l'arancia dal pavimento.

«Prepara rognoni e cervella per cena», le disse guardando l'interno del frigorifero mentre Tina strabuzzava gli occhi.

«Ma Bernadette, da quando ami le interiora?» e le porse la spremuta.

«Da mai, voglio solo dello schifo per mio marito.»

«Ma tuo marito tornerà da Cagliari tra due giorni.»

«Ah già, è vero, sto perdendo contatto con la realtà!» e bevve la spremuta tutta in un sorso, macchiandosi le labbra di rosso.

«Scusami...»

La domestica, per tutta risposta, le si piazzò davanti, e fissandola con sincerità, le disse: «Guardami bene e ascoltami. Tu non mi devi spiegare nulla!»

Bernadette le fu grata, mantenne l'espressione di chi si è trincerato dietro pensieri troppo grandi, poi salì in camera a cambiarsi gli abiti, prese il borsone e corse alla piscina comunale: voleva cercare ancora acqua per spegnere quel fuoco chc la stava consumando.

Fuggì anche dal suo violoncello, perché il suono malinconico del la minore feriva ancora di più.

Tina, che conosceva perfettamente l'universo femminile, aveva capito che la causa era Edoardo, l'aveva capito tra i vestiti da lavare.

Bernadette, seduta sul bordo della vasca con ancora l'accappatoio addosso, cominciò a esaminare le unghie di tutte le nuotatrici che fuoriuscivano dall'acqua e le mancò la terra sotto i piedi e l'aria per respirare. Infine si tuffò, restò a lungo sott'acqua, immota come una medusa trasportata dal caso. Poi si rimise l'accappatoio, si cambiò e uscì, come se niente fosse.

Dopo la piscina, si diresse alla scuola di musica. Aveva programmato alcune lezioni da cui non poteva esimersi.

Fuori intanto pioveva ancora, come dentro lei.

16

Una figlia del cielo

L'ESTATE del 1981 fu molto calda e di Agata ancora nessuna traccia. In città si boccheggiava, Orazio caricò in macchina sua moglie e sua madre e lasciarono la città per scappare al fresco della montagna.

Liliana riposava sul grande terrazzo godendosi la brezza del bosco, mentre Josephine passeggiava lungo i sentieri ombreggiati e Orazio passava a trovare Giosuè dopo aver cacciato fagiani.

In realtà, i Laudis si sentivano invecchiare senza aver concluso nulla. A marzo era sparita Agata e quell'ingiusto rimorso li aveva buttati giù di morale.

Inoltre, non si capacitavano di quei dieci anni di matrimonio passati vani senza riuscire a concepire un erede.

Stavano fisicamente più o meno bene, si amavano più o meno tanto, non avevano problemi di soldi, eppure niente, il ciclo si presentava puntuale ogni mese.

In quegli anni avevano provato tutte le vie percorribili, ortodosse ed empiriche, senza accorgersi minimamente della gravidanza di Agata che gli sfilava sotto gli occhi ogni giorno.

Dapprima avevano fatto lunghe processioni da ginecologi di fama, poi avevano strizzato l'occhiolino a Dio e deciso di essere un poco più altruisti aumentando l'obolo di carità per i poveri delle parrocchie. Infine, avevano ampliato la loro dolente devozione interpellando i santi e i beati, si erano recati presso vari santuari della zona, all'Apparizione di Maria Vergine di Gallivaggio, alla Madonna di Tirano, alla Madonna della cintura a Pasturo, da Santa Maria di Caravaggio e alla chiesa di Sant'Ambrogio a Milano, che guardasse giù anche lui ogni tanto i cittadini della Madonnina. Si confessarono così tanto spesso che non sapevano più quali peccati inventare.

Si erano già recati ad Assisi, per Pasqua, perché Orazio aveva un debole per san Francesco anche se, al contrario di lui, non amava gli uccelli.

Non contenti, erano andati persino al mare a Loreto, ché la Madonna nera era qualcosa di prodigioso, dicevano. Ma di miracoli neanche un accenno. Così quell'estate puntarono in alto. Presero in extremis la decisione di andare a Lourdes.

Avevano già acquistato i biglietti del treno, consci che il viaggio sarebbe stato molto lungo. Erano quindi tornati a Milano per preparare i bagagli quando, quella calda notte d'agosto, sentirono uno scampanellio anomalo per quell'ora tarda. Temendo fossero dei ladri, Orazio, con indosso solo un paio di mutande e una canottiera che non arrivava a coprirgli la pancia, corse a prendere il fucile per impallinare i teppisti, in ricordo di quella volta che degli ubriachi avevano fatto la pipì sulla cassetta della posta.

Josephine, più accogliente e curiosa, aprì la porta pensando di trovare dei gattini abbandonati. Le era già capitato di trovarsi una cucciolata sullo zerbino. Una volta aperto il cancello di casa, si fece una decina di segni della croce perché, meraviglia, trovò in un cesto di vimini una sparuta bimba di pochi mesi, vestita di giallo, adagiata su un maglione color muschio che non riconobbe.

«Un miracolo, Orazio, un miracolo, Orazio, un miracolo!» gridò finché il marito non la zittì.

«Silenzio, Josephine, o svegliamo mia madre e tutto il quartiere!» rispose lui allargando le braccia in un gesto di rimprovero, ché le poche volte in cui si agitava diventava rosso ciliegia.

«Come nei romanzi dell'Ottocento! Quando ti lasciavano i bambini sulla porta di casa o alla ruota degli esposti», si stupì. «E cosa fai con un fucile, per l'amor di Dio, mettilo via!» E Orazio depose le armi dinanzi a quel prodigio. Si impose la calma e aiutò, sempre in mutande, la moglie a portare dentro casa l'infante abbandonata.

La guardarono in faccia per vedere se avesse polvere siderale sulle mani o le ali. Ma la bimba parve proprio umana. Entrambi pensarono che la Madonna di Lourdes fosse fenomenale anche a distanza, ma non se lo confessarono mai e rimandarono quel viaggio ormai inutile.

Josephine abbracciò subito quella bambina per non lasciarla più. «La chiameremo Madeleine!»

«Ma Josephine, non puoi chiamarla come i biscotti di tua madre.»

«Stella, Stella è un bel nome, ché mi pare arrivata dal cielo come una cometa.»

«È meglio Maria, ché se no la Madonnina sul Duomo si offende!»

«Allora Bernadette, così ringraziamo quella di Lourdes.»

«Bernadette, Bernadette è un bel nome. Va benissimo, però, Josephine, mettiti in testa che non possiamo tenerla.»

Lei non lo accettò e scappò in casa con la bambina, mentre lui le ripeteva: «Ragiona, non si può, non si può».

Orazio cominciò a inseguirla mentre lei, frenetica, guardava negli armadi per cercare un giaciglio con delle sponde, lenzuolini, pannolini, ciucciotti, biberon, latte in polvere! Ma non aveva niente di tutto questo, e già lo sapeva. Era impazzita dalla gioia di fronte a quella delizia candida.

«Josephine, smettila, non fare così, non si può tenere un bambino che non è tuo. Ti sembra una cosa normale? Di qualcuno dovrà pur essere», tuonò perentorio.

«Ma cosa è normale nella vita? Mica abbiamo affisso cartelli che cercavamo un bimbo, Orazio! Se è arrivata a noi, deve per forza essere un miracolo, una magia, chiamala come vuoi...» urlò fuori di sé, tanto che svegliò sua suocera e colse l'occasione per presentarle il miracolo.

«Ussignùr!» esclamò nonna Liliana, che ci mise alcuni minuti per elaborare la situazione.

Poi disse a suo figlio: «Eh sì, questa volta non si può pensare ad altro che a un regalo di Dio, Orazio! Non vorrai riportare la bimba sulla porta di casa, spero?» Prese da un cassettone una camicia di flanella con fiorellini gialli e ci avvolse la bimba su tutti i lati. Poi piegarono molte volte un lenzuolo matrimoniale in percalle e lo adagiarono sul fondo della cesta in cui l'avevano trovata, a mo' di materasso.

Allora lui si calmò e decisero insieme che, almeno per quella notte, l'avrebbero accolta e cullata e scaldata e sfamata. Josephine la lavò in una bacinella di zinco e la ninnò. Usò degli asciugamani come pannolino e trovò che il giallo donasse molto a quella bimba dai capelli scuri.

«Josephine, ragiona però», aggiunse infine lui, «è contro la legge mentire. Ora vado a cercare una farmacia di turno per comprare l'occorrente! Domani, vedremo il da farsi.» Lei lo abbracciò con un'aria leggera e colma di speranza, mentre Liliana gli batté una pacca sulla spalla e si ritirò nella stanza fiorata, lasciando a Josephine il privilegio di essere madre, almeno per una notte.

Al ritorno dalla farmacia, Orazio trovò la moglie sulla sedia a dondolo, che cantava una dolcissima ninnananna francese. Stringendo il dito di Josephine con una manina minuscola e pallida, Bernadette dormiva serena. Non si poteva tenere un trovatello, quello era sicuro, ma una bambina che piomba a quel modo era proprio un destino da ascoltare.

All'alba erano tutte e due già sveglie. La bimba venne cambiata e nutrita da Josephine, che se la cavava piuttosto bene, era decisa e materna.

Lui invece era agitato e aveva passato la notte insonne. Aveva cercato di addormentarsi seduto di fronte a loro, ma, come i suoi cani da caccia, riusciva a chiudere solo un occhio per volta. Perciò andò in giardino, nel recinto insieme ai suoi setter irlandesi. Ne approfittò per riflettere, camminando avanti e indietro, poiché gli uomini riflettono meglio quando muovono le gambe.

All'ora in cui aprivano gli uffici, si fece trovare impettito sulla porta del giudice Solari, cliente fedele delle scarpe di qualità Laudis, nonché grande amico di Orazio.

Il burocrate cominciò a riflettere facendo suoni gutturali. Poi scostò la polvere da alcuni tomi e scorse velocemente i codici, finché trovò la legge numero 431 del 1967.

«Ecco, caro mio, bisogna lavorare su questa», e ci picchiettò sopra un dito ingiallito, «intanto corri a segnalare l'abbandono della bimba a un pubblico ufficiale.» Poi gli spiegò l'iter per chiedere la bimba in adozione e gli consigliò uno scrupoloso avvocato logorroico.

Il novello padre strinse i calcagni tra loro facendo scoccare la pelle lucida delle scarpe, prese appunti come uno studentello e, per niente spaventato da leggi e tribunali, affrontò quel percorso mefistofelico.

Nel frattempo, la legge seguì il suo percorso, cercando inutilmente di ritrovare i parenti legittimi della trovatella, poi dichiarandone l'adottabilità.

I Laudis conservarono una santa pazienza, che Josephine e Liliana sciorinavano ogni sera sul rosario ordinato per posta da Lourdes, strinsero i pugni e i denti, dovettero compilare questionari smaliziati, fare domanda di adozione, e dopo svariati mesi poterono dare il cognome alla loro Bernadette.

Intanto, in quel periodo, riuscirono già a occuparsi della piccola. Venne subito consentito loro di tenerla a casa, suscitando la curiosità dei vicini.

In particolare della dirimpettaia Eulalia Mondadizza, anziana proprietaria di una notevole pellicceria in via Pagano e dotata di una curiosità pettegola pari al numero dei peli su una pelliccia di visone, la quale notò la carrozzina blu in velluto a coste parcheggiata di fianco al portone di ingresso. Dapprima pensò a dei parenti, in quanto i Laudis erano molto ristretti nella loro frequentazioni, poi a un errore, poiché era certa che Josephine non sembrava essere mai stata in attesa; era facile contare gli anni di matrimonio senza lieto evento e dedurre che erano una di quelle coppie dal ventre asciutto. Infine, ròsa dal mistero della carrozzina, si appostò sul cancello, all'ora in cui Josephine si avviava a comprare il pane dagli Orlandini, e ci picchiò il muso lungo e scavato.

«Cara la mia Josephine, ma chi è questa meraviglia?» Si forzò a elogiare quella bimba sorridente dalle manine candide.

«È mia figlia, sì, di mia sorella.» Si ingarbugliò allora Josephine, che non era pronta ad affrontare domande maliziose.

«Non ho capito bene!» rispose la pellicciaia, appoggiandosi un dito stizzoso sul mento, punteggiato da qualche pelo scuro lasciato crescere con noncuranza.

«Insomma, si chiama Bernadette», e chiuse a riccio le labbra imbronciate.

«Ma abita da voi?» A Eulalia uscì la frase infelice.

«*Mais oui*», disse con sfrontatezza la quasi mamma, poi mollò sul vialetto l'anziana, che allungò subito la novità a tutte le clienti del panificio Orlandini. Invece lei girò i tacchi e spinse la carrozzina di nuovo verso casa. La sera, i Laudis non mangiarono companatico e decisero quale versione proporre al mondo. Orazio lasciò decidere a Josephine ciò che aveva già nel cuore.

Sarebbero stati un padre e una madre e gli altri potevano pensare quello che preferivano, ma nessuno osò mai obiettare, almeno a parole, su quella nuova geometria famigliare, in barba ai pettegolezzi di città, che in breve tempo finirono come fichi secchi ai bordi degli orti.

Josephine decise solo di fare approvvigionamenti in un panificio leggermente più distante e Liliana fece mettere delle tende pesanti e scure sul lato della casa rivolto verso la signora Eulalia, la quale si morse le unghie perché dovette fare il regalo alla nuova arrivata e, nonostante fosse estate, fece confezionare un manicotto di lapin.

«Visto, Josephine?» disse Orazio quando firmarono l'adozione davanti al giudice del tribunale dei minori. «È stato più facile avere a che fare con la legge che con Eulalia Mondadizza!»

E anche le passioni venatorie vennero accantonate, per crescere quella bambina giunta da chissà dove.

17
Sola

MENTRE riponeva il violoncello nella custodia, la assalì la paura folle di rimanere sola, ombra che iniziò a inseguirla come un cane affamato.

Mia madre invecchierà di colpo, mia figlia se ne andrà a vivere all'estero e io resterò qua al freddo. Sola, sola, sola...

Eccola di nuovo, risorta più forte che mai, l'assenza di qualcosa che non riusciva a riconoscere.

Aveva terminato le lezioni, così scese in strada con il pesante strumento sulla spalla, senza aprire l'ombrello. Guardò i passanti, presa dalla tentazione di urlare a loro in faccia tutta la rabbia che provava verso il marito. Ma si trattenne.

Giunta a casa, uno stormo di pensieri migratori si annidò sulla sua testa.

Da quando mi tradisce? È la prima volta? Perché la settimana scorsa ha fatto l'amore con me? È via per lavoro? Ma quante balle mi ha raccontato nella vita? Si sfilò il cappotto e lo appese con cura su un attaccapanni.

È un film, non può essere vero! Voglio la conferma

ufficiale di essere cornuta, pensò. La dimensione quotidiana si squarciò e la visione del mondo diventò obliqua.

Prese un formaggino dal frigorifero e lo spalmò sul pane di segale. Ne morse solo un pezzetto e lo buttò via, aveva lo stomaco chiuso. Chiamò allora la figlia per augurarle la buonanotte e ricevere da lei un poco di calore.

Passò quella prima notte da sola, annidata sotto il piumino, con una lucina anti-buio a fianco del cuscino, il lumino dei bimbi che hanno paura dei mostri.

Tina arrivò la mattina seguente, puntuale alle otto e mezzo. Aveva capito che in quella casa circolava un'aria elettrica e sapeva che l'uomo ne era la causa.

Cominciò a stirare le camicie di Edoardo sterzando, con occhiate teatrali, sulle pieghe.

Sotto questa famiglia si sta aprendo un crepaccio, pensò guardando le occhiaie di Bernadette che si era appena alzata. Poi attirò la sua attenzione canticchiando una motivo allegro e le lanciò uno sguardo tipico di chi ha finalmente compreso l'arcano dei tarocchi.

Quando ottenne di rimando lo sguardo vacuo della vittima, cominciò a parlare di qualcosa di vago per non centrare subito l'argomento. Le accennò di un problema alla schiena che non riusciva a risolvere, nonostante le visite ortopediche e le sedute dal fisioterapista.

Bernadette non capiva dove volesse approdare e le si mise di fianco.

«Insomma», ora i suoi occhi erano meno contriti «alla fine sa come ho risolto il mal di schiena? Sono andata da una pranoterapeuta. Pra-no-teeee-ra-peuuuu-taaa.» Tina ricominciò a lasciare sbuffare vapore dal ferro a intermittenza.

«Sì, più o meno so cosa fanno!» rispose Bernadette giocando con quelle nuvolette umide.

«Attenta, Bernadette, o ti scotti. Lasciami stirare!»

«Sì, mi sposto. Comunque sono quelle che ti curano a modo loro.»

«Che ti curano con le mani perché irradiano un flusso divino! Io non credo, eh, a queste cose, ma una volta ci ho provato. Si chiamava Flavia, lo ricordo bene. Non chiedeva soldi e le ho dato fiducia!» E virò sulle pieghe con tenacia.

Tina stava cercando di aiutarla e forse la donna era la persona giusta, perciò aveva pensato tutta la notte a come non offenderla, perché queste pranoterapeute sembrano un poco delle streghe, e mica tutti le accettano.

«E ti è passato il mal di schiena? Perché io non credo molto a questi rituali pagani.»

«Ma certo. Come una magiaaaa!» esclamò Tina allungando la «a» finale in maniera teatrale. Poi si imbarazzò e abbassò il tono.

«Mi ha anche detto delle cose che nessuno poteva sapere», ora sussurrava. «Ha guardato nella mia vita, per lei ero come trasparente!»

A Bernadette vennero i brividi. Non aveva mai pensato agli incroci di mondi differenti ed ebbe una stilettata fredda lungo la schiena. Segno che allora, un poco, ci credeva.

«Ma non ti sei spaventata?»

«Ma no, ma no, ero protetta dall'alto! Avevo con me il rosario e avevo acceso ceri in chiesa la domenica prima.»

«Tina, non ho dubbi che tu abbia recitato tredici rosari

e almeno cinquanta Ave Maria per espiare il rito pagano» e sorrise.

«Be', la curiosità era forte.»

«E che ti ha detto?»

Tina le raccontò dei grattacapi passati a causa del figlio e di come «la maga» fosse riuscita a predire problematiche adolescenziali che lei si era preparata ad affrontare con largo anticipo. Poi le trascrisse su un foglietto il numero della signora, che Bernadette appoggiò sul mobile accanto all'unghia posticcia rimasta. La squallida realtà vicino al mistero trascendente. E i due mondi iniziarono a sovrapporsi in un incantesimo provvidenziale.

Bernadette accarezzò la mano della Tina, raccolse una pila di camicie stirate e salì nella sua stanza per riporle, poi andò all'ultimo piano, nella mansarda luminosa in cui di solito suonava, e accarezzò il violoncello, spegnendo pensieri di riti da sabba.

Ma dove hai la testa? Scendi nel mondo reale! Mentre iniziò a muovere le dita sulle corde, le accuse di Edoardo risuonarono come campanellini nella sua testa.

Sì, ho la testa tra le nuvole e ci sto anche bene.

Decise di telefonare subito alla pranoterapeuta.

18

Amabili suoni
(bis)

Bernadette diventò la figlia unica di un fortunato connubio e fu lasciata libera di cercare la propria strada, tanto erano contenti i novelli genitori di poterle dedicare tutto il loro futuro.

Crebbe in piazza Wagner, in una zona leggermente scostata dal teatro e dai numerosi negozi, tra scarpe e musica, in una Milano anni Ottanta dove si faceva shopping da Fiorucci per comprare la t-shirt con gli angioletti di Raffaello o mangiare il primo cibo americano da Burghy.

Qualcosa andò storto tra le congiunture ereditarie di famiglia, perché la bimba sviluppò inspiegabili doti musicali, quell'alchimia misteriosa che permetteva di trasformare algoritmi numerici in suoni meravigliosi.

Nel calzaturificio Laudis & Co., regnava l'odore acre di cuoio e colla, le pareti scaffalate erano colme di modelli e forme, eppure l'alcova perfetta per fare crescere le doti della musicista in erba fu proprio l'ufficio di Orazio, luogo eletto a tana sicura per rilassare l'anima. Era un ambiente avvolto da vetrate, da cui si poteva osservare il lavoro degli artigiani e delle segretarie in fondo. Lui, che dirigeva anche la parte amministrativa, aveva scelto quella trasparenza per essere al fianco del personale e mostrare che faceva parte del gruppo senza apparire superiore.

Al centro della stanza dei bottoni, dominava un enorme bancone di legno che si trascinavano di avo in avo, un ammasso di tiretti e cassettini di svariate misure, in cui ancora conservava gli attrezzi dei sellai, punteruoli, forme, aghi, fili.

In un angolo strategico, su un tavolino tondo dalla gamba a quattro piedi, risiedeva il pomposo giradischi, la cui puntina solcava le lune di Orazio, che amava Bach quando era malinconico, Mozart quando aveva bisogno di stupore, Vivaldi quando erano in divenire cambiamenti e Chopin al tramonto o quando veniva voglia di sognare.

Fu in quell'ufficio accogliente che Bernadette imparò l'arte di stare a piedi nudi e orecchie al vento.

Tutto iniziò quando suo padre scoprì l'effetto calmante del cuoio. Accarezzare la parte interna del pellame era terapeutico per i bronci infantili, soprattutto se unito al giradischi acceso.

Così, per percepire i trapezi armoniosi delle note, di solito Bernadette rubava un acconcio di pelle, lo stendeva sul pavimento con il lato morbido rivolto verso l'alto, toglieva calze e vi danzava, gustando il contatto del piede sul vello. Le pareva di sentire il tintinnio delle vibrazioni che solleticavano le periferie del corpo. Lui avrebbe voluto imitare la passione selvaggia della figlia, ma conoscendo la propensione maleodorante dei suoi piedi, lo fece alcune volte di nascosto, in cui ballò come uno sciamano sotto l'effetto di un peyote, controllando sempre di aver chiuso a chiave la porta.

* * *

Orazio si accorse presto dell'inclinazione della bimba verso la musica classica. La teneva sulle ginocchia che si muovevano a tempo. Cercava di descriverle le sensazioni che gli suscitava il *Requiem* di Mozart, l'*Inverno* di Vivaldi, *O mio babbino caro* cantato dalla Callas: adorava quel pezzo.

Quando compì sei anni, le fece la gran sorpresa. A casa, in salotto, spostò due minuscoli e inutili tavolini che la moglie riempiva di oggetti e pizzi polverosi, per centrare il vecchio pianoforte, che aveva appena fatto accordare. Prima di chiamare la bimba, lo ricoprì con una stoffa di velluto rosa cangiante.

Ottenne un tiepido bacio e la frase lapidaria: «Papà, era già qui questo piano, prima stava in quell'angolo! Ti ho visto suonarlo».

«Sì, ma...»

«Ma ha iniziato a prendere lezioni ed era una frana!» rise Josephine. «È meglio se ascoltiamo il giradischi!»

L'anno dopo, la prese per mano e la portò a un concerto di Rostropovich. Bernadette restò buona e assorta con il nuovo vestito in percalle finché, al termine dell'esibizione, allungò il braccio e indicò qualcosa.

«Mi piace tanto, quello!» disse illuminando il cuore di papà. Iniziò così a suonare il violoncello. Preferibilmente a piedi nudi. Suo padre il piano, lei le corde.

19
Vedo

BERNADETTE pensò a Flavia e se la immaginò cisposa, respingente e anziana, dato che ormai il figlio della Tina non era più un adolescente. Tuttavia, quando quel pomeriggio le telefonò, rispose una voce gioviale che le fissò subito un appuntamento. Indossò allora il suo talismano: un anello d'argento con la pietra di ambra, regalo di sua madre, e lo strinse tra le dita. Con quel gesto voleva proteggersi da possibili energie negative.

La pranoterapeuta aprì la porta di un piccolo appartamento in un'elegante palazzina del centro.

Ne fu sorpresa, non si aspettava una ex hippy vestita MaxMara che la fece subito sentire a suo agio.

La signora aveva morbidi capelli color zucchero filato che scendevano lungo la schiena in una catena di ricci ordinati. Emanava serenità, tanto che le infuse una pacatezza capace di sciacquare un poco il veleno che aveva in corpo. Non era per niente la donna torva e sciatta che si era figurata. Aveva un viso tonico che si scontrava con rughe vagabonde.

Chissà cosa rappresentano quei segni del tempo sul viso?

si chiese. Tanto sole, oppure angosce altrui che le avranno pungolato il corpo come morsi di zanzara?

Flavia indossava un tubino che seguiva le forme, una *mise* cortese che fasciava un corpo morbido, alleggerito dall'altezza. Sui polsi e al collo portava grandi gioielli etnici con pietre dure, segno che amava viaggiare, anche solo con la fantasia.

Forse le sue capacità sono reali! Non è la solita furbacchiona che intorta quelle come la Tina, pensò.

L'abito color pervinca e le acque marine incastonate negli orecchini – regalo del defunto marito, le confidò poi, quando Bernadette si complimentò per quella luce così pura – la facevano assomigliare alla fata turchina di Collodi. Si sentiva bene nei colori del cielo. Non indossava mai colori scuri, perché avrebbero attirato vibrazioni non gradite.

Lei, quel potere di vedere oltre, non se l'era cercato, quella strada misteriosa era iniziata nel sonno da bambina, dopo che era morta la nonna. Anche lei dotata del dono di vedere oltre il velo del tangibile.

Quella prima volta, la bambina si spaventò a morte e per un anno dormì con un lumino su una mensola piccola, posta di fianco al letto. La madre, che era a conoscenza di quella tara oscura che li accompagnava da generazioni, si decise a risolverla con i sacramenti. Perciò la accompagnò con il treno fino a Milano, da fra Cecilio, alla ricerca di protezione divina da quelle voci incessanti. Il cappuccino, con una barba piena di passato e consolazione, era noto per la semplicità celestiale con cui offriva sollievo alla vita dei più poveri. Le accolse nella guardiola del convento, bruciò un carboncino imbevuto di resina di incenso e disse alla bimba che era la sua stigmate e che andava accolta con preghiere e usata per fare del bene gratuito.

«E ricordati che Dio ti ama!» aggiunse. Quella frase le rimase nella memoria per sempre.

La casa di Flavia rispecchiava quel limite invisibile tra due mondi, materiale e spirituale. C'erano pochi mobili, un canapè con un'immagine del frate incastonata nell'anta, una vecchia macchina da cucire, ricordo della madre, e alcune sedie appoggiate contro il muro intonacato, su un pavimento smosso dalle venature del marmo lucido. Quell'ambiente privo di suppellettili aveva un che di monastico, eppure l'atmosfera vuota risultava elegante.

«Vive sola?» chiese Bernadette in un impeto di aperta curiosità verso l'arcano.

«Vivo con i miei morti!»

«Come tutti!» rispose mesta Bernadette. Flavia vide chiaramente le energie intorno a quella donna malinconica.

«Chi è Agata?» esordì mentre si poneva davanti alla finestra.

Bernadette si stava ambientando e ascoltò per la prima volta quel nome.

Provò a ripeterne il suono, che le piacque d'istinto, ma non riuscì a pescare alcun ricordo concreto.

Eppure le parole non sono suoni lanciati in aria, hanno una dolcezza antica che dondola dentro.

Bernadette associò quel nome a un tepore arcaico, di mura in sasso, boschi e fumo, che scaldava inverni freddi. Cancellò spaventata quell'immagine, perché non ne capì il nesso.

Pensò a uno sprazzo inutile, forse il fotogramma di un

film, e rimase in silenzio, seguendo l'invito a sedersi su uno scranno semplice, di legno.

«Agata... No... Non conosco nessuno che si chiami così.»

«Agata! È un nome caro, lo vedo chiaramente», replicò l'altra dispiaciuta di non trovare il varco per portare il messaggio.

«Non so proprio chi sia. Mi spiace.» Cominciò ad accarezzare con le dita la pietra d'ambra.

Bernadette era visibilmente delusa e aveva le pupille dilatate in un dubbio oscuro.

Ma lei insistette. «Agata è un nome importante per te. Qualcuno invece vive diversamente.»

«In che senso 'vive diversamente'?»

«Nel senso che la vita reale non è quella che vedi... Insomma, ti sta mentendo.»

Aveva colto le fessure intagliate nel suo sconforto, rafforzate da un passato insito in lei, eppure a lei sconosciuto. Ma il lavoro della medium richiedeva una lauta dose di diplomazia, doveva centellinare le parole per comunicare verità scomode. Non tutti erano pronti ad accogliere le rivelazioni.

«Qualcun altro invece cerca la strada per farsi ascoltare!»

Bernadette pensò a Bastiano, forse la frase era rivolta a lui, o a suo marito Edoardo, che sicuramente stava cercando di metterla in un angolo. Oppure a entrambi. Ma, di nuovo, pensò che davvero non conosceva nessuna donna con quel nome. Tutto inutile.

Era delusa e spense quel piccolo barlume di fiducia iniziale, poi batté le mani sulle ginocchia e sospirò. Intanto Flavia versò della limonata in tre bicchieri allineati sul tavolo. Tre. Ma loro erano due.

Probabilmente la pranoterapeuta aveva qualche rotella fuori posto e diceva nomi a caso che la gente si faceva calzare. Una volta Bernadette aveva letto in un articolo che i medium praticano il *cold reading*, cioè possiedono un'incredibile empatia che li rende capaci di leggere a freddo mille dettagli della persona che hanno di fronte, e i loro clienti sono talmente disperati da accettare qualunque vaticinio.

Ma che sono venuta a fare? Qua non c'è nessuna risposta, rimuginò mentre la donna la guardava oltre la spalla.

«Vedo un bosco di betulle alte che sono cresciute vigorose, intorno a qualcuno, come per proteggerlo.» Eppure gli occhi della medium erano trasparenti, sicuri delle proprie affermazioni. Poi aggiunse che era fortunata.

«Vedo dei cambiamenti e accanto a te una figura femminile che ti protegge.»

«Ma mia madre è viva e vegeta! Sarà la nonna!»

«E l'amore?» le chiese Flavia cambiando discorso.

«L'amore è una tortura!» le uscì di getto. Era un tasto dolente, qualcosa che non c'era più.

«Esiste. Si nasconde bene, ma bisogna vangarlo, seminarlo e bagnarlo. È un lavoro da contadini!»

Bernadette era perplessa, rimise le mani sulle ginocchia e si alzò definitivamente, mentre fu invitata a sdraiarsi per il trattamento.

«No, grazie, sono venuta per curiosità. Non si offenda, ma non me la sento di fare anche pranoterapia. Non voglio essere maleducata, ma io, di Agate, proprio non ne conosco. Quanto le devo?»

Nell'azzurro dei suoi gioielli, l'altra rispose: «Il tempo per capire arriverà! Non chiedo soldi!»

«Ma ci mancherebbe! Posso lasciarle un'offerta?»

«Certo, se le fa piacere. Ma non a me, la lasci alla prima persona bisognosa che incontra.»

E la accompagnò verso l'uscita, con parole che le morivano in bocca.

«Strano, strano!»

Flavia avrebbe tanto voluto rivelarle la triste storia che aveva percepito di Agata, che aveva a che fare con lei, era chiarissimo.

Ma si rammentò che non si possono violentare le persone con verità sconvolgenti, bisogna rispettare l'anima degli altri, e se certi misteri non vogliono essere accettati, rimangono tali per generazioni, a volte per sempre. Le parole che non disse erano quelle che Bernadette rifiutava, ormai era abituata a gente veloce che pretendeva risposte semplici.

Quanto sono ingenua! Una viene tradita e cerca conforto da una medium pranoterapeuta. Intanto, l'unico che si è cercato l'amore è mio marito e non mi ha fatto del gran bene, pensò.

Questa volta, Bernadette batté di nuovo con vigore le mani sul volante.

Ha ragione Edoardo, forse vivo sulle nuvole, si disse e le venne voglia di sbatterci pure la testa. In più, non aveva capito per chi fosse il terzo bicchiere di limonata.

20
Forte e dolce

Orazio Laudis si afflosciò sulla poltrona di velluto rosso con i braccioli di radica e afferrò con quieta sicurezza il telecomando, il suo feticcio delle 20.00, lo scettro delle serate passate tra il conforto delle sue due donne e l'atmosfera silenziosa di quella vecchia zona di villette che resisteva tenace, in una Milano sempre più multietnica e vogliosa di rinnovamento.

Si sintonizzò come ogni sera sul meteo regionale, che poi era il solo momento della giornata in cui pretendeva silenzio assoluto, perché il tg delle 20.00, che seguiva la liturgia delle previsioni meteo, non meritava tale assiduità, per cui tornava tra i vivi a disquisire del mondo curioso e incomprensibile che usciva dal tubo catodico.

Con parole gommose commentò la notizia finale del notiziario, incentrata sull'arrivo a Capri di una smaliziata attrice americana, scesa da uno yacht impronunciabile con lungo strascico di famiglia allargata al seguito.

«Questi non valgono una cicca! Sono banderuole, non sanno costruire un amore, si lasciano per poche briciole!

Insomma, non è così che funziona», disse alla figlia con quell'accento borghese e meneghino che trascinava le vocali.

Quindi definì dissacrante la generazione sconclusionata di sua figlia, allora ventenne, la quale non comprese a chi si riferisse quella veemenza da don Chisciotte. Dopotutto, lei aveva avuto solo qualche relazione leggera in gita di quinta liceo, quegli amori verdi e rosa, veloci come il cambio di smalto alle unghie, niente a che vedere con la sua amica e compagna di banco Mara, né con il *Diario di Laura Palmer* o *Christiane F.*, che si era letta in un boccone sentendosi l'adolescente più noiosa del globo.

«Si divorzia per capricci, lasciando bambini sballottati tra ire e rancori!» riprese a borbottare suo padre.

Secondo lui, l'intelligenza era sinonimo di rispetto, e si infervorava su certi argomenti, non sopportava i bambini vittime delle volubilità amatoriali di stalloni e farfalle che prendevano decisioni secondo la direzione della tramontana.

«I sentimenti sono energie potenti, vanno plasmati, dominati e custoditi al caldo. Certa gente non vale mica. Non ha sofferto e vive facile. Poi, quando capita la prima difficoltà, si deprime, cerca aiuto negli altri perché non sa stare in piedi da sola e si riempie di medicine e parole. Ancora una volta si è persa la capacità di crescere», chiosò per proteggerla dalle delusioni e dal mondo. Ciò che tanto tempo prima l'aveva esposta al vento.

«Prendi un po' di Amaro Giuliani, Orazio, che ti va di traverso il risotto», intervenne dolcemente Josephine, pronta a offrire cibi o bevande per ammorbidire le situazioni.

«Dovevi fare il confessore, papà. Hai sbagliato lavoro», aggiunse Bernadette vestita di nero, abbracciandolo stretto con quel fervore infantile che le prendeva la mascella e le faceva digrignare i denti.

«Ma *se diset*? Ma lascia i clerici a pregare. Per carità. E smettila di vestirti di scuro, ché mi sembri un becchino!» Lui non si lasciò sfuggire di rimarcare il suo retaggio laico e fece partire con piacere il placido giradischi anni Settanta, presente anche in salotto, oltre che in ufficio e camera da letto. Iniziarono le note ritmate del *Preludio in do maggiore* di Bach, perché era fissato con quei suoni eterni, impreziositi dal fruscio della puntina viva sul disco. Era una musica forte e dolce che copriva i silenzi e ammantava i vuoti, che rilassava tutta la famiglia, abituata a quel siparietto serale di previsioni del tempo, opinioni filettate, Amaro Giuliani e Bach.

Fu proprio grazie ai dischi ascoltati le sere con papà che Bernadette generò la sua personale musica, forte e dolce, come loro.

Una musica che le servì per proteggersi dai dolori futuri. Il primo fu la dipartita di nonna Liliana, che venne seppellita con le sue amate rose tra le mani.

21
Calzini spaiati

TORNATA a casa, Bernadette pensò e ripensò a quel nome. Ma non si ricordò di nessuna Agata, mai sentita, neppure nei romanzi che leggeva sulla sdraio durante le vacanze al mare.

Sentì il gracchiare della centrifuga e si avviò a controllare la lavatrice.

Girava vorticosamente in un folle intruglio di colori, stoffe, marchi, il perché di quegli abiti.

L'oblò inesorabile la ipnotizzò e, mentre lo sguardo era rassegnato, il suo naso si tuffò tra altri panni pronti da mettere in lavatrice.

Cominciò a vagare tra i profumi delle camicie di Edoardo e intravide le clienti dell'ufficio, le giovani praticanti, amiche traditrici, la parrucchiera sotto casa che l'aveva sempre salutato girandosi le ciocche dei capelli tra le dita.

Poi le aule dei tribunali, il sudore di chi cerca una difesa, gente sconfitta, donne deluse, vicini di casa che si fanno la guerra, infine il sesso, gettato negli angoli della vita.

Bernadette dimenticò le parole randagie della pranoterapeuta e cominciò a cercare indizi in tutta la casa.

Rovistò nelle tasche, poi tra i faldoni della contabilità domestica, svuotò il comodino e controllò i doppi fondi come nei film, spostò vecchi libri e infine frugò nell'armadio vicino alla scala che portava in solaio.

Lì, trovò un vecchio cellulare buttato con noncuranza tra le tute da sci.

Aveva perso l'aletta che copriva la batteria, cosa probabile, visto che Edoardo non era un fanatico della tecnologia, gli interessava solo il minimo della funzionalità.

Era spento; cercò il caricatore che stava tra i costumi da mare. Attese che il disegnino della batteria si riempisse un poco e accese facilmente quel vecchio Nokia che non aveva un codice di protezione.

A tendina, si visualizzarono una serie di messaggi di donne che si susseguivano per periodi prolungati. Una specie di lista della spesa di amanti.

C'erano parole molto equivoche con una certa Patrizia.

Ma Patrizia non era quella sua vecchia compagna del liceo che gli passava le versioni di latino? si ricordò.

Nel periodo esatto in cui sua madre veniva operata ai calcoli, trovò messaggi con una certa Sara. Era una collega di Edoardo single o zitella. *Come diventerò io. Sola e acida!*

I messaggi non erano propriamente aulici, c'erano allusioni all'odore della pelle, mani, membri, erezioni, la volgarità di sesso e menzogne che si scollavano dalla sua impronta primaria.

Questo giochino le stava facendo immensamente male, le saliva del fango lungo l'esofago causandole una nausea secca.

Poi i messaggi si incrociavano con quelli di una certa Venusia.

Ma che nome è? Una pornostar siderale? Si ricordò a un tratto che in paese c'era una Venusia, la commessa del negozio di scarpe, dove in effetti Edoardo la portava per fare i regali di compleanno. Lei si era sempre sentita a disagio di fianco a questa commessa coperta dal fondotinta e profumata come una tisana natalizia.

Bastardo. Bastardo al cubo!

Controllò le date e la volgarità insidiosa di quegli scambi e notò che, con questa, la storia era stata più lunga. C'era una parvenza di sentimenti tracciati in ridicoli messaggini telefonici. L'ultimo risaliva a sei anni prima, quando era morto Orazio. Che squallore, moriva una parte di lei e lui godeva.

Ogni volta che la vita di Bernadette virava e affondava, lui compensava con altre.

Ma che razza di pervertito anaffettivo aveva sposato?

Incredula, si sedette sul pavimento con le gambe molli e una nausea fortissima, le parve di avere ingoiato del sapone. Non si premurò di continuare a leggere. Non era necessario approfondire quegli squarci di vita apparente, ormai era tutto irrecuperabile.

La sua visione semplice della vita si sgretolò. Buttò con ira quel relitto di cellulare nell'indifferenziata. Ma perché suo marito aveva tenuto quei messaggi? Voleva farli arrivare a lei?

Incapace di stare sola, telefonò a Silvia e le scaricò nuovamente addosso tutta quella merda.

«Certi uomini fanno in modo di fartelo scoprire. Lasciano una serie di indizi improbabili e si alleggeriscono delle colpe che ricadono sulla tua curiosità, così l'infedeltà passa in secondo piano», rispose l'amica, che era una ultrà delle donne maltrattate, «oppure è un egocentrico collezionista di trofei sessuali e ogni tanto vuole rinfrescarsi la memoria.»

«E ora chissà con chi sta?» chiese Bernadette chiudendo il telefono in faccia all'amica senza accorgersene, tanto era il disprezzo che la spostava da un angolo all'altro della casa, come un'antenna radio che doveva sintonizzarsi.

Alla fine si fermò e si diresse verso il cassettone della stanza matrimoniale per prendere tutte le calze del traditore.

Tutte.

Le mise in fila come un bambino che gioca con le macchinine e fece un percorso lunghissimo che formava un sentiero nero, marrone e blu che partiva dal suo cuore e proseguiva disorientato nei meandri della casa.

Poi dimezzò il tutto, prese un calzino per paio, accese il fuoco e iniziò a buttarli tra le fiamme del caminetto, uno a uno, sentendo un briciolo di rabbia in meno per calza. Godendosi le fiammelle ferine, distrusse le coppie. Decise di darla vinta agli spaiati e a tutti i numeri dispari, come era lei.

22

Suoni incatenati e passi primitivi

A DICIOTTO anni, Bernadette ottenne la maturità artistica e poco dopo si diplomò al conservatorio, indossando lo stesso abito nero che non piaceva a Orazio, nonostante Josephine gli avesse spiegato che il nero era sinonimo di eleganza.

A ventidue cominciò a suonare nell'orchestra sinfonica di Milano. Era una vita soddisfacente, un buon gruppo di musicisti di tutte le età che provavano vicino alla Scala, dove i più giovani si frequentavano anche dopo le prove, al bar *Averna*.

Era un bell'ambiente. Divanetti verdi smeraldo di velluto morbido che accarezzavi con le dita, pareti color magenta e un bancone molto alto con una barra di ottone per appoggiare i piedi.

C'erano costantemente i Dixi al formaggio dentro contenitori di vetro, e sulle mensole sfilavano i liquori della Milano da bere. Era un amalgama ben proporzionato di anni Sessanta con clientela anni Novanta.

Si trovava vicino a piazza San Fedele, al riparo dai turisti e frequentato anche dai ballerini.

La sera successiva a quella in cui Orazio Laudis aveva inveito contro le coppie che si lasciavano per un niente, lei bevve più del necessario. Entrando al bar, aveva visto di nuovo quel ballerino con lo sguardo dolce e gli occhi limpidi.

Le era piaciuto sin dalla prima volta che lo aveva notato entrare con un gruppetto di suoi colleghi nervosi e aggraziati. Ne aveva provato invidia. Avevano muscoli e leggiadria. I musicisti sono diversi, pensò, sensibili ma pesanti.

Si era pure informata sul nome, per dare un suono a quel ragazzo dalla bellezza liquida e infantile, e aveva cercato una sporgenza tra i movimenti per sfiorargli la vita, ma oltre uno scambio di leggeri sguardi immaturi, il tempo non era ancora venuto, fino a quella sera in cui si ostinò a prendere l'ultimo metrò per tornare a casa, bevve due vodka alla menta e le girò il mondo intorno.

Mentre percorreva di corsa Galleria Vittorio Emanuele, si accorse quanto fosse tardi e quanto fosse stupida.

Arrivò ansimante sulla banchina della rossa. Stava giungendo l'ultima corsa e con la coda dell'occhio lo vide avvicinarsi, proprio lui, il ballerino della Scala, che le prese il violoncello dalle mani e gentilmente la affiancò entrando nella vettura.

Allora sì, lo guardò in maniera spudorata, perché finalmente poteva apprezzarlo da vicino, confermare quel rossore che le dipingeva le gote quando lo intravedeva entrare a teatro.

Respirò e provò serenità osservando quel viso regolare dai lineamenti delicati. Da baciare.

Non era alto, ma aveva spalle grosse, un portamento eretto, un viso da dipingere e i capelli castano chiaro, lisci, tagliati pari fino al collo.

Gli occhi erano neri, allungati e comunicativi, il naso era leggermente storto, come se avesse preso un pugno. Non era abbronzato, ma la pelle era olivastra, spessa, da disegnare.

Anche lui la osservò, entrandole dentro. «È un po' fresco questa sera», disse con pacatezza. Aveva una voce roca. Poi fece un sorriso pieno di stelle, un sorriso antico che lei cercava da tanto. Si guardarono negli occhi, il tempo si fermò e il cuore dimenticò i battiti.

Il vagone della metro diventò improvvisamente un giardino di muschio, camelie e solide panche di marmo. La musica sembrò uscire da quei fiori immaginari.

Fu il loro modo di amarsi dal primo sguardo, il primo odore, il primo contatto animale.

Bernadette si sentì impalpabile, scivolosa come l'olio di mandorle.

Certi destini si riconoscono in un lampo, pensarono entrambi lasciando andare le barriere. Sono conoscenze più antiche della nostra nascita.

Alla seconda fermata, il tempo riprese a scorrere. Salirono tre sudamericani tozzi e ubriachi che li presero di mira.

«Ehi, bambola, esci con i *maricón*?»

Lui le fece segno di non dargli corda. I tre piccoli ma robusti incalzarono.

«Ehi, tu, *maricón*, sei anche sordo? Presentaci la *chica*», e fecero gesti allusivi con la lingua.

«Tu non sei capace, le facciamo vedere noi come si fa!»

Bernadette si guardò intorno e vide solo un vecchio fantasma piegato su se stesso, perso nell'alcol. Era l'ultima corsa. Vuota, pericolosa. Senza certezze.

Lui si morse il labbro e le afferrò la mano. Conosceva quelle offese, se le vedeva scorrere negli occhi e aspettava l'occasione buona per scollarsi quei luoghi comuni. Si addensava una tempesta dentro che stava per esplodere, mentre i tre si avvicinarono.

A Bernadette venne il batticuore per tutto, si accorse che erano alticci, fuori controllo, incattiviti. Anche se Bastiano era un po' più alto e con una corporatura massiccia, erano uno contro tre.

Per lei, un uno che era un angelo, che andava protetto da un mondo primitivo.

Senza riflettere e spinta da quella sensazione primordiale appena provata, si mise in mezzo, facendo uno scudo impercettibile, una vibrazione femminile fra corde stonate.

Estrasse dai capelli lo spillone di rame acuminato con cui li annodava.

Lo puntò con freddezza. «Avvicinati e te lo pianto in gola», disse al messicano alfa, il più brutale, il più arrogante.

All'improvviso, la metro frenò bruscamente e l'ispanico cadde a un millimetro da quell'arma improvvisata. Perdendo l'equilibrio, un piccolo involto di cellophane gli rotolò fuori dalle tasche e gli amici cercarono di agguantarlo.

Bastiano afferrò Bernadette e la tenne saldamente attaccata alla sua pelle. Lei era ancora agitata, ma confortata tra quelle braccia sincere. Si sentì forte, stabile, perfettamente perpendicolare sul mondo.

Lui allungò velocemente la gamba e calpestò il pacchettino di carta trasparente. Quando si aprirono le porte della fermata successiva, calciò con un piede il cartoccio sulla banchina della fermata. I messicani si precipitarono fuori come mosche, dietro al pacchetto di droga.

Loro due ripartirono verso casa, assieme a due badanti

appena salite e il fantasma ripiegato su se stesso, che andava in fondo alla notte.

Bernadette guardò Bastiano negli occhi ombrosi, si lasciò abbracciare e trovò riparo dal mondo. Sapeva di muschio bianco. Dolce e famigliare.

Provò la sensazione di aver trovato un porto sicuro. O meglio, le parve di sentire il *Concerto n. 23 in la maggiore* di Mozart.

La voce registrata annunciò Wagner, la fermata di Bernadette, la quale decise di non lasciarlo andare. Infilò la mano nella sua, lui con l'altra raccolse il violoncello e il suo borsone e la seguì, un sentiero essenziale che si inerpicò tra rupi da inventare.

In un lampo, Bernadette si sentì come un cartone giapponese che guardava da piccola: Mazinga Z e la sua compagna Afrodite A. Ognuno lottava contro i cattivi con le proprie armi: lui sparava con le braccia, lei dai seni, e insieme difendevano il mondo dei buoni.

«Giri sempre con un'arma ficcata nei capelli?» chiese lui.

«Il mio spillone è eccezionale!» risero insieme.

«E comunque ti avrei difeso io, sono di Rozzano: lì, se non impari a menare, non sopravvivi!»

Lo portò in camera, nell'ala nord della grande casa, quella vicina alla stanza di nonna Liliana, ormai chiusa per sempre, quella in cui ogni tanto aveva paura del silenzio. Capì però che quei timori erano un'attesa.

Si spogliò dagli abiti scuri e cominciò a baciare quel petto liscio, muscoloso. Lo baciò ovunque, lui la accarezzò tutta. Dolcezza. Suoni incatenati e passi primitivi.

I loro corpi si conobbero, le loro anime si ritrovarono.
Fu la notte più bella per Bernadette.
Conobbe l'amore.
Con Bastiano.
Un amore dove i sensi erano l'ingresso in un mondo loro, perfetto, sublime.

23
E vide grigio

Seguendo a ritroso il sentiero inverso dei calzini orfani, Bernadette tornò davanti alla lavatrice.

Di nuovo ebbe l'impressione di prendere fuoco e allora corse alla finestra orientata verso la montagna e la spalancò con violenza. Aveva bisogno di ossigeno. Guardò fuori e vide solo grigio. Quella tonalità di grigio vuoto le fece paura e si accorse che c'era quell'odore particolare di fresco che annuncia la pioggia. Di nuovo.

Il silenzio e la solitudine si intrufolarono curiosi nella stanza.

In quel momento ebbe immensamente bisogno di un sussurro amico, di qualche pensiero positivo, di un buon ricordo di salvataggio, perché l'amore che si aspettava dalla vita era ben diverso.

Per cena non mangiò nemmeno un pezzetto di pane, aveva la nausea. Quando andò a riprendere Malvina, la trovò allegra, nonna Josephine la faceva divertire. Le chiese della scuola, dei pomeriggi con la nonna, se avesse terminato i compiti, anche se l'unica cosa che davvero desiderava era solo la sua vicinanza.

Mise la bimba a letto e stette con lei finché non prese sonno, poi andò a dormire coperta fino al naso, giusto lo spazio per ricevere ossigeno.

La mattina dopo sentì di nuovo il bisogno di parlare con un'amica. Non fece colazione, indossò un vecchio maglione informe color muschio che aveva trovato un giorno per caso a villa Laudis e portò la bimba a scuola. Incrociò Silvia e si scusò per averle attaccato il telefono la sera prima. Poi corse da Lili.

Doveva raccontare il ronzio che non riusciva a tenere dentro.

E pianse rabbia e cenere mentre l'amica le apriva la porta della stanza per i massaggi, alla scuola del signor Farmaden. La invitò a sdraiarsi sul lettino, ma lei continuava a stare in piedi toccandosi nervosamente le mani.

«Bernadette, che hai?» Lili le accarezzò dolcemente il viso pallido, mentre l'amica le osservò le unghie. Lisce, corte, di chi se ne frega dell'apparenza.

«Mi vergogno immensamente, Lili.»

«Di che, hai ucciso qualcuno? Hai dimenticato una candela accesa a casa? Hai rifatto la fiancata della macchina?»

«Almeno, Lili, in quel caso sarei l'artefice delle mie disgrazie. La verità è che mi tradisce, mi fa le corna quel cretino! Imbecille! Sfigato! Mi fa le corna!»

«Calmati, ti faccio una tisana alla menta!» disse Lili, e si girò per accendere il bollitore.

«Meglio se usi un estintore. Neanche nella soap opera venezuelana che guarda mia madre c'è una trama così. Per un'unghia, anzi due.»

«Eh sì, le unghie graffiano», e le porse la tazza. «Oddio, però questa storia sembra un fumetto! Ma ne sei sicura, per due unghie?» Lili si mise una mano sulla bocca per nascondere un sorriso.

«Sì, Lili, sicurissima, e sappi che ci sono matrimoni che finiscono per molto meno.»

Bernadette cominciò a piangere poco a poco, sorseggiando il suo dolore, perché tutto insieme l'avrebbe annientata. Piccole lacrime scendevano in fila indiana, ordinate, senza disturbare troppo.

«Calmati, dai, ti faccio un massaggio, sdraiati sul lettino e mi racconti tutto.»

L'amica accese una musica rilassante, con sottofondo di acqua che scorreva tra pietre levigate.

«Chiudi gli occhi e osserva i tuoi pensieri dall'esterno, non stringere i denti e lascia che la terra accolga la tua rabbia.» Poi iniziò a massaggiarle il viso con una crema che sapeva di fiori bianchi.

«Ti ricordi cosa ti hanno insegnato al corso di meditazione? Niente arriva dall'esterno», le sussurrò. «Le malattie, i rapporti con gli altri, la felicità, la sofferenza. Puoi girare con una maschera, diventare vegana, farti mille vaccini o essere anaffettiva... Ti sentiresti protetta in questo modo? Il trucco per stare bene sono i nostri pensieri, parte tutto da noi. Impara a non lasciarti influenzare dagli altri», continuò.

L'amarezza si sciolse dentro Bernadette come cera calda e le labbra le si incresparono in un leggero sorriso.

«Sembri così indifesa in mezzo a quel sorriso sempre accennato. Sei uguale a tua figlia: qualunque cosa accada, guardate il mondo con serenità.»

«La sua allegria è reale, la mia no!»

«Non è vero! In pochi hanno questa dote. Ma hai visto quante facce incazzate girano per strada? Camminano tutti dritti, impettiti, neanche ti salutano, stanno sempre con il broncio. Le bugie e i tradimenti sono bocconi amari, però a volte ci indicano che qualcosa va cambiato e ci spronano a scegliere la giusta direzione!»

«Dovrei ringraziare Edoardo per tutto questo?»

«Voglio dire che a volte non ci accorgiamo che le cose non vanno. Rimaniamo aggrappati come cozze a dei riflessi. Per comodità. Preferiamo accontentarci di un riflesso piuttosto che provare la vera gioia.»

Bernadette ingoiò a fatica queste verità, erano parole per l'anima e capì che ci voleva tempo per decifrarle.

Quella era Lili, come aloe sulle ferite nascoste. Era una che andava dritta al sodo, piuttosto grossolana e grezza all'apparenza, eppure dotata di un altruismo innato che dispensava in modo generoso. Bernadette aveva capito fin dal primo momento in cui l'aveva conosciuta che la sua non era una missione, solo empatia per il genere umano. Era più vecchia di lei, poteva essere sua madre, eppure era una tra le sue migliori amiche. Era nata e cresciuta a Cimacase, per poi decidere a vent'anni di girare il mondo, in barba alla famiglia, che non aveva mai messo un piede oltre la valle. Si era fermata in India, seguendo le deviazioni dei Beatles, per rubare sensazioni da seminare. Negli Ashram non aveva avuto tempo di formare una famiglia. Ma cos'è una famiglia? Un bisogno, una medicina per non stare soli o voglia sincera di sdoppiarsi, di proporre al mondo una parte di te? pensò, quando tornò a Cimacase anni dopo.

Lili era figlia del mondo e di una numerosa famiglia di montagna. Unita. Niente liti alla morte del nonno, niente ripicche per le eredità a volte inique. Le teste calde dei parenti venivano subito battezzate nell'acqua invernale delle sorgenti. Ma che Lili venisse dalle Alpi o dall'Himalaya, non faceva differenza. Le sue guance rosse erano altitudine e quiete del mattino.

«Grazie, ora sono più chiara», le disse infine Bernadette, alzandosi dal lettino. «Vado ad affrontare la mia guerra.» E si diresse verso l'ufficio dell'avvocato Edoardo Del Curto, suo marito.

24
Dentro una bolla

DA adolescente, Bernadette sognava un amore dentro una bolla di sapone. Un minuscolo mondo dalle pareti iridescenti in cui c'era abbastanza aria e vita per due.

Il pavimento della vecchia casa in piazza Wagner era in rovere, un legno vecchio, caldo, liscio, che divenne il loro palcoscenico.

Lì, Bastiano danzava e lei suonava. Su quel pavimento, una notte, stanchi, si sedettero a gambe incrociate, si misero a mangiare i tramezzini alla maionese e prosciutto che aveva preparato Josephine, poi si guardarono e lui iniziò a raccontarle la sua vita.

Era cresciuto a Rozzano. A scuola lo trattavano come un bimbo difficile, perché non riusciva a rimanere composto in un banco noioso, fino a che il nuovo maestro capì.

«È un ballerino!» disse alla madre.

E lo portarono a una scuola di danza, di nascosto dal padre. Con vergogna.

«Mia madre si convinse quasi subito del mio talento. Con mio padre è stata più dura, sai, un uomo del Sud, legato alle tradizioni meridionali, 'l'uomo deve fare l'uomo'... e a lui questa cosa della danza, be', non gli andava giù. Per poter proseguire, gli ho promesso bellissimi voti a scuola. Si è convinto. È una passione che mi fa sentire vivo, coerente con me stesso. E ora sei arrivata tu, piccola Jane Birkin!» disse mentre le sfiorava la frangetta.

«Anche io mi illumino con la musica. E suonare per farti ballare è una sensazione unica. Tutto il mio corpo vibra, come se cercasse di raggiungere il tuo», disse entusiasta, con la freschezza dei vent'anni.

«Noi ballerini abbiamo una postura diversa, e i mediocri pensano che siamo tutti omosessuali. Sì, tanti... alcuni lo sono, boh, chissenefrega. Io no, amo te. E mi logorano le etichette di chi vede il mondo o bianco o nero.»

«Tu vieni da altri pianeti.»

Lui si alzò e danzò il loro crepuscolo. Era una di quelle nottate in cui, uniti nella loro bolla di sapone, trasudavano qualcosa di potente che non riuscivano a spiegarsi e che non avrebbero più dimenticato.

Erano innamorati, l'uno dell'altra e della loro arte.

Lasciavano calare le luci, i rumori, l'ansia e rinascevano come esseri puri, semplici, senza sovrastrutture.

Lei con il violoncello, lui con i tendini allenati. Decidevano la musica secondo la luna. Un tango, un valzer di Chopin, un brano moderno rivisitato. Poi facevano l'amore distesi sui suoni e vestiti di variazioni, a contatto con il rovere nudo.

Dal violoncello di Bernadette uscivano sentimenti, colori. Lo guardava danzare con quell'energia e grazia di cui lei si sentiva priva.

Erano un mondo e si bastavano. Veri, unici, imperfetti, senza maschere. La competizione, le paure, il cercare di piacere rimanevano fuori, l'insicurezza maschile e la malinconia femminile evaporavano.

Loro due erano la bolla di sapone. Finché riuscì a volare candida nell'aria.

La sera in cui Bernadette lo presentò ai genitori, si sentì a disagio. A poco più di vent'anni, mica ci si fidanza con uno di due anni più giovane e con tanta serietà. Per Orazio l'età era relativa. Rappresentava solo una scala da percorrere con serenità. Josephine invece si innamorò dell'attitudine gentile e sana di quel ragazzo. E nessuno pensò agli anni in più o in meno. Lo accolsero con la consueta disposizione festosa. Erano felici che la figlia avesse un appoggio, una protezione e che fosse innamorata.

Spesso Bastiano si fermava a casa loro dopo aver fatto le prove. In quei frangenti, Orazio lo invitava ad accomodarsi sull'ottomana, fumava il sigaro e discutevano della Scala. La sua storia, le balconate, gli spettacoli, Verdi, la vecchia Milano, i Navigli.

Altre volte lui la aspettava dopo i concerti e le portava sempre un *doughnut*. Perché amava l'America. Il suo sogno era trasferirsi là, in una grande compagnia di ballo.

«Gli americani sono fortunati, investono sul talento. In Italia li devi pregare. Sai, Bernadette, là hanno la Juilliard School. Te la ricordi quella del telefilm *Saranno Famosi*? Hai in mente quanto era bravo Leroy?»

«Ma smettila, io non guardavo *Saranno Famosi* da piccola. Ero una bambina normale e guardavo *Candy Candy*. E comunque anche l'Italia è piena di artisti.»

«Sì, ma devi conoscere qualcuno per arrivare in alto,

guarda gli attori, sono tutti figli d'arte. Devi leccare il culo, scendere a compromessi. Io voglio rimanere pulito dentro. Me l'ha sempre detto mio nonno che al primo posto ci sta la dignità. Gentile con tutti, servo di nessuno.»

Il suo mondo aveva una direzione precisa, mentre quello di Bernadette non aveva ambizioni, poiché non sentiva il bisogno di raggiungere un traguardo.

A lei bastava suonare e arrangiare la vita intorno a una buona impalcatura di partenza. Che era la sua famiglia.

Con gli amici del conservatorio si trovava per sperimentare musica moderna con strumenti classici. Insieme a un'arpista, una flautista e una cantante suonavano musica celtica per matrimoni e feste private. Poi c'era l'orchestra sinfonica. Aveva di che impastare le note.

Era una che si accontentava e non aveva fretta.

Bastiano era l'opposto, voleva arrivare in alto e non reggeva i tempi morti.

25

I sogni sono stronzate

«I SOGNI sono stronzate, non si vive così! La vita è quella di tutti i giorni. È inutile raccontare fiabe ai bambini», così, una sera, Edoardo aveva ripreso Bernadette mentre inventava una storia per Malvina.

Lui preferiva rimanere ancorato alla concretezza del suo lavoro, i codici, le regole. Era il suo modo per rimanere sempre vigile, attento.

Quelle parole le rimbombavano ancora in testa mentre stava parcheggiando sotto l'ufficio del marito: il posto peggiore per cercare ossigeno.

Giada e Anna, la praticante e la segretaria, la salutarono tiepidamente. Tra loro vigeva un rapporto arido, lei era la moglie dell'avvocato e faceva parte dell'altro pezzo di vita, quello delle foto ordinate sulla scrivania, quello impensabile del capo in pigiama e ciabatte che si lava i denti.

Raggiunse l'ufficio di Edoardo e vide quelle mura come se ci entrasse per la prima volta.

Avevano una classicità noiosa, pesante. Notò tutto quel marmo e il verde delle pareti, arredate con file ininterrotte di volumi simili, rilegati con eleganza e monocromia.

I fogli, i faldoni, le cartellette erano perfettamente allineati, senza diesis e contrappunti.

Quell'ordine le sembrò asettico, dopotutto non aveva grande interesse per quella professione composta da milioni di leggi, per dare ragione a chi la pretendeva, senza alcun spiraglio di simpatia etica.

«Signora, mi scusi, ma nessuno può entrare in ufficio quando non c'è l'avvocato», sussurrò all'improvviso Giada, la praticante, una giovane laureata declinata consapevolmente al suo ruolo, una rilegatura perfetta per un codice penale.

Bernadette la scrutò senza parole e notò un abito all'ultima moda, cura in ogni dettaglio, tempo da dedicare alla propria immagine, tranne che per le unghie, che erano morsicate dal nervoso.

Non era lei Miss Unghia. Una in meno.

Bernadette venne comunque invasa da una rabbia omicida per quello «stop, qua non si passa».

Lei, nota a tutti come persona dolce e mansueta – ovvero, tradotto nell'equazione mentale di Edoardo, «una che si faceva mettere i piedi in testa» –, rischiò di diventare un tornado in grado di spazzare via tutto, senza ritegno e decenza.

Erano atteggiamenti rari, distruttivi, che si prestavano ad ampi significati e iniettavano veleno ovunque. Il marito avrebbe colto la palla al balzo per darle della psicopatica. Le poche volte, infatti, in cui si era alterata, lui le aveva riso in faccia soffocando la sua collera sul nascere in maniera arrogante, uccidendo la spontaneità di un sano e necessario sfogo.

«Signorina Giada, mi chiami pure Bernadette Laudis Del Curto. Quanto le manca di praticantato nell'ufficio di mio marito?» fu subdola e usò il cognome da coniugata.

«Nove mesi, signora Bernadette Laudis Del Curto.»

«Come fare un bambino, insomma», rispose appoggiando entrambe le mani sulla scrivania, protesa in avanti.

Silenzio.

«E le piace questo lavoro?»

«Sì.»

«Cosa le piace?»

La giovane esitò e ingoiò saliva mentre Anna non staccava gli occhi dalla schermata del computer e teneva le dita ingessate sulla tastiera, lavorando di udito.

Giada, con una frase prefabbricata, cercò di fare l'elogio della professione.

«Bene, sarà un ottimo avvocato, è stata addestrata a seguire la vita alla lettera. Avrei apprezzato invece una risposta personale, viva. Non immaginavo che una persona giovane potesse essere già morta dentro. Ma insomma, non siamo tutti artisti.»

Bernadette indicò l'attaccapanni antico, in legno di noce, fissato con dei ganci alla parete. Vi erano appesi i loro cappotti, ancora umidi di pioggia.

«Ero venuta giusto a riprendermi quel pezzo antico. Togliete i vostri cappotti e appoggiateli sulla sedia! Subito!» Rimasero ferme. Lo ripeté con decisione. Allora le due si mossero e, senza guardarla, raccolsero i loro soprabiti beige.

«In quanto all'ufficio, è di mio marito. Quindi non accetto ordini da estranei sottopagati. Non c'è lui, comando io, non una narcisista senza speranze.»

Giada abbassò la testa e volle sotterrarsi.

Bernadette si stupì della sua forza d'animo, evidentemente per tirare fuori il carattere bisognava essere traditi.

«Immagino non debba chiedere il permesso di stampare, vero?»

Nessuna osò dire altro.

Bernadette accese il computer del marito e si trovò murata dalla password. Ne provò alcune, comprese le date di nascita dei famigliari, ma capì di non conoscere affatto i meandri del cervello del marito. Sfogliò allora le carte impilate in un contenitore di ferro e trovò una prenotazione per due al *Suvretta House* di St. Moritz per quei giorni. Prese il documento e lo infilò in borsa, sicura che sarebbe tornato utile.

Poi staccò l'attaccapanni dal muro e, nonostante il peso e la pioggia che sferzava le guance sottili, lo caricò in macchina e andò a salutare sua madre.

«Cos'è quel tronco che hai sul sedile?» le chiese quest'ultima.

«Oh, niente, un vecchio attaccapanni cornuto!»

Josephine strinse gli occhi e arricciò il naso.

«Un attaccapanni che?»

«Un attaccapanni cornuto, vedi la forma?»

«Veramente sembra un pezzo di antiquariato alpino!»

«Be', sì, è anche antico, se vuoi te lo regalo.» E di nuovo si caricò il peso sulle spalle e lo depose in salotto, lasciando sua madre perplessa. Salì nuovamente in macchina e si avviò a scuola per prendere Malvina. Quel pomeriggio la bimba giocò sotto il portico con Lucy, il labrador del vicino, mentre lei suonò tutto il pomeriggio delle musiche di Debussy, con indosso il maglione informe color muschio che la confortava.

26

Ci credi al karma?

E POI arrivò il giorno in cui Bastiano la portò a conoscere la sua famiglia. Era orgoglioso di loro, anche se si vergognava della sua casa, del suo quartiere, della desolazione di quei palazzi stigmatizzati.

Viveva con la famiglia e i nonni materni in una casa popolare scrostata, alla periferia di Rozzano. Un concentrato di Sud trapiantato nelle nebbie e l'emarginazione della Pianura Padana. Lei non conosceva queste periferie e guardò con ingenuità i palazzotti tutti uguali in cui avevano ammassato gente all'apparenza simile, senza dare la possibilità di smuovere nuove energie. Le parevano bunker misteriosi, con una concentrazione di persone che forse difficilmente sarebbero emerse per andare verso un futuro migliore. Ma questo non la spaventò, anzi, si strinse forte a lui, fiera di essergli accanto.

Quella sera la aspettavano tutti sulla soglia di casa, disposti a semicerchio in ordine d'anzianità, con calore meridionale. Lui era il figlio maggiore. Aveva due fratelli piccoli, una madre che cucinava generosamente, un padre semplice ma solare e i nonni materni che si premuravano per i nipoti.

La casa era rumorosa ma pulita, c'era spazio dignitoso per tutti, anche una vecchia poltrona foderata in velluto cremisi per il nonno, che da un paio di anni camminava con un bastone a causa dell'artrite.

Per loro, Bernadette era «la grande musicista», la compagna all'altezza del loro ballerino, il figliolo che ce l'aveva fatta, che aveva acchiappato i suoi sogni e glieli aveva sbattuti sul tavolo.

Lei, che non era affatto una star e amava le persone sincere, li vide come rami di uno stesso albero e si lasciò abbracciare. Cenarono con gusto e Bernadette giocò con Luisa, la sorella più piccola.

Parlarono tra loro di argomenti triviali ma gioiosi, con la sincerità della famiglia unita che non sovrappone le voci.

Intanto, Bernadette osservò la povertà di una piccola stufa arrugginita all'angolo e la grandezza di un televisore 48 pollici. Le pareva un connubio generazionale equilibrato, un piccolo nucleo che si rifletteva nelle fotografie appoggiate al canapè. Spiccavano immagini in bianco e nero che contrastavano con quelle rosa confetto e celeste di bimbi battezzati e cresimati. Al centro stava quella di Bastiano a un saggio di danza, con le braccia alzate, in quinta posizione.

«Se fa il ballerino è colpa mia. Io ballavo sempre alle feste di paese e Bastiano mi guardava incantato dal passeggino», disse il nonno con un forte accento pugliese, mentre mangiavano dei taralli con lentezza.

«E che ballerino era lui!» intervenne l'anziana nonna, piccola e rotonda come una ciambella.

«È vero, ma lei era così burrosa che... pazienza se non sapeva ballare. E sai cosa fa ridere? Che non è mai migliorata!» aggiunse il nonno indicandola con il bastone.

«Si chiama anche come nonno suo», aggiunse la madre, imboccando la bimba piccola.

«Danzo anche per loro, perché hanno sempre creduto in me», disse Bastiano indicandoli, mostrando fedeltà assoluta a quelle origini modeste.

A fine serata, tutti vollero toccarla in qualche modo, chi le strinse la mano, chi le diede un bacio o un abbraccio, chi, come il fratellino piccolo, le versò un bicchiere d'acqua sulle gambe. Le piacque quel calore meridionale, disteso in quel luogo senza sfumature.

«Guarda i papaveri!» Mentre guidava per riaccompagnarla a casa, Bastiano indicò il ciglio della strada. Erano alla Barona, un quartiere popolare alle porte di Milano. «Crescono sui bordi delle strade, sulle macerie, sui ruderi, li guardavo da piccolo tra lo schifo di questi palazzi. Qui hanno dato i nomi dei fiori alle vie per prenderci per il culo! Io voglio andare via, a New York, e diventare famoso. Tu puoi venire con me.»

«Perché New York?» Intanto correvano su una Panda grigia, tra i fari delle altre macchine e i lampioni protesi sopra di loro.

«Perché mio nonno è cresciuto lì! Ci erano emigrati i suoi genitori per poi aprire un ristorante italiano sulla Nona Avenue. I suoi fratelli ci sono rimasti. Lui non ha resistito. Una volta tornato in Italia, ha conosciuto la nonna e ha deciso di fermarsi. Da piccolo mi ha sempre raccontato della sua America. Delle vie numerate, strade allegre piene di italiani rissosi, cinesi intenti a lavorare, irlandesi ubriachi, neri che suonavano jazz.»

«O New York perché lì era ambientato *Saranno Famosi?*» chiese Bernadette. Poi parcheggiarono dietro il Teatro Nazionale e camminarono in quella via silenziosa, un poco abbandonata, finché non raggiunsero villa Laudis.

Aprirono il cancello che scricchiolava e lei gli raccontò del suo mondo, di Orazio e della ditta di calzature che stava tentennando perché dovevano sbrigarsi a rincorrere le modernità. Dei suoi sensi di colpa per non essere stata in grado di proseguire la tradizione famigliare. Di aver scelto la musica. Del grande cuore di suo padre che l'aveva lasciata libera di scegliere la vita che amava. Del rimpianto di non avere fratelli con cui condividere gli spazi acquosi di quella grande casa. Della straordinaria empatia dei suoi genitori.

In casa tutti dormivano già. Andarono in camera, dove trovarono un vassoietto con *madeleines* e una caraffa di acqua e sciroppo di biancospino, sicuramente preparati da Josephine.

Lui parlò della sua unica passione e rimarcò il legame con la famiglia. Della derisione di certi compagni per il ballo, per i pregiudizi secondo cui i ballerini classici sono tutti gay. Dei suoi dubbi. Del pugno che gli aveva storto il naso, preso per difendere le sue posizioni, tracciare i confini della sua persona e riconquistare una fidanzata, confermare a se stesso la sua identità sessuale. Del saper mostrare agli altri che la gentilezza è più maschile di mille pugni.

«Ma tu ci credi a questa cosa del karma?» le chiese guardandosi intorno.

«Boh, però ci sono persone che hanno un peso sulla vita degli altri sin dalla nascita.»

27
Stare male a modo mio

Finito di suonare, Bernadette si sentì per la prima volta come un pesce rosso in una boccia di vetro. Il cristallo si era crepato, l'acqua era fuoriuscita e ora, che mancava ossigeno, doveva imparare a respirare senza branchie.

Finalmente aveva smesso di piovere. Guardò in alto, verso le vette aguzze che confinavano con la Svizzera. Si stava facendo buio, le cime frastagliate e le nuvole si intrecciavano in un puzzle candido e selvaggio. Sembrava una poesia, ma non era di poesia che aveva bisogno.

Voleva ossigeno, voleva respirare, voleva credere che fosse un incubo e risvegliarsi indietro nel tempo.

Il suo inconscio l'aveva già capito, ci aveva visto bene, ma non era stato altrettanto abile nel farsi udire. Per questo, da un bel po' le capitava la stessa cosa: si svegliava di notte e, annaspando, correva ad aprire le finestre per mangiare aria. Poi le passava.

Sentì suonare il campanello e si ricordò che Malvina quella sera era stata invitata da Camilla per un pigiama party. Era un invito pilotato dalle mamme, in realtà. Silvia era passata a prenderla, appena finito il turno delle otto in ospedale.

«Le farei del male standole vicino!» sussurrò all'amica, che le diede una carezza sincera. Non se l'era presa per la telefonata interrotta, anzi, aveva capito benissimo la sua richiesta: certe volte sfogarsi con gli altri è solo un modo per confrontarsi con se stessi, non si attendono risposte. Non si cerca il dialogo.

E Bernadette non poteva certo rivelare a Malvina ciò che pensava di suo padre mentre quello se ne stava in un hotel cinque stelle con la sociopatica unghiata, altro che a Cagliari per un'udienza.

Malvina non aveva colpe, ma il livore della madre avrebbe esondato anche oltre il suo piccolo e sacro orizzonte. Si prospettava quindi una nuova serata solitaria, una notte con una Bernadette diversa, incazzata, delusa, svuotata e perfida. Il cambiamento improvviso, i lati bui del carattere le fecero male ed ebbe di nuovo quell'orrendo attacco di panico.

Le parve di scivolare in un baratro buio e che tutta quell'ombra, quel soccombere in una discesa inesorabile le serrassero la gola. Cominciò a sudare freddo e si rintanò sotto le lenzuola, tutta tranne la bocca, che necessitava di un boccaglio.

Passa, passa, ora passa, si rincuorò.

Adesso chiamo mia madre e Lili e poi Silvia. No, chiamo l'ambulanza, magari sto morendo. È un infarto. Capita quando si soffre oltre la capacità di sopportazione. Dov'è il cellulare? e frugò sul comodino.

No, non chiamo l'ambulanza, ora va meglio. È tutto nella testa. Non se ne esce. No, no, ce la devo fare. La mia vita non è Edoardo, ho altro!

Di nuovo le mancò il respiro, cominciò a sudare freddo, poi caldo, e si sentì in punto di morte. Allora uscì dal letto a piedi nudi e spalancò la finestra verso la montagna.

Ora che faccio? Devo compensare questi sentimenti affossanti. Ma cosa faccio in un paese dove il massimo della trasgressione è raccogliere funghi senza pass, pescare trote senza licenza o sciare fuoripista? Urlo? Mi ubriaco? Mi rapo a zero per cambiare involucro? E se chiamassi Mara? È come una sorella, e la notte dorme poco. Ma no, in questi giorni sta lavorando sul set di una pubblicità, forse dorme per recuperare le lunghe ore di servizio, perché quando filmano non stacca mai. No, chiamo Eugenio via Skype.

Eugenio e Mara erano gemelli, i suoi compagni di banco al liceo, quegli amici storici che ti trascini a vita.

Ma lui mi direbbe un sonoro «Te l'avevo detto prima di sposarti!» E poi, da quando è nata sua figlia, è diventato paranoico. Oppure vado da Carlo, il nostro vicino di casa? Mi fa sempre tanti complimenti mentre io accarezzo Lucy, ma non vorrei pensasse male. È uno con la voce da Kermit la rana, che cerca di camuffare con ore e ore di palestra. E l'hanno messo pure allo sportello della banca. Finirei per farmi guardare pietosamente dai suoi occhi da pesce lesso. L'unica certezza è che devo stare sola. Stare male. A modo mio.

Infine afferrò una foto di suo padre che teneva sul comodino e se la strinse al cuore, come una medicina, poi si accartocciò nel letto, lasciando le finestre spalancate. A ogni attacco di ansia, se la sfregava sul cuore e diceva un'Ave Maria, come le aveva insegnato la mamma. Ma erano gesti segreti, deboli, che non avrebbe confessato mai ad anima viva.

Intanto l'aria frizzante di ottobre invase i suoi spazi.

28

Amore di seta

L'ESTATE del 2004 fu un'altalena di eventi, concerti, balletti e viaggi.

I coniugi Laudis erano partiti per Alnwick nel Northumberland poiché, non si sa come, li aveva invitati il duca stesso, come ringraziamento per tre generazioni di scarpe. Avevano fatto di tutto per portare la figlia con loro, le avevano detto che il castello del duca era una tenuta da sogno, che poteva migliorare l'inglese e fare una capatina a Londra, che la stagione concertistica alla Royal Albert Hall era fenomenale. Ma niente. Bernadette li osservò divertita, intenti a preparare valigie pompose che si erano comprati apposta. Scelsero i migliori vestiti dall'armadio, le scarpe più eccentriche, e dei cappelli da ruffiani. In fondo speravano di conoscere anche il principe Carlo.

«*Noblesse oblige...*» esclamò Orazio, mentre si inumidiva i baffi.

Bernadette e Bastiano, nel contorno della loro arte, si ricavarono una nicchia privata. Partirono con un borsone di abiti leggeri verso la Puglia. Le aveva promesso di portarla alla sua origine.

Presero un treno di notte e percorsero tutta l'Italia in un vagone sporco, pieno di mondo. Arrivarono umidi e intontiti nel Salento, la sua terra.

Alla stazione di Lecce li accolse zio Amedeo, che con un sorriso dipinto di miele li portò a Copertino, dove zia Imma aveva preparato un pranzo tipico. Il palato di Bernadette se lo sarebbe ricordato a vita.

Maritati con pomodoro e ricotta forte, carne *a pignatu*, insalata di patate viola, fichi d'India e melone, pasticciotti.

Insomma, una mompariglia di ingredienti che solo la generosa gente del Sud sa mettere insieme divinamente.

Dopo aver salutato una sfilza di parenti con nomi simili e mangiato fino a scoppiare, si sistemarono nella vecchia masseria della nonna. Zio Amedeo gli aveva dato una Vespa 50 color puffo, su cui viaggiavano stretti stretti fra campi di ulivi immensi.

La casa della nonna non era un appartamentino di quelli affacciati sulla strada con le signore nere sedute sempre fuori dalla porta, come ci si poteva aspettare, bensì una masseria enorme.

«E questa da dove salta fuori?»

«Bedda, eh!» La canzonò lui atteggiandosi. «C'è che l'ultima contessa è morta senza eredi! Allora ha lasciato le proprietà ai fattori. Ogni tanto va bene anche a chi piega la schiena da generazioni!»

«Ma non è vero!»

«Non l'ho inventato di certo!»

«Ma è una favola!»

«No, no, è fortuna sfacciata!»

«Ma quale contessa?»

«La contessa Nisolo.»

«Be', io, parenti nobili non ne ho, sono una borghese.»

«Ma neanche io, noi eravamo servi della gleba!»

«Ma smettila...»

«Giuro! Questa terra e molta altra, fino alla costa, era della contessa, poi è morta sola.»

«Poverina, senza nessuno? Figli, fratelli, cugini?»

«Sola sola. E pure in pochi se la ricordano. Stava al suo palazzo e usciva raramente, anche a visitare le sue terre mandava il fattore fidato. Dicono che non amasse mischiarsi con il popolo.»

«Un po' anacronistica!»

«Eh be', è una mentalità che le avranno tramandato!»

«Che storia medievale! E così vi ha lasciato tutto?»

«Non proprio tutto. Ha diviso le masserie tra i fattori. Il castello invece è rimasto alla famiglia della vecchia cameriera.» E Bastiano volteggiò su se stesso perché ancora faticava a stare fermo.

«Be', ma allora era democratica. Ma un castello vero?»

«Abbastanza, un palazzotto niente male, ora metà è del Comune e lo usano pure per fare feste sul terrazzo.»

«Ovviamente il ballerino della Scala non poteva mancare!»

«*Eru* l'inviato d'onore!» e rise.

«Che storia meravigliosa!» e percepì la magia di quei luoghi. «Allora questa masseria antica ve l'hanno regalata!»

«Qua ci lavoravano già i miei bisnonni, è solo passata di proprietà. Guarda che forme prendono questi ulivi.»

E con un gesto strinse in un abbraccio ideale tutte quelle piante dalle linee fiabesche e saltò sul muro a secco per vederle tutte e tracciare il confine.

«Poi, negli anni Settanta, i giovani hanno abbandonato

la terra, per cercare lavori più remunerativi. I miei genitori sono andati a Milano e i miei nonni sono invecchiati qua, da soli. Se faccio i soldi li riporto qua tutti. Al diavolo Rozzano, che resti lì con la sua torre della Telecom a osservare il degrado.»

Afferrò Bernadette da dietro la schiena e la fece roteare.

«E ora faccio te regina. Regina di questa terra.»

«Non è che la contessa Nisolo è gelosa e poi ci lancia un malocchio dall'aldilà? Mi mette ansia questa tenuta abbandonata.»

E guardò la decadenza di quella costruzione bianca, bassa, squadrata, che pareva una fortezza.

Allora Bastiano aprì il vecchio portone di legno e fece entrare luce e aria nei modesti locali che i nonni avevano adibito ad abitazione.

La cucina era piccola, con decorazioni di maiolica alle pareti. C'erano ancora le vecchie latte per lo zucchero e il sale e le pignatte appese alla parete. In un angolo della stanza c'era una botola di legno.

«Lo vedi questo? È il granaio ipogeo. Creavano un vano per la dispensa, scavato nel tufo perché mantiene la temperatura costante.»

«Un frigorifero?»

«Sì cara! Sai che c'erano anche i frantoi sotterranei? La contessa ne aveva uno in città, davanti al castello. Ci rinchiudeva il *nachiro*, il capo, con i suoi quattro lavoranti, tutti marinai, per ricavare l'olio lampante.»

«Marinai?»

«Sì, quando d'inverno non potevano lavorare in mare, venivano chiamati per lavorare al frantoio. Curioso, no? Sei mesi sotto la luna e sei mesi sotto la terra!»

«Ma li chiudeva al buio?»

«Be' no, avevano l'olio lampante. Pensa che era pure quotato alla Borsa di Londra.»

Poi cercarono di portare un poco della loro vita in quella casa, spazzarono il pavimento, sciacquarono piatti e bicchieri impolverati, sistemarono la spesa che si erano portati. Zia Imma aveva già provveduto a mantenere la casa in ordine, ma loro preferirono giocare ai novelli sposi e a sistemare le cose secondo un loro gusto.

«Andiamo a Marina di Nardò. È la notte di san Lorenzo, la festa delle stelle, e dormono tutti in spiaggia», le propose quella sera.

Si vestirono di nuovo di veli leggeri, e con due asciugamani e il vespino se ne andarono al mare. La spiaggia era gremita di ragazzi raggruppati intorno ai falò. Qualcuno aveva montato delle canadesi, altri avevano semplicemente steso i larghi teli con stampe etniche.

Bastiano trovò suo cugino Paolo e altri amici accompagnati da turiste olandesi.

Si sistemarono intorno al fuoco e cominciarono a suonare le chitarre.

«Dai, Bastiano, insegna la pizzica.»

Allora lui tirò fuori un fazzoletto rosso e spiegò loro che era una danza di petto, di quelle primitive, che devi sentire arrivare dalla terra fino alla pancia, di quelle in cui devi tenere il piede appoggiato al suolo per avvertirne la prepotenza. Le ragazze si misero a ballargli intorno, passandosi il fazzoletto rosso della tradizione. Una delle turiste, poco timida e con il seno grosso, venne rapita da quel ballo e non lo mollò tutta la sera. Lui aveva un fisico allenato e avrebbe potuto ballare anche tre giorni filati, ma Bernadette lo guardò obliqua, poi bevve un po' di vino e rallentò le sensazioni nocive. Lasciò il suo ragazzo alle turiste e si concentrò su Paolo, simile al cugino ma un po' più basso e riservato.

Si fece raccontare di quando da piccoli andavano a raccogliere ricci, abilissimi nel non farsi pungere, di albe in barca, di raccolte di olive mangiate sul pane dalle fette grosse, di spine invisibili di fichi d'India tirati alle ragazze.

Scoprì pure che, nella credenza popolare, quell'acqua era famosa per aiutare la fertilità, così le madri di Bastiano e Paolo avevano fatto numerosi bagni per assicurarsi quella prole forte e di bell'aspetto.

Quando a Bernadette passò l'euforia del vino, si accorse che lui era sparito.

Arrivò dopo un momento accompagnato dalle turiste bionde e prosperose. Allora provò quella fitta terribile che lacera intensamente. Quella paura di essere messa in secondo piano. Quella scalfittura di non essere più al centro dei suoi pensieri. E si ingelosì per la prima volta.

«Bene, dopo la pizzica c'è la mia piccolina», disse lui, urlando a tutta la spiaggia. Qualcuno gli disse di abbassare la voce.

Lui non salutò nessuno, fulmineo prese saldamente la mano di Bernadette e la trascinò con sé. Nolente e dolente.

«Con te non vengo. Sei un cascamorto della peggior specie», e si ritrasse senza sapere quale direzione prendere.

«Dai, gelosona, vieni, non vorrai stare qua sola!» cercò di afferrarle la mano.

«Voi uomini siete tutti uguali.» Lo ricusò con durezza e salì sulla Vespa, l'unico luogo conosciuto.

Non gli rivolse più la parola.

Tornati in masseria, lui si buttò sul vecchio divano, mentre lei si rinchiuse nella minuscola camera che accedeva al tinello.

C'era una semplicità estrema ma accogliente tra quelle mura dall'intonaco chiaro. Al centro stava un vecchio letto in ferro battuto preparato con biancheria profumata al ciclamino. Zia Imma aveva messo lenzuola a fiorellini rosa e gialli, che rallegravano l'unico orpello appeso alla parete, un crocifisso magro magro.

Sembrava che quel Gesù non avesse voglia di vegliare su quell'alcova semplice.

Quando al mattino Bernadette rientrò in cucina, trovò una tavola apparecchiata con una tovaglietta a quadrettini azzurri, bordata di blu. Sopra c'era un caffè fumante, pasticciotti e fichi d'India pelati.

In mezzo c'era un foglio, con scritto: «Ti amo anche se hai le tette piccole».

Scoppiò in una risata rotonda e si rimangiò la gelosia, perché tanto non ci si può ragionare. Quando arriva, arriva.

«E per precisare, ieri notte sono andato dal panettiere a prendere i pasticciotti freschi per te!»

Così gli perdonò il fatto che lui avesse ballato anche con altre. Dopotutto, era il suo mestiere.

Si amarono all'alba, accartocciati su una nuova confidenza e trascorsero giorni chiari, tra l'azzurro del mare e antiche mura bianche.

«Io non mi voglio separare da te. Rimaniamo qua!» se ne uscì Bastiano il giorno della partenza.

«Sarebbe bellissimo, prima o poi...»

«Promesso?»

«Prometto su sant'Ambrogio!»

«Io, su san Giuseppe da Copertino. Volava lui, voliamo pure noi.»

Erano anni colorati, in cui credevano di avere qualunque futuro in mano.

E si amarono nudi, scalzando con le loro fragilità le antiche vite che si erano affaccendate in quella masseria piena di oli.

Il loro era un amore di seta. Frusciante, leggero e delicato. E nelle promesse si dimenticarono dei loro nomi che viravano verso suoni differenti. Questa era l'essenza: avere la stessa iniziale ma un esito differente.

Non potevano che prendere direzioni diverse.

29
Idroterapia per l'anima

EDOARDO l'aveva chiamata ogni sera, ma lei gli non aveva mai risposto. Gli aveva mandato solo un messaggio, in cui lo invitava a telefonare a Josephine se voleva parlare con la figlia. Edoardo non aveva commentato quella stranezza.

Quella notte si risvegliò diverse volte, sempre sudata, quasi sul punto di soffocare, tremante, con le membra molli.

Si alzò un'ultima volta dal letto, aprì la finestra e scrutò fuori, sempre in cerca di ossigeno, come una pellegrina nel deserto in cerca di acqua. Le arrivò un refolo di vento che inspirò con foga. Gli parve buono, ricco, perciò respirò e respirò ancora, scrutando intensamente per capire da dove arrivasse quel vento nutriente. Rammentò che in autunno inoltrato la montagna era padrona di sé, non c'erano turisti, né sciatori, né cercatori di funghi, e fu allora che sentì un richiamo sottile, un'energia strana e misteriosa che la invitò a indossare il maglione informe color muschio sopra il pigiama, degli scarponcini e un piccolo piumino. Prese la macchina e imboccò la strada che si addentrava verso il versante sud della valle. Come sonnambula, guidata dal richiamo misterioso, percorse quel lato della montagna senza identità, poco tracciato dagli alpinisti del fine settimana. Lei pensava solo ad andare in alto, verso la brezza più pura. Girò in una stradina sterrata dove lasciò la macchina. Era una notte di luna quasi piena e non ebbe paura.

Si incamminò su una larga mulattiera ben conservata, fatta di tanti scalini in pietra che venivano ammorbiditi da felci e un ampio bordo di aghi di pino. Proseguì, attirata dal verde brillante di alcuni abeti, in un tunnel invitante che si scavava la strada tra i larici, protetta da fronde che finivano per intrecciarsi. Devo pulire l'anima, è piena di aghi e ricci, pensò, e si fermò solo quando vide il bosco diradarsi e confluire in una piccola isola di erica, betulla e larici. Vi si addentrò, attirata da una spinta invisibile, e si trovò davanti una radura incantata, recintata da un bordo di betulle. Quella vista la lasciò a bocca aperta e si sentì in pace con se stessa. Fu una frazione di secondo che si impresse nella memoria.

Intanto, un tenue color rosa cominciò a delineare i contorni che accompagnavano le prime luci del giorno.

Aveva ora pensieri lucidi, tendeva a concentrarsi su particolari minuscoli e a dimenticare quella matassa scura e vischiosa che le si fermava all'altezza del cuore.

Si immedesimò nell'erica, nel muschio, nelle gocce di resina sui tronchi, nelle perle di rugiada, e le parve che le betulle aprissero un varco. Sentì l'odore rarefatto del fumo di un camino, alzò lo sguardo e notò qualcosa che prima le era sfuggito.

In mezzo alla radura si stagliava una casa, imponente e silenziosa.

Era di sasso, alleggerita da dettagli in legno, figlia di un'architettura arcaica tipica di quella zona alpina.

Strano che senta odore di camino. Non sembra abitata,

non ho visto nessuna macchina parcheggiata. È fuori mano per viverci tutto l'anno. Sarà di pastori che la utilizzano d'estate, quando caricano il monte con le mucche. Si vede l'ampio spazio lasciato alla stalla. Deve essere chiusa per l'arrivo della stagione fredda, si disse.

Osservò meglio alcuni particolari che grazie alla luce del nuovo giorno si dipanavano come disegni di un libro di fiabe per bambini. E fu proprio la presenza di tocchi infantili a incuriosirla.

C'erano bambole appoggiate su una finestrella tonda nell'abbaino. Nel patio erano rimasti dei piccoli pentolini e fiori rinsecchiti rovesciati sul tronco usato per tagliare la legna.

Sembrava un luogo vago, senza tempo.

Oltre la casa, tra le eriche, si intravedeva una fontana con acqua corrente. Sul rubinetto era annodato un nastrino a quadretti rossi e bianchi. Una quiete generosa ammansì le sue vertigini.

Pensò che chiunque abitasse lì amava quel luogo, tanto da avergli dato un'identità.

«Papà, ho la sensazione che tu, questo posto, lo conoscevi. È perfetto per fare bolle di sapone», disse parlando a voce alta, come in sogno.

Poi cercò di nuovo aria da respirare. Lassù in altura era fresca e abbondante, tutta per lei. Nessun altro essere con cui condividerla, perché solo a questo pensava, respirare. Respirare per lavare la ferita infetta di Edoardo.

All'improvviso cominciò a piovere.

Aprì le braccia e non sentì il bagnato, lasciò che l'acqua filtrasse nelle minuscole pieghe del suo corpo.

Fu idroterapia per l'anima.

Tornò a casa con le idee chiare.

30
Varchi oltre oceano

DOPO l'estate in Puglia, Bernadette venne scelta per un video musicale di un musicista molto in voga. Anche se il violoncello era predominante solo nel ritornello, le chiesero di girare altre scene. Indossava un abito bellissimo, di taffettà verde, lungo fino ai piedi, con delle impunture sul lato e una spalla scoperta. In testa le avevano fissato un cappello con un grappolo d'uva che ornava la parte destra. Aveva un aspetto bucolico con la sua aria sognante e luminosa.

Doveva far finta di fuggire negli ampi corridoi del palazzo di Fontanellato, poi fermarsi di colpo e iniziare a suonare.

Le scene erano poche, ma le riprese durarono giorni interi, tra ripetizioni e refusi d'artista.

Per quell'esperienza fuori dell'ordinario, si fece accompagnare da Bastiano e Mara, la sua migliore amica.

Toccarono da vicino il mondo della musica, delle etichette, della fama, di chi viene fermato continuamente per un autografo. Si immersero nel mondo di costumisti, truccatori, assistenti di regia, tempi brevi e nevrastenie da rockstar. Fu un'esperienza strana che cambiò la vita di tutti loro.

Mara in primis capì che da grande voleva fare la costumista e Bastiano cominciò a tessere una tela che avrebbe aperto varchi oltre oceano.

Alla fine, la star strinse la mano di Bernadette e promise di richiamarla per altre collaborazioni, ma il rock non usa violoncelli e la sua esperienza televisiva finì in quell'unica puntata.

Bastiano invece conobbe un coreografo americano con cui cominciò piccole collaborazioni televisive.

Lei passò notti insonni a pensare che l'avrebbe lasciata sola in un mondo vecchio e che l'amore è un fuoco di paglia.

Non aveva fiducia in lui, che invece non la ingannò mai e il loro legame non accennò ad allentarsi, come lei aveva temuto.

Bastiano le raccontava infatti tutte le proposte che riceveva, i vaghi o diretti accenni per ottenere nuove puntate. Non cedette mai, accettò ciò che poteva ottenere in modo pulito. Così, la fama di ballerino serio giovò alla sua immagine. E fu chiamato finalmente da una compagnia americana.

Glielo annunciò una sera.

La invitò a cena in una sala di posa che si era fatto prestare da un giovane regista di spot pubblicitari. Avevano appena girato una scena in costume per pubblicizzare un olio toscano, pressato come nei vecchi frantoi pugliesi.

«Mettiti un abito lungo, che ti porto nel Cinquecento», le scrisse in un sms.

Si era fatto cucinare fave e cicoria dalla madre e aveva portato dei rustici. Avevano bevuto vino rosso tra lo sfondo artificiale che sapeva di colla e vernice fresca e una specie di torchio in miniatura riprodotto solo in parte.

«Alla nostra nuova casa in America!» esclamò stappando una bottiglia di Bellavista, fruttato come la sua voglia di cavalcare la vita.

«Ce l'ho fatta e il merito è anche tuo! Hai tirato fuori il meglio di me con la gentilezza della musica. Ora devi rispolverare l'inglese e venire con me.»

«Ma io parlo il francese!»

«Andremo a visitare il Canada, allora.»

E le sue parole correvano magiche intorno, piroettando circolari nell'aria.

«Mi hanno chiamato per un provino al New York City Ballet. E, se va in porto, mi prendono. Ti sposo e ti porto con me!»

Era rimasta senza parole. Immobile. Lo guardava come una figura evanescente, lontana. Calda ma distante nella sua grandezza d'animo.

«Ma siamo troppo giovani!»

«E allora? Io sono sicuro di volere solo te!»

«E se cambiamo idea?»

«Perché dovremmo? C'è un'età giusta per fare l'amore e un'altra per spiegare le corna?»

Aveva scelto per entrambi e lei l'avrebbe seguito anche in capo al mondo se la sera dopo non fosse arrivata una notizia troppo pesante da sopportare.

31
Che neanche le stelle

GABRIELLA Mazzei possedeva un ego assetato come un pozzo vuoto, che neanche le stelle ci si potevano specchiare. Sin da piccola amava stare al centro, in maniera plateale e, se non poteva contare sulle proprie forze, procedeva con sgambetti e pugnalate alle spalle per farsi spazio.

Affamata di protagonismo, scoprì presto quanto fosse elettrizzante rubare l'uomo di un'altra, per essere la prima donna e illudersi che tutti i pensieri corressero a lei. Non si accorse mai della precarietà delle fondamenta su cui camminava, instabile come ghiaccio sul lago a febbraio. Quel giorno era annoiata. Stava mollemente seduta dal parrucchiere su una poltroncina girevole, ascoltava in sottofondo il rumore dei phon accesi e le chiacchiere di paese che mescolavano pettegolezzi locali a suggerimenti culinari. Voleva farsi fare lo shatush, poi aveva cambiato idea, si era fatta aggiungere nuove ciocche per rendere la capigliatura più corposa. Le sembrava di avere pochi capelli e amava cambiare. Voleva sorprendere. Trovava intollerabile la monotonia.

Prese il cellulare e consultò Facebook come fossero le

pagine gialle. Cercava qualcosa di indefinito. Contava i «Mi piace» su questa e quell'altra foto. Svogliatamente, quasi le fosse dovuto. Scrollava le pagine su e giù e poi ancora su, per analizzare l'andamento degli apprezzamenti sul social network. Guardò il numero dei *like* sotto l'ultima immagine postata da Giada, la sua migliore amica: aveva pubblicato da trentasei minuti la foto del piatto che si era mangiata al ristorante *Salici* e già ne aveva collezionati cinquantaquattro. Le sue scarpe nuove, color rosso vernice, avevano invece solo ventinove «Mi piace» e questo le rodeva.

Che imbecilli, pensò, preferiscono un piatto di cialda di grano saraceno con ombrina ai funghi perseghini e melograno a delle Jimmy Choo da 639 euro. Che paese di bifolchi. Ho fatto bene a comprarmi l'appartamento in città. Questi montanari mi danno noia.

Di solito la innervosiva più la ristrettezza mentale che la monotonia delle chiacchiere, e si era fatta comprare da papà un appartamento a Milano per variare i fine settimana invernali.

Si mise un'unghia in bocca per rosicchiarla, ma subito la sputò. Le unghie ricostruite con il microdisegno erano solide e spesse, indigeste, così si mise a grattare la cover del cellulare per lenire quella sensazione di gelosia inutile che le alterava i valori ormonali. Doveva sciogliere quell'insana frenesia quando, uscendo dal parrucchiere, incappò in Bernadette.

In lei vide qualcosa che andava oltre le sue possibilità. Era carina, aveva un taglio di capelli deciso ma già visto, un viso fresco ma non provocante, non era né alta, né bassa. Rappresentava la normalità, eppure possedeva una luminosità particolare e una grazia dei gesti che a lei sfuggiva.

Aveva provato un'invidia nuova e sconosciuta, e si sorprese, soffermandosi più del dovuto su quella sensazione. Guardava sempre con lentezza le persone particolari.

Improvvisamente, qualcuno aprì la portiera di una macchina parcheggiata e lei rovinò a terra. La donna luminosa con la frangia castana le tese una mano per farla rialzare sorridendole con gentilezza. In quel momento notò lo spazio tra i denti davanti.

Le belle donne non si aiutano, devono suscitare reverenza, invidia, ma non solidarietà. Sto forse invecchiando? Comincio a perdere presa sugli altri? pensò Gabriella maledicendo i tacchi Jimmy Choo.

«Riesco benissimo da sola!» rispose stizzita.

«Ma in due è più facile», replicò l'altra, con un sorriso sincero. Poi se ne andò leggera, come era giunta, lasciandola per terra con la pashmina intrisa di acqua e fango.

Gabriella era inviperita. Non per la brutta figura di essere a terra o il foulard bagnato. Bensì perché la sua presenza, il suo prestigio sociale in quel paese di bifolchi, la sua avvenenza non avevano condizionato affatto quella donna.

Era disorientata. Una donna serena, una bellezza semplice, un viso pulito che non aveva subìto il suo fascino. Le era rimasta indifferente. Ma come era possibile, stava diventando trasparente alla sua età? Doveva forse rimettersi a dieta, fare di nuovo quel trattamento estetico di carbossiterapia al viso? Perché gli uomini devono sbavare, e le donne provare invidia.

La rivide il sabato seguente a braccetto dell'avvocato Del Curto, mentre chiamava una bimba grassottella. L'integrità di quella donna andava scalfita. Assolutamente.

«Se non sbaglio, lui è l'avvocato da cui lavora Giada! Niente male per la sua età!»

Fece il numero dell'amica e le chiese alcune informazioni. Il giorno seguente avrebbe sicuramente convocato l'avvocato Del Curto. Dopotutto, la catena di supermercati di suo padre, qualche grossa grana legale ce l'aveva sempre.

32
Occhi rossi

«Ti aspetto a casa mia, stasera. Mia madre prepara una cena salentina doc», disse Bastiano il giorno dopo averle chiesto praticamente di seguirlo in capo al mondo con la fede al dito. Senza possibilità di replica.

La novità l'aveva fatto diventare un satellite ingovernabile che non riusciva a percepire l'universo che lo sosteneva.

Passerà quest'euforia strana! pensò lei sorridendo. Ma non poté accettare l'invito.

Quella sera suo padre la cercò e lei si dedicò solamente a lui: doveva comunicarle quel tipo di finale che nessuno vorrebbe ascoltare. L'inevitabile tragedia personale. La loro tragedia famigliare.

Perché, senza di lui, il suo mondo affondava. Lui che l'aveva sempre spronata, consigliata, protetta. Lui che le aveva insegnato ad amare, che aveva reso forte una bambina scarna e timida.

«Stellina», le disse con il suo sguardo buono, «la vita scorre fino a un certo punto. Poi, senza chiedere il permesso, cambia rotta. Lascia il corpo e continua più in alto.»

Lei non capì quella strana metafora, ma il cuore cominciò

a batterle all'impazzata. Rimase senza energia. Afflosciata su se stessa, come i palloncini persi dai bambini durante la fiera, che tornano dal cielo striminziti.

Orazio aveva cercato per giorni le parole adatte, colmo di paure senza risposta.

Fremeva per se stesso, perché il non sapere cosa ci aspetta è peggio del dolore. Ma per lei indossò una maschera di pacatezza, per continuare fedelmente quel suo modo particolare di proteggerla dalla vita e renderla forte allo stesso tempo.

«È un tumore, papà?»

«Una di quelle bestiate lì, stellina mia.»

Lacrime trasparenti cominciarono a fluirle lungo le guance leggere.

«Ho provato a non dirtelo. Ma non è onesto nasconderlo. Un tumore al fegato.»

«Ma papà, si potrà curare, no? Al giorno d'oggi...»

Orazio stava seduto mollemente sulla poltrona di pelle usurata, quella con i poggioli di legno e le impunture di metallo. Lei seguì con lo sguardo quelle file di bottoni scuri che delimitavano il confine tra legno e pellame fino ad arrivare alle mani di suo padre, che giocherellavano senza scopo con il sigaro spento.

Poi lui alzò gli occhi con l'iride dilatata e la fissò. Fu uno sguardo antico, i suoi occhi azzurri erano senza veli.

«Io non credo negli accanimenti terapeutici. Non voglio vomitare l'anima, in una stanza sconosciuta e asettica. Vediamo come va, senza esagerare. Voglio finire la vita con chi amo, nella mia casa. Voglio finire con dei bei ricordi.»

Suo padre era irremovibile. Aveva scelto di galleggiare sul male fisico con sentimenti buoni.

Le lacrime di Bernadette continuarono a gocciolare nel silenzio, come rivoli primaverili. Smise solo la notte, quando crollò in un sonno duro, senza spazio per i sogni.

Josephine aveva staccato il telefono della grande casa per non disturbare quello scambio intimo tra padre e figlia. E pianse sola, in cucina, impastando una *tarte au sucre*.

Bastiano telefonò varie volte, perché a Rozzano la aspettavano per cena. Preoccupato, prese la Panda del padre e si presentò a casa Laudis. Lei dormiva già e le si sdraiò accanto. Si ritrovarono al mattino.

«Che occhi rossi hai, sono per vederci meglio?» cercò di scherzare, ma lei tremò e si fece piccina.

Si raggomitolò tra le sue braccia.

«Bastiano, mio padre... non posso lasciarlo!»

«Va bene. Ti starò accanto. Non andrò in America!»

«Tu in America ci vai! Ti raggiungerò io!»

No, sì, no, sì, no, sì.

Stavano diventando due solitudini parallele.

33
Non ti devo niente

BERNADETTE tornò dal bosco un poco stranita e quella mattina rimase in bilico tra i morbidi ciuffi del passato e un rancido presente. In bagno, lo specchio le restituì un ricordo.

«Questa è Jane Birkin, la donna più bella del mondo!» aveva detto Orazio Laudis a una Bernadette adolescente. E lei si era risentita, perché non le assomigliava. «Non arrabbiarti, ma è francese, come tua madre. Quando la sento parlare con quell'accento, la adoro!»

Fu allora che decise di pettinarsi come piaceva a lui: frangetta corta e capelli lunghi oltre le spalle. I capelli erano di un castano diffuso, come i suoi occhi, grandi e nocciola. Bastiano diceva che aveva uno sguardo che ricordava le praterie.

Aveva sempre portato quella pettinatura, e in quel momento si guardò nello specchio in cerca della frangia felice e spensierata di allora. La nuova Bernadette era carne da macello.

Poi iniziò a suonare in la minore, come un automa. Ogni nota era una lacrima, ogni pausa un rantolo.

Il tempo volò in fretta. Il tempo non era un buon compagno, ma non importava.

Non importava più niente da quando c'era dolore, perché tempo e spazio si erano ingarbugliati in una matassa infeltrita. Aveva bisogno di appigli, di farsi cullare dalle cose semplici, di scampoli di vita normale, di cose stupide che ricordavano la quotidianità, come la signora che vedeva ogni giorno al panificio e di cui non conosceva il nome, i salotti leggeri in onda di pomeriggio su Canale 5, una chiamata da un operatore telefonico arrogante, un parafanghi ammaccato.

Infine, con le dita doloranti indossò una camicia a fiori e corse a prendere Malvina a scuola.

Evitò i saluti, gli sguardi, i sorrisi degli altri, per difendere la sua vulnerabilità. Prese la figlia per mano e continuò a stringerla finché la piccola, preoccupata, si staccò con forza.

«Vuoi mettermi le manette?»

«No, ho solo voglia di stare con la mia bambina!»

«Mamma, ma io sto sempre con te!»

Le dedicò tutto il pomeriggio, la aiutò a fare i compiti, cucinarono i muffin e le pettinò i capelli.

La sera, Edoardo rientrò da quel che restava di un fittizio siparietto lavorativo a Cagliari, una scusa più appiccicosa delle Big Babol.

Bernadette aveva bisogno di ossigeno, e Malvina li fissò mentre pettinava una Bratz, seduta curiosa in un angolo del divano. Aveva percepito che nell'aria volavano coltelli.

Edoardo diede un bacio alla figlia e salutò la moglie in maniera frettolosa, poi si diresse verso il frigorifero in cerca di una birra. Teneva le spalle erette e a Bernadette bruciarono i palmi delle mani. Lui pareva sfumato, presente ma lontano, incerto sul suo essere lì. Finalmente le si avvicinò. Neanche le chiese perché non avesse risposto al telefono. Lei, come un segugio, percepì l'odore estraneo, contaminato, che sapeva di amplessi e sensi di colpa.

Lui fece il brillante e appoggiò sul tavolo un involto di cartone duro color marrone, con un'etichetta elegante color oro con scritto Sacher, e passò una forchettina a Malvina, che nel frattempo si era avvicinata.

Bernadette lo analizzò torva, dai talloni alla punta dei capelli, e le parve un uomo nuovo, giunto per caso, in un tempo sbagliato. Ma non era così.

«Da quando Cagliari è famosa per le Sacher?»

Lui non rispose.

A lui il proibito, le novità e le bugie probabilmente davano energia, allora lei si alzò di scatto dallo sgabello della cucina su cui stava seduta, buttando a terra una pila di tovaglioli gialli. Poi piantò saldamente i piedi a terra e buttò fuori aria grigia dalle narici.

Stava per spogliarsi l'anima, ma sapeva bene che non era un'arte che dominava. Era una donna che lasciava andare via le persone pesanti perché la sfiancavano.

Era arrivato il momento dell'attacco. Perciò respirò tre volte a testa bassa e invitò con sollecitudine Malvina ad andare a letto.

«Ma sono solo le otto! Lasciami mangiare almeno la torta», rispose la bimba delusa.

«Prendine una fetta e portala in camera e ricordati che domani hai una verifica di geometria.»

Edoardo allora accompagnò la figlia, ripassarono gli

angoli e le rette finché si addormentò, mentre Bernadette camminava avanti e indietro in attesa del nuovo round.

Lui tornò, tirandosi dietro i passi. Bernadette non si soffermò su premesse, parentesi e silenzi, come era solita fare con il violoncello, che sentiva la potenza solo quando partiva il pezzo.

«Dove si fa le unghie quella?» esordì.

«Quella chi?»

«Quella chi? E mi chiedi quella chi?»

«Ma sei impazzita?»

«Quella con cui hai fatto il weekend al *Suvretta*!» Scandì bene le sillabe del luogo incriminato. Come se, per osmosi, anche gli hotel si macchiassero di vergogna. «Quella che si appiccica cose finte sul corpo.»

Seguì un silenzio nevoso.

«Io, ma... tu...»

Sillabe senza significato che lei interpretò perfettamente.

Edoardo si arrese alla verità. La guardò negli occhi e alzò le spalle come se fossero più leggere.

«Chi te l'ha detto?»

«Che importa? È di te che voglio parlare.»

Lui abbassò il viso e si appoggiò sulla sedia trasparente, con un peso in meno sulla schiena. Ormai la verità si era fatta strada da sola.

«Volevo dirtelo ma... E abbassa la voce, ci sente nostra figlia.»

«Certo! Il classico 'volevo dirtelo' quando lo scopro, non prima, solo dopo. E se io non l'avessi scoperto, sarebbe andata avanti. E in quel caso non ti preoccupavi di tua figlia?»

«Ma cosa c'entra lei, ora? Ovvio, lei viene prima di tutto!»

«Bravo, che frasi fatte!»

Ora lo guardò lei, con quegli occhi scuri che annunciavano tempeste letali.

«Bene! Se non vuoi dirmi il perché, dimmi da quanto.»

«Ma poco, pochissimo!»

«Pochissimo?»

Bernadette perse il controllo e cominciò a scagliargli contro le maioliche con disegnata la frutta di stagione. Una castagna, una mora, un fico, un pomodoro.

Uno a uno, i piatti atterrarono contro l'anta del possente frigorifero Smeg rosso fuoco, graffiandolo.

Lui fu preso alla sprovvista da quella nuvola di violenza.

Non se l'aspettava da una moglie vaporosa, che credeva nel futuro della musica, a tratti dolce e remissiva.

Rimase piantato sul pavimento a muovere il busto a destra e sinistra per scansare i piatti con un certo disprezzo. Poi, finita la mattanza, alzò il mento e le diede della pazza.

La situazione modificò l'equilibrio flaccido e l'ago oscillò dalla parte di lui. Bernadette notò che non era più il marito conosciuto in ogni momento, anche sul water a leggersi il giornale la domenica mattina. Le pareva un altro uomo, vide le rughe, la rasatura perfetta, il naso etrusco, anche lo sguardo aveva cambiato piglio.

«Sei una povera pazza! C'è sopra tua figlia che sente!»

«Mia figlia? Tua figlia! Perché è anche tua, anche quando ti scopi le altre!»

«Le altre?»

«Ti devo fare la lista? C'è Venusia, ché questo nome fantascientifico me lo ricordo, e poi le altre, perché solo un coglione tiene in casa di sua figlia un cellulare pieno di messaggi delle amanti!» Enfatizzò quella i plurale.

«Ero convinto di averlo buttato!» spiegò con leggerezza. Bernadette allora gli si scaraventò addosso. Lui le afferrò i polsi e le fece male.

Divenne arrogante e lei smise di inveire. Non comprese fino in fondo ciò che si stava palesando davanti ai suoi occhi, ma provava un senso di sottomissione. Un calpestio totale.

Il mantello domestico si era dipinto di striature brunite, troppo scure.

Era delusa. Frastornata. Ma soprattutto furiosa, perché la parola «pazza» le pesava di ingiustizia.

Le sembrò un copione letto e riletto, quello in cui il personaggio che spacca l'ordine sociale, modifica gli equilibri e incute timore viene smistato nella categoria di «pazzo», così non rompe più le palle.

Allora restò ferma, in silenzio, come un insetto che attua la tanatosi, stupita della propria repentina trasformazione e, mentre si giocava quest'ultima risorsa, capì.

«Non puoi ribaltare le cose in questo modo, Edoardo! Darmi della pazza per lavare le tue colpe. Io sono la madre di tua figlia, tua moglie. Non una qualunque! E tu sei un povero sfigato!» gli disse.

Questa parola non gli piacque per niente. Era un codice che il pomposo avvocato non conosceva, allora annaspò, diventò rosso ed esplose di nuovo.

«Io, sfigato? È colpa tua se ti tradisco. Sessualmente sei una mummia.»

«Eh, certo. Ma cosa pretendi, che ti aspetti con tacchi e *guêpière*?»

«Sì, proprio così, un marito se lo merita!»

«Io non ti devo niente, perché non sono così! Sarebbe innaturale per me fare la zoccola!»

«Vivi in un mondo di poveracci che pensano di essere utili alla società facendo musichetta. Nella vita bisogna essere pratici. Stare con i piedi per terra. Non si può vivere sulle nuvole come la gente di quella scuola di pazzi in cui insegni.»

Bernadette incassò queste parole, abituata a quella sua visione del mondo in cui la società progrediva grazie a ingenti giri di soldi, interessi, usure. La musica in realtà non produceva molto, figuriamoci un violoncello, quindi passava in ultimo piano e diventava un passatempo patetico per mantenuti.

Vide il marito per ciò che era, la persona più lontana dal suo modo di essere. Silenzio.

«Dimmi solo chi è lei!»

«È Gabriella, la figlia di Mazzei. Quello dei supermercati.»

«Quanti anni ha?»

«Venticinque, mi pare!»

«Mi pare? Ma che cavolo di uomo sei! E Venusia? E Sara? Dirti che fai schifo è un complimento! E hai dormito con me tutti questi anni. Mi portavi nel letto i ricordi di altre! Sei una merda!»

Lo stordì di parolacce, si sentì rotta completamente e le mancò l'aria, come sempre.

Aveva bisogno urgente di riconoscersi e si guardò nel riflesso della finestra sentendo un alito che sapeva di prevaricazione.

Edoardo si girò, andò in camera in silenzio per non svegliare Malvina, che apparentemente dormiva. Raccattò le sue cose e vide la scia di calze singole, commentando: «Non è possibile, non è possibile! Questa è esaurita!»

«Edoardo è un mostro. E io uno zerbino», sussurrò Bernadette a se stessa.

Lui si era sfilato con disinvoltura la pelle, quella pelle ambrata, pulita che a lei era piaciuta subito. E ora rimaneva l'essenza. Cattiva. Scivolosa. Egocentrica. Immatura. Molliccia. Grossolana.

Bernadette aveva perso ogni spiraglio di dignità. Orante, piccola, petulante.

Lo rincorse e lo strattonò. Gli chiese ciò che non era più suo. Di loro due. Della loro famiglia.

Lui divenne l'inquisitore possente, sicuro e malevolo.

Lei la strega. Una pazza che si umiliava davanti all'ignoranza e al cinismo.

Di loro rimasero braci spente in cui non c'era neanche un lumicino.

«E a Malvina che dico?» chiese sulla porta afferrandolo.

Lui le scostò le mani fredde, gli diede fastidio quella mancanza di ossigeno che toglieva vitalità e sbatté la porta, senza rispondere.

«Vai da lei, vero? Ieri abitavi qui, oggi sei arrivato con una torta e ora te ne vai? Ma qua non ci torni più!»

Lui la guardò con impunture sterili. Teneva le sopracciglia inarcate e faceva gesti di noia.

«Vedremo! Questa è casa mia!» Le si gelò il sangue.

Poi si girò verso la finestra aperta e non lo cercò più. Lui se ne andò lasciando la fila curiosa di calzini spaiati.

Bernadette si affacciò per bere ossigeno e poi si diresse verso la Sacher.

Ci infilò le dita, poi la lingua, e mangiò cioccolato coperto di marmellata rossa e pasta imbevuta nel rum fino a star male.

Cercava di addolcire qualcosa ormai marcio. Sembrava finita così. Bianco e nero che si susseguivano senza sfumature. In fretta.

Le rimase solo una grande sconfitta cucita addosso e nessun avvocato per difenderla. Come una bambina persa nel bosco, fece la cosa più naturale del mondo. Corse in camera di Malvina e si sdraiò accanto a lei, con i piedi al caldo tra le pieghe della sua camicia da notte e il naso infilato tra i suoi capelli profumati di shampoo alla mela verde.

«Che c'è, mamma?» disse lei nel dormiveglia.

«Niente, papà è tornato in ufficio per una pratica. La vuoi sapere una cosa? Ho mangiato la Sacher!»

«No, mammaaa! Ne volevo ancora.» Malvina era delusa.

«Ma era scaduta da un anno. Mi ha fatto stare male. Domani te ne compro una fresca. Tutta per te. Io non ne voglio più vedere di Sacher!»

«Hai litigato con papà per la Sacher?»

«Non solo, ma sono problemi da grandi. Non te ne fare un cruccio!»

«Ma tu non ti arrabbi mai!»

E si addormentò tenendo sua madre per mano.

Bernadette sentì l'odore delle bugie tra i propri capelli, un profumo meschino che non riusciva a lavare.

E continuò a vedere suo marito che godeva con un'altra. Un matrimonio, una figlia e un tempo piccolo per finire con una porta sbattuta. Si sentì insignificante. La rabbia uscì sulla pelle.

Minuscoli sfoghi rossi color fragola la fecero grattare tutta la notte. Pareva sale gettato con perfidia sulle ferite.

E piovve sporco sulla tristezza.

34
Dire addio

ORAZIO prendeva il cortisone e si era gonfiato terribilmente, ma era perfettamente in grado di gestirsi da solo e gli urgeva dare di persona la notizia, prima che fosse tardi.

Senza avvertire nessuno, salì con difficoltà sulla fedele GS, che ormai era un'auto d'epoca, e andò in montagna a trovare Giosuè. Aveva bisogno di parole sincere, di aria fina, di assaporare la forza di quelle montagne scure e ripide.

Per lui l'amicizia era sacra, era qualcosa di fraterno, da preservare, nutrire, e si riteneva benedetto in questo. Sapeva di dover dire addio. Erano poche le persone che contavano, stavano tutte sulle dita delle mani e Giosuè era il primo della triste lista.

Orazio guidò con lentezza e parcheggiò lungo la strada mulattiera. Prese il sentiero che girava la costa ma non trovò subito la casa dell'amico. Le betulle facevano sempre questo strano scherzo. Impedivano di vedere la casa. Come se la celassero. Allora lui fece qualcosa di bizzarro, le salutò e subito intravide le mura di pietra e Giosuè intento a intagliare del legno.

Quando quest'ultimo lo notò arrancare verso casa, si accorse del fisico mutato e percepì la pizia foriera di tristi annunci.

Decise subito di parlare davanti a del buon vino, e senza attendere conferma lo abbracciò, salì sulla macchina dell'amico, abbassandosi un poco perché era troppo alto per quella macchina lunga, e gli indicò la direzione da prendere.

«Dove andiamo?» chiese Orazio.

«Ad assaggiare frutti di questa terra. Piccoli ma spremuti con ardore! Guarda che vigne, mica le lavorano per lasciarlo in cantina. Che alberi sono le viti!»

«Vino, eh? Va bene. Ho bisogno di rinvigorire il sangue!» disse Orazio sorpreso da quella voglia di lasciare la tana, quel lungo letargo autoinflitto in cui il suo amico Giosuè era caduto da quando Agata non c'era più. Sapeva che il vino non era raccomandabile nel suo stato, ma meglio non pensarci, tanto stava già toccando il fondo.

Parcheggiarono di fianco a un bosco e scesero alcune centinaia di metri per addentrarsi tra lunghi filari di vite, posti su improbabili ed eroici terrazzamenti. Finalmente trovarono un casolare di sasso con dinnanzi dei grandi massi.

«Mario, Marioooo!»

Dai filari più bassi spuntò un omino con un cappello di panno, una tuta di tela blu e dei ramoscelli di salice che cercava di arrotolare in una corona morbida.

Aveva un viso allungato, da volpe golosa. «Ehi, sei sceso dal monte?»

«Abbiamo voglia di scaldare le budella. Lui è Orazio, un caro amico», disse battendogli con delicatezza una mano sulla schiena.

Orazio inciampò. La malattia l'aveva indebolito parecchio. Giosuè, anche se più anziano di una quindicina d'anni, se ne accorse e lo afferrò per un braccio, sostenendolo. Orazio cercò di non incrociare il suo sguardo.

«Venite, venite!» li incitò il viticoltore.

Sotto il masso più grande, discosta alla vista, stava incastonata una porticina bassa di legno, con del muschio cresciuto sopra che disegnava un profilo natalizio. La spinsero e si piegarono per entrare e scendere lungo una scaletta che seguiva il perimetro del sasso nel terreno.

Arrivarono in un'enorme cantina a volta. La temperatura era mite e si percepiva l'odore di particelle umide che litigavano con l'ossigeno fermo. Il vano era molto ampio, occupato solo da un tavolo, le botti del vino e le mensole con gli scaffali bombati per appoggiare le bottiglie di vino, alcune piene di polvere e ragnatele.

Orazio pensava alla fatica con cui avevano scavato la terra per farne una cambusa, quando venne distratto da Mario, che batté la grossa mano violacea su una piccola botte di rovere.

«Questo ha quattro anni, che dite, beviamo il giovinetto?» prese una ciotola di legno e la riempì.

«Tieni il *ciapèl*, Giosuè.» E si passarono quel vino nella tazza di legno, atto antico di comunanza solidale tra poveri cristi e re.

«È bello morbido, sa di fragole.»

«Sì, il sapore è di sottobosco fruttato!»

«È un gran lavorare il vino!»

«Già, i miei figli non mi aiutano più di tanto. Per fortuna c'è la mia mamma. Ha novant'anni. Ma li porta bene, quella crista! Certo, se le tolgo la vigna, mi muore di colpo!»

«È bella l'uva quest'anno?»

«Eh, non ha grandinato, per fortuna. Ci frega sempre il tempo. L'anno prossimo compro le reti per proteggerla!»

Orazio ascoltava in silenzio, si guardò intorno e osservò le botti di varie misure. Mario si alzò per regalargli delle bottiglie. Si era fatto stampare un'etichetta con il suo cognome e l'annata.

«Certo il vino dà soddisfazioni. Più di una donna!» aggiunse lui che, steso da numerosi bicchieri, cominciò a piangere per la moglie deceduta.

«Poteva anche aspettarmi, invece m'è morta così in fretta. Adesso mi ha lasciato qua, solo, ché la sera mi viene sempre la malinconia. Lei mi bolliva l'erba iva e mi preparava i vestiti puliti. Cucinava una polenta la domenica che ne sento il profumo misto a legna bruciata anche ora. Adesso io non è che vario più di tanto. Sì, quando vado dalle mie figlie mangio le lasagne, ma invecchiare da soli è come fermentare. Il buono sta in alto e il brutto scende giù velocemente.»

«Ti ricordi, Mario, da piccoli?» Giosuè cercò di cambiare la china triste dell'apporto alcolico.

Allora questi allungò di nuovo il vino nel *ciapèl* a Orazio.

«Eh sì, quando si pigiava l'uva con i piedi!»

«Su, bevi ancora. Ti scalda. Fa buon sangue!»

«Ne ho bisogno! E anche di buon fegato!»

Giosuè capì. Mario pure intuì, guardando quel viso ovale gonfio in maniera poco naturale.

«Ho un tumore, amici miei! Al fegato. Dicono non sia un bel posto. Almeno posso bere senza comprometterlo. Tanto ormai...»

«Perdindirindina, ci sarà modo di curarlo, al giorno d'oggi fanno di tutto!»

«I miracoli no!»

«Cià, beviamoci sopra!»

«Ma temo che non riusciremo più a far le scale in salita!»

«Ehhh, al massimo moriamo qua, siamo in buona compagnia!» aggiunse Mario.

E bevvero finché non scacciarono i dispiaceri fuori dalla porticina coperta di muschio.

35

E se avessimo mentito entrambi?

Mentre Bernadette cercava di addormentarsi abbracciata alla figlia, si interrogò sul peso che Edoardo aveva avuto sulla sua vita.

Era il padre di sua figlia, l'uomo con cui condividere la crescita della bambina, con cui formulare le scelte migliori in armonia, ma le aveva mentito. Di colpo le era diventato acquoso e viscido come melma. Lui probabilmente era sempre stato così, si era solo dimenticato di farglielo notare.

Com'era possibile? La mattina fai colazione con una persona e la sera resti sola, in una casa sfigurata. Si chiese quando avessero cominciato a mentire a loro stessi. Da sempre? Dopo un anno? Dopo qualche suo comportamento incongruo? Quando avevano esaurito i sentimenti e cominciato a recitare una parte? Quando avevano perso il loro secondo bambino? Quando i giorni erano diventati noiosi? O quando l'aveva trattata male davanti ai suoi genitori?

«Tu non capisci un cazzo!» aveva detto Edoardo una volta, a casa della sua famiglia patriarcale.

Stavano parlando della riforma delle pensioni davanti

a un piatto di polenta taragna e lei aveva espresso le sue perplessità.

«Non capisco un cazzo?» Suo marito non le si era mai rivolto in quel modo. Poi era partito con una serie di *ma* accusatori.

«Certo, non capisci un cazzo. Qui si parla di politica. Di quello che succede nel mondo. Ma li vedi i telegiornali? Ma dove vivi, nel paese delle meraviglie? Ma informati, ma svegliati!»

Lei rovesciò il bicchiere di vino rosso sulla tovaglia bianca della suocera. Quel rosso era il suo bianco ferito.

E sua suocera stava sempre zitta e serviva in tavola, prima gli uomini, poi le donne. Maschilisti, tutti.

Diventò anche lei muta come loro, per non distrarli dalle convenzioni, per non risvegliare abitudini incrostate nel DNA.

Suo suocero presenziava ai pasti, parlava e tutti stavano zitti. Poi, puntualmente, partiva con le critiche. Lanciava invettive contro la situazione attuale dell'Italia, poi restringeva lo sguardo sul sindaco del paese e quei mangiafumo di consiglieri che non sapevano neanche parlare l'italiano corretto. Proseguiva denigrando altri abitanti di Cimacase.

«Quello non ha voglia di lavorare e non si lamenti se ha perso il lavoro; quello è un ignorante e vuole fare il sindaco; quell'altro gonfia i prezzi delle bresaole per ingannare i turisti; la moglie del Walter si è messa a fare la signora solo perché il marito lavora in Svizzera; la signora Mariani ha alzato la cresta e ha chiesto il divorzio, ma come fa una donna a permettersi prese di posizione così!»

Terminava sempre con filippiche malevole contro le donne che si stavano emancipando.

L'aria era irrespirabile, forse aveva cominciato a mancarle proprio alle cene dei suoceri.

Quella volta, il suocero proseguì inveendo contro il passeggino di Malvina, che allora aveva un anno: era troppo moderno e non riusciva a frenare mentre la moglie lo teneva saldo a braccetto. Bernadette raccontò allora ai suoceri dei lati materni di suo padre, che mostrava le proprie debolezze, le proprie emozioni, e proprio per questo dimostrava grandezza. Loro sussultarono lievemente con uno stupore soffocato, con un silenzio abissale. Tecnica utile per riprendere subito una posizione di comando. No, secondo suo suocero gli uomini non facevano certe cose da donne.

Da parte sua, Bernadette aveva ricevuto sempre e solo sorrisi freddi, sguardi che dicevano: «Ma quando l'erede maschio?»

L'erede maschio, l'aveva perso. Come era arrivato, semplicemente era ripartito. Un'anima tornata in cielo.

In quel periodo, infatti, ebbe una gravidanza extrauterina che le causò un'emorragia rischiosa e la conseguente asportazione di una tuba. Insieme alla tuba aveva perso la sensazione di sentirsi donna. E se lei e Edoardo avessero mentito entrambi?

Il ricordo di quel bambino mai nato spostò l'amarezza sulla dolcezza della figlia.

36
Tantissimo

Bernadette trascorse un mese impegnata in preparativi per due lunghi viaggi. Uno oltre oceano, uno verso la morte. Lunghissimi e intensi, entrambi.

Nuotava nel mezzo, trasportata da una corrente sconosciuta. Era una lampada di carta appesa a un ramo secco, fioca e ballerina.

In quel periodo mangiò pochissimo e dormì strenuamente per compensare le lacrime. Ebbe mille pensieri e più volte litigò con suo padre, poiché aveva scelto di non curarsi adeguatamente. Discusse anche con Bastiano, che non voleva partire, e lo ricattò.

Di notte invece si isolava nelle sonate per violoncello di Schumann, nell'angolo più buio della casa, quando le scoppiava il cuore, poi smetteva perché le pulsava la testa. La mattina si lasciava abbracciare da mamma Josephine, come da piccina, dopo che aveva litigato con qualche compagna di classe.

E Bastiano partì tra mille dubbi e ripensamenti, solo perché glielo chiese Orazio.

«Tu puoi sempre tornare, quindi non lasciarti sfuggire

l'occasione della tua vita. Solo se sei felice, puoi amarla. Altrimenti, prima o poi, le farai pesare il rimpianto.»

Lei ascoltò quelle parole e gliene fu grata. Le avesse dette qualcun altro, avrebbe pensato male, invece la voce di suo padre era sacra. Così accettò di fare propria quella visione di libertà. La libertà di cercare se stessi per potere amare divinamente.

«Ti amo anche se sei oltre il centro della terra», gli disse all'aeroporto, posandogli sulla mano un involtino azzurro con dentro il suo fermaglio per capelli. «Per difenderti nella metropoli.»

«Ne sei sicura? Se vuoi ti aspetto ancora.»

«Vai!» Aggiunse mentre lui si dirigeva triste verso il volo, con quell'ultimo ricordo.

Si voltò a guardarla, era vestita di scuro, magra e pallida, muoveva la mano aperta e teneva la testa piegata da un lato. Quindi rovistò nell'enorme borsa che si portava sempre appresso e tirò fuori un fazzoletto di carta.

«A presto, piccola Jane Birkin!» le urlò.

Bastiano viaggiò con lo sguardo sempre rivolto all'oblò aperto sull'ala vibrante.

Dall'America le scrisse tantissimo, le telefonò tantissimo. Lei lo pensò tantissimo, ma si fece trovare solo in quei barlumi di sonno-veglia in cui inviava sentimenti liberi senza chiedere nulla in cambio. Erano solo pensieri senza peso tangibile, nella realtà si negò, perché non riusciva. Non riusciva a reggere quella lontananza, a reggere quella malattia senza fine, a reggere se stessa.

Infine, ascoltò un'intuizione che la guidava fin da piccola, leggera ma poderosa: slegare il futuro per aspettare un passato non ancora concluso.

37
Un'alleata

Il mattino seguente, trovata sul tavolo la carcassa della torta, Malvina convinse la madre ad andare in pasticceria. Quando si sedettero sulle poltroncine basse e bianche, chiese puntualmente di suo padre. Bernadette non era ancora pronta per affrontare quel discorso da sola. Aveva bisogno di tempo per capire la nuova architettura della famiglia e tergiversò.

«Ha una causa importante e starà dal nonno.»

«Deve farsi aiutare?»

«Sì, certo, sai che è l'avvocato migliore del mondo!»

«Posso andare anche io da loro?» Malvina la guardò davanti a una cioccolata fumante con panna montata e dei pasticcini avvolti in una carta azzurrina.

«No, andiamo da nonna Josephine, così potrai cantare a voce alta senza che Lucy cominci a ululare!»

Quando arrivarono, sua madre capì dallo sguardo della figlia che qualcosa la turbava. Aveva un colore diverso nell'iride.

Mentre la bambina guardava la televisione, Bernadette le riassunse in breve le bugie del marito e le chiese di non andare a fondo, di non scavare tra i suoi dolori che erano ancora pulsanti e pronti a trafiggerla.

Josephine aveva pazienza da vendere e comprese la richiesta, cercando però di lanciare una rete di salvataggio.

«State da me, *petites*! La casa è enorme per me che sono sola. Tu fai le tue cose, vai a dare lezioni, e Malvina la porto a scuola io. Tu non devi stare da sola!»

«Grazie, mamma! Però voglio dormire a casa mia.»

Sua madre capì che voleva controllare il territorio e la assecondò.

Bernadette la abbracciò a lungo e si scaldò un poco le mani fredde.

Quella sera tornò a casa e prese l'iPad, accese il bluetooth e si sintonizzò con le casse. Impostò la musica di Jaroussky, un cantante dalla voce d'angelo che la riportava a tempi di carrozze, pizzi e lentezze. Per questo amava la musica classica, senza elettricità, fluida, consapevole e virtuosa. Doveva averla vissuta prepotentemente in una vita passata.

Era una musica che le entrava dentro, spegneva i fuochi e appianava le vertigini del cuore, perché il tradimento era un buco che le risucchiava linfa. In un lampo rivide i milioni di donne umiliate, verbalmente e fisicamente, dalla società. Le streghe, le puttane, le erboriste, le martiri, le donne brutte da guardare, quelle difficili da ascoltare.

Quando dai fastidio, ti zittiscono con un ostracismo vizioso e ti fanno passare per pazza. Il giochetto è semplice. Che faccio io ora? Cado nel baratro senza appigli? Mi lascio trasportare? E quando mi risveglio non ho più niente?

Le venne una nausea fastidiosa al pensiero di odori di altre donne addosso a suo marito.

«No, io a questo gioco non ci sto.»

Aprì tutte le finestre e mangiò l'aria fresca che saliva dal fiume. *Se devo essere pazza, è perché ho deciso io di esserlo, non saranno gli altri a imbastirmi addosso una definizione su misura.*

Il dolore alimentò il fuoco, così, senza pensarci, afferrò un coltello e si diresse sotto casa dell'amante.

Non aveva intenzione di uccidere nessuno. Solo infastidire, che era un benservito, minimo, rispetto agli impicci che le avevano gentilmente regalato lei e suo marito. Nel grande parcheggio sotto un bel condomino con piscina, vide la Cinquecento rosa confetto di Gabriella Mazzei, che quella sera era probabilmente a casa.

La riconobbe dall'insegna dei supermercati sul vetro posteriore: solo lei poteva vantare tale pacchianeria. Si avvicinò lenta, tenendo il coltello basso, controllando più volte che non ci fossero testimoni, e zac, zac e zac.

Bucò la prima gomma.

«Ohhh, che schifo! Che schifo!» Sentì urlare.

Si ritrasse spaventata e ruzzolò a terra. Afferrò saldamente il coltello e si trovò davanti la signora Luigia Pizzotto che alzava le mani terrorizzata.

«Non mi faccia del male!» piagnucolò quest'ultima.

Era una donna bionda, appesantita, con i segni di una lontana acne sulla pelle, cicatrici di vita, storie allungate. Tutti la conoscevano, perché era la moglie dell'imprenditore Pizzotto, padrone dell'omonimo marchio di bresaole.

Bernadette cercò subito di nascondere il coltello dentro la borsa. «No, io volevo solo...»

Poi sentì una puzza primordiale e guardò schifata le mani marroni della signora.

La Pizzotto scosse la testa e disse: «Non si faccia strane idee!»

«No, certo, ma neanche lei!»

«Ho capito, le ha bucato una gomma!» rispose la signora perdendo l'aura di altezzosità.

Bernadette annuì con la testa e fissò di nuovo quelle mani imbrattate di escrementi. L'altra se ne accorse.

«Che schifo, eh! Le ho già bucato le gomme due mesi fa. Ora ho pensato a qualcosa di metaforico. Le ho spalmato cacca di cane sulle maniglie della macchina. Solo che mi si è impigliato il guanto di gomma. Guardi che sozzeria ho combinato.»

«Merda, insomma, una metafora perfetta!»

Scoppiarono a ridere e se ne andarono di corsa.

«Non si preoccupi, non ci sono telecamere!»

E lasciarono la macchina rosa spalmata di cacca e con una ruota sgonfia.

Andarono in un bar pieno di slot-machine dove la signora ordinò una grappa, se la portò in bagno e la usò per lavarsi le mani.

Chiesero una tisana alla menta e malva e cominciarono a parlare delle rispettive corna, continuarono fino all'ora di chiusura con vocaboli sempre più rustici, sommati a pillole di psicologia di coppia.

Il linguaggio letterario andò a poltrire immediatamente, per lasciare spazio a epiteti venuti con energia ancestrale.

Parlarono di labirinti oscuri e vizi di bambine ricche che creano donne di malaffare, orientate a soddisfare con velocità i propri capricci.

«Zucchero di canna, grazie», disse al barista. «Queste baldracche sono vortici che assorbono qualunque cosa. Sentimenti, ricordi, figli, nonni e cani!» aggiunse la signora mentre mescolava continuamente la tisana.

«Che bisogno ha una ragazzina ricca, bella, di andare a letto con i mariti delle altre? Senza distinzione d'età? Ma almeno lo facesse per soldi!»

«Temo debba riempire altri vuoti che non può comprare. Fa parte di questa giovane generazione di narcisisti patologici. Li hanno cresciuti spingendoli a credere di essere onnipotenti e devono continuare a pensarlo. Devono rubare, prosciugare sentimenti, altrimenti cadono e impazziscono!»

«E quindi lo fa per nutrire il suo delirio di onnipotenza?»

«Di sicuro avrà avuto un rapporto distorto con il padre, poi lo farà anche per non dover rimanere sola con se stessa. Certe persone sono terrorizzate dal guardarsi dentro. Temono di non trovarci niente!»

Bernadette capì di avere bisogno di almeno un paio di sedute terapeutiche.

«Ok, mi ci vuole uno psicologo. Mi pare funzioni così. Si va dal terapeuta per digerire il tradimento in compagnia, perché è meglio appoggiare un poco di dolore su qualcun altro. Se poi è un estraneo con i titoli di studio giusti per ricevere i miei segreti, ancora meglio. Tanto, lui conosce solo la nostra visione e da lì si orienta nei meandri del nostro cervello. O per lo meno, la parte che rendiamo visibile. Ma non so se me la sento di parlare liberamente di umiliazioni pesanti. Perché per me è un grandissimo affronto alla mia dignità», si bevve la tisana ormai fredda.

«Io faccio psicanalisi da tempo e l'unico risultato è che ora ne sono dipendente. Ovviamente ha insistito mio marito e continua a pagare. Crede che faccia bene a lui. E mi chiedo perché non ci possa andare direttamente!» disse la signora mentre il barista spegneva le luci.

«La ringrazio per questa breve lezione di... mariti, amanti e altre schifezze.»

Bernadette cercò di guardarsi dentro.

Vide la strada che aveva percorso sino a quel momento. In fondo, l'aveva scelta e aveva pure indicato ad altri la loro. Inconsapevolmente.

38
L'amore è un ponte

QUANDO Bastiano se ne andò lontano dal cuore, lei pensò che non l'avesse amata abbastanza. Aveva sperato fino all'ultimo in un ripensamento, voleva vederlo correrle incontro, perdere l'aereo, proprio come nei film.

Lui invece la accusò di essere senza ambizioni e poco determinata, ma non glielo disse mai.

Si consolarono ricordando solo i loro lati brutti.

Soltanto un anno dopo la partenza, Bernadette si decise. Si chiuse in camera e accostò le tende, si mise in pigiama, si sedette a gambe incrociate sul pavimento di rovere, attaccò una prolunga al telefono di casa e provò a chiamarlo nell'appartamento di New York in cui viveva.

Quella notte non rispose. Riprovò le sere successive: rispondeva sempre qualche estraneo con la voce impastata che non sapeva dire quando sarebbe rientrato.

Sembravano sempre nel mezzo di una festa. Bernadette chiamava, chiedeva di Bastiano in un inglese zoppicante, dicevano sì, lei capiva che esisteva, e abbandonavano la cornetta nel vuoto.

Pensò che l'avesse dimenticata, rimpiazzata. Una sera

trovò solo un messaggio vuoto in segreteria con un notturno di Chopin e si arrabbiò. Lo interpretò come un addio, allora lo richiamò finché lui finalmente rispose, ubriaco.

«Tu non ne fai più parte!» le urlò, e riagganciò.

Non lo cercò più. Seguì da lontano, come poteva, la carriera sfolgorante dell'étoile italiana in ascesa, Bastiano Lezzi.

E si sentì estranea a quel mondo, estranea a lui.

L'oceano tra loro aveva fatto sentire la sua potenza distruttiva.

Iniziò a sentirsi persa nel mondo. In certi momenti provava una solitudine infinita e si sentiva inutile.

Papà resisteva e crollava. Faceva una chemioterapia che lo annientava, poi miracolosamente riprendeva a camminare in montagna, sempre più esile e magro.

Da alcuni mesi, lui e Josephine si erano stabiliti definitivamente in montagna a Cimacase e Bernadette scappava da loro appena possibile. Durante una delle loro ultime chiacchierate, arrivarono a una conclusione sola. La morte non esiste finché vive l'amore. È un ponte che permette alle persone di stare insieme in eterno.

Orazio lo disse con un suo sorriso dolce e vagabondo tra guance gialle e avvizzite. Poco tempo dopo, Bernadette soffiava bolle di sapone da mandare in cielo tra lacrime gonfie di ricordi e dipinte di vuoti che sarebbero venuti.

39

Non ho voluto vedere

EDOARDO sembrava sparito. Faceva il prezioso in modo mediocre, negando tempo alla figlia con la scusa degli impegni lavorativi.

Bernadette e Josephine parlarono finalmente con Malvina. Decisero di farlo insieme. La piccola era una bimba solare, ma capiva perfettamente che quella assenza non rientrava nel normale corso famigliare. Le dissero di comune accordo che il papà era andato per un poco a vivere in un'altra casa. Le lasciarono aperta ogni possibilità. Poteva ritornare, oppure no, ma lei aveva sempre un letto pronto da tutti e tre i nonni e, se in quei giorni voleva rimanere, si sarebbero divertite.

Bernadette lasciò definire certe dinamiche alla madre che, con delicatezza infantile, spiegò che i papà e le mamme litigano come tutte le persone del mondo e che a volte li fanno vedere pure al tg. Ma solo quando esagerano.

«Ma non è morto, vero?» Malvina, con sguardo furbo, prese una bambolina dalla mensola e iniziò ad accarezzarle i capelli.

«No davvero, è vivo e vegeto, oggi passiamo davanti al suo ufficio e lo salutiamo!»

E così fecero. Edoardo abbracciò la bimba, le promise di passare insieme il fine settimana seguente e litigò con Bernadette.

Malvina capì molte più cose di quelle che le vennero infiocchettate ed evitò nuove domande riguardo all'assenza. Era delusa ma speranzosa. Forse si sentì un poco tradita, perché lei non aveva litigato con il padre. Intanto Bernadette continuava a tornare a casa sua a dormire e a difendere il suo territorio.

Era inquieta e si sentiva incompresa. Si aspettava che Josephine o i suoceri prendessero una posizione decisa per salvaguardare Malvina e affrontassero Edoardo, cosa che non avevano ancora fatto.

Aveva una paura inconscia che qualcuno assediasse la sua casa, il suo divano, il suo letto. Poteva essere un malintenzionato, o più presumibilmente Edoardo con l'amante. Viveva così in una strana nebulosa e, mentre tutti dormivano, lei continuava a svegliarsi con una rabbia che non riusciva a gestire, e la spossava. La notte piangeva appoggiata alla finestra aperta, guardando Lucy nella cuccia a forma di casetta. Cambiò serratura senza avvertire Edoardo, riportò Malvina a casa e obbligò sua madre a seguirle.

Malvina la consolava come fosse una sorella. La sua presenza incontaminata la proteggeva con un manto di stelline, i suoi abbracci tappezzavano i buchi che la rodevano fino alle ossa.

Non capiva che direzione stesse prendendo e ripensò inutilmente al suo passato. Ma si accorse che era pura illusione. Il passato stava dietro, non davanti. E bisognava concluderlo.

Il suo era stato chiuso con velocità, in un libro impolverato e stipato sotto un'asse del pavimento in rovere a villa Laudis. Ora stava bussando prepotentemente per tornare all'aperto.

Tutti i puntini di sospensione persi nei silenzi stavano cercando le parole.

Edoardo intanto dormiva ufficialmente in ufficio per mostrare il suo lato vittimistico. In realtà, aveva cominciato a dormire da Gabriella che, perfettamente inserita nel ruolo della vergine sacrificale, cercava comprensione raccontando di una pazza che le aveva spalmato la macchina di cacca e bucato una ruota. Non osava fare nomi, perché aveva avuto parecchi amanti sposati ed era abituata a queste rappresaglie.

Bernadette non si capacitava di come Edoardo avesse potuto cambiare in un minuto il cuscino su cui dormire, il lavandino in cui lavarsi i denti, la tazza in cui bere il caffellatte e tralasciare sua figlia.

Si arrabbiò pure con sua suocera, che non lo voleva neanche nominare. Lui ormai aveva scelto la sua strada da tempo, e senza guardarsi indietro cercò il divorzio.

Quella mattina, Bernadette si fece un misero tè bancha. Si sedette al tavolo con la testa appoggiata su una mano e giocherellò con la bustina che nuotava nella tazza, poi ebbe un pensiero frettoloso e telefonò a Lili in cerca di una spalla.

«Ciao, Lili!»

«Ehi, hai iniziato a fare lo sciopero del caffè mattutino con le amiche?» le rispose dal bar di Ugo.

«Sì, sono depressa!»

«Sei in letargo!»

«Lili, ascoltami... Lui non cerca sua figlia! Come può un padre fare una cosa del genere?» E sentì il rumore lontano di cucchiaini che giravano nelle tazzine e un costante vociare.

«Magari si sente in colpa e non sa come dirlo a sua figlia.»

«Ma è un adulto, è lui che deve saperlo!»

«Ma gli uomini non sanno aprirsi!»

«Però mi è arrivata la lettera di un avvocato. Edoardo vuole il divorzio. Certe cose le sa!»

«Che strano quest'uomo che ti sei sposata. Dai, stasera tu e Malvina venite a cena da me.» Non era una domanda, ma un'affermazione.

Quando Lili era sicura di portare miglioramenti, andava di affermazioni perentorie, boccone d'aria e decisione pronta.

«Sì, vengo, qua soffoco. Lili, usiamo i tuoi bicchieri di vetro? Ho bisogno di trasparenza. Voglio guardare attraverso le cose. Devo riuscire a vedere meglio cosa c'è dietro.»

«Sì, il servizio di cristalli dell'Ikea c'è!»

«Porterò anche un'ospite in più. Una di quelle che meno te le aspetti!»

«Va bene, sì, ci vediamo tutte stasera!»

Malvina impastò biscotti tutto il pomeriggio, giocò con la nonna a fare le pasticciere di una volta con utensili in legno e brocchette con gli ingredienti, usarono essenza di vaniglia e la cucina si profumò di aria buona. Poi li incartò in una velina rosa e il fruscio della carta fine fasciò quell'atmosfera.

Prima di uscire, la bimba si mise il vestito di Frozen che le aveva cucito nonna Giulia per carnevale. Sapeva che a casa di Lili ci si poteva vestire in modo bizzarro.

Bernadette arrivò quindi alla cena con Malvina vestita di veli azzurri, con Silvia coperta da un cappotto di finta pelliccia, e con la signora Pizzotto. Dopo la sera dell'agguato, si sentivano spesso. Si sfogavano a vicenda cercando elementi comuni su cui riversare la rabbia inesplosa, che continuava a incatenarle all'incertezza. Bernadette cercava mascherine di ossigeno, l'amica cercava di riprendersi linfa vitale.

Entrarono nel salotto di Lili, luminoso grazie alla porta finestra che dava su un ampio terrazzo. Le pareti erano color albicocca sfumato, in un angolo c'era un caminetto acceso e, al centro, un enorme tappeto indiano con sopra un tavolino dalle gambe bombate e intorno tanti cuscini quadrati.

«Lili, lei è la signora Luigia Pizzotto», le presentò.

«Ciao Luigia, ho fatto gli spaghettini saltati con le verdure e il latte di cocco.»

«Ciao Lili, io ho il vino buono.»

«Ma vi conoscete?» esclamò curiosa.

«Sì, Luigia viene da me a fare yoga. Arriva all'alba in solitaria.»

Cenarono tutte insieme sedute sul tappeto e Malvina si addormentò sui soffici cuscini indiani.

«Chissà che sta sognando. Sua madre? Suo padre? Una torta che muove la bocca?» chiese Silvia.

«Sapete che Malvina mi accudisce prendendomi la mano nel sonno?» e Bernadette la osservò con quella tenerezza che solo le madri hanno negli occhi.

Luigia colse quel tratto di cui era priva non avendo figli. Parlò di sé e di come avesse accettato i tradimenti del marito. Il Pizzotto produceva bresaola, era un imprenditore con i gomiti ruvidi.

«Ha fatto i soldi, lui!» dicevano in paese con malcelata invidia.

La sua carne secca era famosa in tutta la penisola. Facevano la pubblicità pure alla Rai, con una musichetta ridicola che diceva: «Vieni in valle, vieni in valle, questo è cibo cinque stelle!»

La Pizzotto bevve due bicchieri del vino che aveva portato Silvia e si aprì come un ombrello. Spiattellò alle amiche tutte le occasioni perse, l'accondiscendenza verso il marito nel non aver voluto figli, la codardia nel non avere preso posizione. Disse che aveva scelto di calarsi in quella veste per essere la moglie ricca, a qualunque costo. Il resto non le era sembrato importante. Si era aggiogata a quel ruolo di donna silenziosa, annidata assieme alla polvere che si formava negli angoli.

«Sono un abito da portare in certe occasioni. Sto zitta per paura che la moda cambi. Ma cambia solo la giacca, non l'intimo. Mi sono assuefatta alle amanti ufficiali, durano cinque anni, non di più. Poi mi chiedo chi sarà la prossima. La colpa è mia, non bisogna vivere in un acquario. Non si sta a guardare da dietro il vetro. Volevo un bimbo, non ho lottato. E ora sono sola, a badare a lui. Chi rimane di loro? Le amanti, quando hanno spremuto, se ne vanno.»

«Sul palco bisogna stare! Altrimenti tutto sfugge. Incerto e distante. Bisogna esserci. Vivere», disse Lili con una leggerezza mal simulata. Le sue riflessioni colpirono in profondità.

«Io invece ho Malvina. La mia luce è lei. Ma è tutto capovolto. Dovrei essere io il suo faro. Maestoso e visibile. Una luce che sfida, notte dopo notte. Ma non ce la faccio. Non ho abbastanza forza!» E accarezzò la figlia che dormiva ebbra di quel calore femminile.

«*Strong ladies!*» le stimolò Silvia, che sembrava una promoter di ottimismo a una televendita.

Bernadette raccontò alle amiche per l'ennesima volta di Edoardo, del suo cambiamento repentino, dei tradimenti, delle cattiverie che le aveva buttato addosso.

Poi Luigia fece la domanda giusta. «Ma non te ne sei mai accorta? Insomma, ci dormivi ogni notte, pelle su pelle, non sentivi quegli odori mescolati a saliva e sudore delle altre?»

Ed ecco risuonare nella testa la risposta: «Non ho mai voluto vedere. Mi sono accontentata», disse guardandosi furtivamente intorno.

Le amiche si zittirono e lei continuò con un tono rallentato dal vino.

«Ho indossato occhiali scuri. Non è semplice guardare la realtà, scavare. Sotto possiamo trovare cadaveri... Ho pensato che fosse meglio lasciarli dove stavano.»

«E poi, litigare con un uomo affermato, un avvocato, è dura, durissima. Pare impossibile rendere credibili le cicatrici invisibili. Rischi di passare per pazza», sottolineò la Pizzotto.

«Mi sento un pulcino da macellare.»

«Non dire stupidate, se tuo marito è un avvocato stronzo, noi troviamo un avvocato ancora più stronzo! Magari donna», incalzò decisa Silvia.

40

Come una fiamma di cerino

DOPO aver appurato che Bernadette non desiderava continuare l'attività di famiglia, Orazio vendette il marchio a una società toscana, ancora oggi fiorente.

Un amico di papà, l'avvocato Del Curto, lo aiutò a mettere a posto gli incartamenti e fu in quel frangente che Bernadette conobbe Edoardo.

Un giovane elegante, sicuro di sé, come chi aveva la strada spianata in discesa. Era alto, palestrato, con un naso aristocratico che stonava con quella corporatura massiccia.

Lui, mondano e sportivo, la rincontrò dopo il funerale del padre e la spronò a uscire dalla malinconia in cui si era rintanata. Le fece conoscere gente del posto, la portò alle terme di Bormio, a St. Moritz, a mangiare pizzoccheri a Teglio e a sciare a Madesimo.

Bernadette aveva perso l'orientamento e avrebbe seguito chiunque. La colpì la sua voce decisa. Era calda e rassicurante anche se nascondeva piccole insidie. Ma le insidie annunciavano una forza che poteva proteggerla. In fondo, desiderava essere cullata dalla musica e stare al riparo da future sofferenze.

Lui era il ponte verso l'esterno, verso il mondo che correva, che litigava, che tradiva, che viveva di opportunismo e scalate sociali. Lei, che stava navigando sperduta tra vite che la abbandonavano, si fermò in quel porto riparato dalla tempesta. In quella periferia d'Italia, il paesino di montagna amato da suo padre, senza un motivo apparente.

Bernadette e Edoardo restarono fidanzati un anno, durante il quale lei continuò a suonare nell'orchestra, lui la tradiva con il corpo, e con tre moine e due gesti romantici la faceva sentire preziosa. Nel frattempo si sposarono, poiché lei era rimasta incinta di Malvina, per cui si trasferì definitivamente a Cimacase e abbandonò i concerti.

Anche Josephine, rimasta vedova in terra straniera, si trasferì definitivamente a Cimacase dicendo: «Ma sì, oramai a Milano non ci sono più milanesi, solo facce di tutti i colori che non mi fanno gola!»

Sigillò allora coraggiosamente la vecchia villa dei Laudis e lasciò la città, ma solo dopo aver appurato che a Cimacase ci fossero dei buoni parrucchieri.

Bastiano invece venne assorbito dal nuovo sogno. Veloce come la fiamma di un cerino, che la accendi, inizi a goderne la lucentezza e già ti ritrovi con un lapillo bruciacchiato.

Gli piaceva la schiettezza sfrontata degli americani. Seguiva di buon grado il loro indefesso stacanovismo e acquietò certi ricordi riempiendo ogni momento vuoto con estenuanti esercizi fisici.

Conobbe mille persone brillanti e ne sfiorò alcune più da vicino perché gli ricordavano qualcosa di buono al palato. Ma giusto per sfuggire a quella malinconia per le origini che rimane sulle impronte digitali. Quel rimasuglio di polvere che lasci sotto il tappeto e che, appena alzi un bordo, torna dentro e hai bisogno della Citrosodina per l'acidità di stomaco.

Dopo quattro anni, il contratto terminò. Veloce e intensissimo, con tanti applausi, strette di mano, pacche sulle spalle da cowboy, *hey dude, you're awesome.* Finché la capocchia del cerino perì.

Bastiano si trovò nel grand canyon dell'incertezza. In una terra che stava ancora lottando per cercare uno stralcio di radice su cui crescere.

E tornò per la Biennale di Venezia, assorbito dal ritmo cadenzato della vecchia Europa. Lì venne scelto dalla famosa coreografa inglese Paulette Driscoll per entrare a far parte di una compagnia di danza contemporanea.

Di Paulette, dieci anni più grande e fisico strepitoso forgiato da duri allenamenti, si innamorò un poco. Lei aveva già un figlio piccolo di padre ignoto. O per lo meno, fu quello che disse quando rimase incinta per caso durante una tournée in Germania.

Bastiano si sentì coccolato dalla compagna e resistette al suo fianco per un tempo più lungo del previsto. Poi il bambino non suo, gli avvicendamenti professionali sparsi in tournée vagabonde, la superficialità di vedute gli fecero capire che in fondo lui stava bene anche da solo.

A trentacinque anni, con un'ottima carriera alle spalle, decise che poteva tornare fedele alla famiglia e alla sua terra. Tra lui e Paulette rimase un profondo rapporto di stima e amicizia, che sfociò in un connubio professionale.

Bastiano tornò in quella masseria pugliese, eredità di famiglia. Aprì un bed and breakfast con annessa scuola di danza classica, in cui Paulette inviava ballerini di tutto il mondo per stage di danza.

Lui viveva ora in questo andirivieni, con qualche rimorso che riemergeva ogni tanto, colpa di un passato troppo veloce da rivedere.

Quando pensava all'amore vero, ricordava solo la purezza di Bernadette, ma l'aveva archiviata in una fotografia preziosa, immobile, lontana e rideva di se stesso perché non riusciva a crescere.

Pensava che il suo primo amore fosse l'alibi per non guardarsi dentro, poiché è comodo pensare a ricordi sfocati che sono sempre perfetti.

Dopotutto, lei era rimasta. Certo, aveva fatto bene a stare gli ultimi mesi con suo padre, ma almeno rispondere al telefono o alle lettere! In seguito avrebbe pure potuto raggiungerlo, invece quella testona si era inviperita perché al telefono rispondeva sempre quel cretino alcolizzato di un coinquilino che faceva feste tutte le sere mentre lui era al lavoro.

Quando era tornato in Italia, Bernadette non c'era più, la casa di Milano era chiusa. Allora era partito alla volta di Cimacase e l'aveva vista mano nella mano con un bellimbusto dal naso aquilino.

Gli avrebbe spaccato la faccia se un gruppo di boyscout non gli avesse tagliato la strada, e li aveva persi, in un paesino di poche anime.

Si era dato del cretino, era passato a posare un fiore sulla tomba di Orazio ed era tornato nel mondo a ballare.

Alle sue origini.

41
Puntini luminosi

I CUORI innamorati hanno tanti puntini luminosi che irradiano energia ovunque.

Quando Bastiano era salpato oltreoceano con un volo dell'American Airlines pagato dai suoi, Bernadette aveva fatto un lavoro certosino.

Aveva iniziato spegnendo ogni lucina del cuore. Una a una.

Il poco che era rimasto era fluito completamente verso il calvario inesorabile di suo padre. Per non deprimersi, era diventata impermeabile a ogni emozione e per non pensare troppo si era attaccata al violoncello, senza avvizzire del tutto.

Era una modalità sua. Diventava un prolungamento dell'archetto e permetteva solo alla musica di penetrare nel sangue, nei pensieri.

Ora che era cresciuta e aveva una figlia, decise di agire diversamente. Non voleva più lasciare scorrere la vita, bensì essere sul pezzo e lottare, anche se l'orgoglio e la paura di stare sola la afferravano come una morsa di metallo.

Decise di tentare di tutto, piegata dalla rabbia di moglie tradita e inviperita per le carenze del padre verso la propria figlia. Inoltre era atterrita dai continui attacchi di panico.

Portò la bimba a scuola e andò di nuovo nell'ufficio di Edoardo a falcate di quattro quarti, per affrontarlo con il cuore in mano e un cilicio sul fianco. Nessuno osò bloccarla.

«Edoardo, scusami, io non me ne faccio niente dei tuoi soldi. Non ci riesco... io... mi manca l'aria. Non sai quanto. Ma mi chiedo perché non vuoi più neanche Malvina! Il pensiero di lasciarla senza papà è peggio che pensare a te che scopi con un'altra», disse entrando dal marito che era chino su alcune carte.

«Non ho tempo ora, Bernadette, ti chiamo stasera.»

Percepì di nuovo il peso dell'umiliazione, un male ingrato, e lo ingoiò assieme all'odore di chiuso e scartoffie dell'ufficio.

«No, una spiegazione la voglio adesso e sai benissimo che tua figlia non c'entra!»

«Ah davvero? Ho incrociato Malvina con tua madre e mi hanno insultato! Sei tu che metti mia figlia contro di me!»

«Ma lei è una bambina, tu no. E comunque non lo sapevo! Non mi hanno detto niente! Ma eri solo?»

«No, perché? Sarò libero di stare con chi voglio!» e si sfiorò il lobo.

Vide di nuovo il fuoco nei suoi occhi. Fiamme voraci e maligne.

«No, sei sposato con me!» e si morse le unghie.

«Io non voglio più essere sposato con te! È inutile, mi innamoro continuamente, Bernadette!»

Poi chiese a Giada di preparare due caffè.

L'assistente entrò con un'occhiata beffarda di rivincita, ma nessuno la degnò di uno sguardo o un grazie. Rimase un poco incerta con i caffè in mano e li appoggiò sulla scrivania. Ma chissenefrega di questa, pensò Bernadette, e la lasciò perdere.

«Giada, non faccia entrare nessuno!» disse Edoardo, poi la spinse fuori e iniziò a sorseggiare con fare annoiato. Quello sguardo era orribile. Una stilettata salata su ferite aperte.

«Allora non passerà mai, Edoardo?»

«Sono così, mi annoio facilmente. Di tutti, di tutto! Mio padre mi ha imposto una famiglia, voleva degli eredi, sono figlio unico, lo sai. Sei arrivata tu, bella, dolce. Gli piacevi!»

«Mi hai fatto la corte perché piacevo a tuo padre?» a fatica contenne l'ennesima mortificazione.

«Sì, cioè no. Mi piacevi. Sei una bella persona, ma stavo bene anche da solo. Non riesco a essere fedele!»

«E il divorzio che mi chiedi, te l'ha imposto lei?»

«Ma non ha più senso stare legati. Voglio lasciarti libera!»

«Wow, che generosità infinita. Il regalo del boia. Edoardo, fammi scegliere da sola ciò che voglio essere! Non voglio che Malvina cresca senza padre!» Grattò la scrivania con le unghie facendo quel rumore orribile.

«Ma un padre ce l'ha!»

«No, perché un padre degno di questo nome passa più tempo con la figlia che con l'amante!» Lui non rispose.

«E fino a ieri? Perché non hai detto nulla?»

«Per tenere unita la famiglia, per Malvina.»

«Per Malvina? E ti offendi se una bimba rielabora a suo modo la rabbia per un padre che non vive più con lei?»

«Tu mi annoi! Sai perché?»

La sua cattiveria era un batacchio continuo e qualcosa cambiò all'improvviso. Tutti i puntini luminosi si stavano lentamente accendendo di nuovo. Iniziarono flebilmente, proiettando una luce triste e opaca. Avevano bisogno di energia pulita con cui ricaricarsi, allora Bernadette lasciò che la collera vischiosa fluisse come acqua di ghiacciai in primavera. Forte, veloce e rabbiosa.

Poi un peso piatto rimbombò nel petto, incessante, voleva uscire. Era la paura di non potere aggiustare le cose, il limite di non ritorno, il momento più temuto. Esplose e non ebbe più niente da perdere.

«Edoardo, hai fatto la domanda sbagliata. Chiediti se ti ho mai amato. Sempre che tu sappia di cosa sto parlando!»

Lui guardò oltre, lontano, più avanti. Il getto dei loro sentimenti, dei pensieri comuni, delle preoccupazioni perse perpendicolarità. I pezzi della famiglia si erano liquefatti ed entrambi capirono di avere intrapreso due strade parallele.

Finalmente lei si riprese salda la dignità e lo guardò con occhi nuovi. I suoi contorni erano cambiati. Si fece allora strada un sentimento diverso, un'angolatura nuova, friabile e leggera, la sua forza. Delicata ma coriacea, qualcosa che aveva tenuto rinchiuso in un cassettino dell'anima, ora tornato alla luce.

Capì che le era sempre mancato il coraggio di affrontare i dolori. Ci arrivava vicino, li vedeva nitidamente e si ritirava sempre un passo prima del traguardo.

Che codarda del cuore!

Capì che, se non si gioca, non c'è vittoria, perché la felicità sta oltre quel traguardo e lei si era sempre rifiutata di viverla.

La forza non è chiudersi in se stessi. La forza è lasciar fluire le energie. Questo pensò nell'esatto momento in cui alzò gli occhi e si mise in punta di piedi per essere pari, stessa altezza, stessa posizione, stessa frequenza cardiaca e qualcosa in più, la trasparenza.

«Arrivederci, Edoardo. E fammi un favore, continua a fare il padre! Il resto non importa più. Sei passato!»

Uscendo dall'ufficio, evitò di guardare quella stronza della praticante, l'amica di Gabriella Mazzei.

«Arrivederci, signora!» disse Anna, china fra pile di faldoni.

«Arrivederci, Anna!»

Anna aveva un sorriso triste, conosceva bene i divorzi, aleggiavano ritrosi e inopportuni tra le carte in ufficio. Qualcuno vede gli atti e i processi, altri la sofferenza oltre la formalità.

42
Bolle di sapone

Il sabato seguente, Bernadette si svegliò tardi, rovistò sul comodino con la flemma di chi non ha voglia di chiudere un buon sogno e accese il cellulare.

Arrivarono tre veloci *bip* che annunciarono altrettanti messaggi di Mara.

«Cambia profilo di WhatsApp, togli quella frase da becchino, respira.»

Seguivano due immagini simboliche: una mano da cui partivano bolle di sapone e un negozio blu sormontato da una targa in legno con scritto «Incantesimi».

Quelle immagini le regalarono una sensazione infantile. Un pertugio magico tra asfissie e tradimenti. Era solo un semplice trucco dell'amica per sminuire i problemi, ma le parve che tutta l'acqua che aveva addosso evaporasse come altrettante bolle di sapone. Allora si fermò a fissare il nulla e a ricordare.

Per le vacanze invernali, i Laudis chiudevano la grande casa di Milano e si trasferivano a Cimacase, un gioiellino di paese alpino dall'apparenza svizzera. Pulito, ordinato, con una piazzetta accogliente, senza scarichi e rumori di macchine.

Nella casa di legno, i letti parevano nuvole, coperti da generosi piumini candidi in cui un bimbo si poteva perdere. Le due camere da letto stavano affiancate e si affacciavano entrambe su un lungo balcone che abbracciava la valle.

Un Natale, Orazio la portò in terrazzo, mentre scendevano impertinenti fiocchi di neve, e soffiò le bolle. Bernadette le guardò a lungo, incantata da quei piccoli mondi trasparenti, che lottavano con i fiocchi che si rispecchiavano in quei pensieri leggeri.

«Ricordati che la vita può essere bella, se lo desideri, stellina mia!» le disse con bianca serenità.

Lei si sentì leggera, protetta da quella bolla e più ancora da suo padre.

Visse quel momento con intensità e lo fotografò con la mente, per conservarlo. Decise che sarebbe stato il suo riposo dell'anima, pronto da rivivere in caso di tristezza.

Ancora oggi comprava a sua figlia le bolle di sapone. Anche dopo tutti quegli anni, quella sensazione di poter volare via con leggerezza, di essere trasparente con mille luccichii, la ipnotizzava e le dava sicurezza. E ne aveva bisogno, ora che sua figlia si meritava una spiegazione sulla continua assenza del padre.

Mentre cercava le parole adatte per non scalfire l'amore di una bimba, Malvina si sovrappose ai suoi pensieri.

«Mamma, sono grande ormai. Non è il caso di comprarmi le bolle. Se è perché papà non sta più a casa, non preoccuparti. Ho già capito. Vi siete separati. Tu sei a pezzi, ma te ne farai una ragione.»

Bernadette rimase di sasso. Si accorse che sua figlia non era più una dolce bambina riservata che non dava noie. Aveva una percezione della vita molto aderente alla realtà. Di sicuro più di sua madre, che continuava ingenuamente a sognare a occhi aperti.

La piccola era dotata di una stupefacente visione d'insieme con cui, rapida, collegava dati apparentemente sfilacciati.

Non se ne dispiacque. In fondo, era un passaggio normale nella vita di una quasi preadolescente.

«Speriamo solo non faccia altri figli come il papà di Paolino!» concluse.

«Ecco, anche io mi augurerei di no!» rispose Bernadette senza giri di sentimentalismi. «Comunque, Malvina, le bolle le faccio per me, non per te», e aprì la finestra per soffiare dentro al dischetto. «Sono pezzi dell'anima che tornano a casa, in cielo.»

Le strinse le dita grassocce, guardandola intensamente negli occhi. Le parve di saldare il loro legame.

«Salutatemi il nonno, bolle!» rise Malvina guardando in alto.

43

Cuore in mano

Prendo il mio cuore in mano e lo condisco con un poco di qualità maschili che avevo lasciato in cantina. Posso reagire, sono in grado di farlo.

Bernadette scrisse questa frase, che le era venuta così, su un post-it che appiccicò sul frigorifero rosso graffiato dalle maioliche. Per farsi coraggio.

Aveva fatto la dura con Edoardo, ma ora sentiva i colpi ribattere sprezzanti e avvertì una solitudine pesante, una cappa nera che le copriva la vista, senza una mano per guidarla nel traffico dei giorni.

Quello fu uno dei tanti momenti in cui le mancò il respiro, veloce, come un battito d'ali, eppure spaventoso. Decise allora di fare qualcosa per affogare il tempo e pensò che poteva accompagnare sua madre in quel tanto decantato giardino in Normandia in cui giocava da piccola. Dopotutto, una variazione, un cambio d'aria fa sempre bene.

Ma i viaggi nei ricordi vanno preparati in anticipo e Josephine non accettò di fare quel percorso a ritroso nel suo passato. Erano tanti anni che mancava, doveva telefonare prima al fratello, ma era arrabbiata per come si era preso l'eredità, e non se ne fece niente.

Avrebbe allora potuto tagliare i capelli, usanza comune tra le cornute, ma non lo poteva fare, perché era piaciuta così a Orazio e a Bastiano. Forse sarebbe stato più semplice ricominciare leggendo un libro positivo tipo quelli di Louise Hay, o abbracciare gli alberi come le aveva strenuamente suggerito Lili.

Scelse la *violoncello therapy* e, mentre si accingeva a prendere l'archetto, squillò il campanello.

Riconobbe il tocco invisibile sul pulsante. Era sua suocera, fra poco ex suocera.

Giulia era una persona invisibile ai più, non amava farsi percepire, così non alzava mai la voce, non sbuffava, non produceva strani rumori corporali che a una certa età subentrano molesti. Vestiva di grigi colori muro di fabbrica e annuiva con dolcezza. Forse non aveva neanche le impronte digitali.

Solitamente rimaneva appartata nell'attico di via Dolzino, intenta a lavoricchiare con le mani dotate, e quando c'era necessità compariva inaspettata. Forse passava anche attraverso i muri.

Quando Bernadette aprì la porta di casa, se la trovò davanti con sembianze solide, premurosa e remissiva anche nei suoi confronti.

Propose a Malvina di andare con loro a Madesimo.

«Uff, di nuovo!» borbottò la bimba.

Malvina aveva voglia di cambiare aria, quella in casa era piuttosto tagliente. Ma era stufa di spostamenti continui. Si aprì la porta del salotto ed entrò anche Josephine, che in quegli ultimi giorni era stata da loro. Preparò un caffè alla consuocera e la invitò a insistere con la bimba. Giulia non aveva quell'entusiasmo e accarezzò semplicemente le mani della nipotina. «Quanto ti vogliono bene le tue nonne», disse Josephine soddisfatta, «vai in montagna, ché ti fa bene, tanto nonna Jo stasera torna a dormire a casa sua.»

«E la mamma?» si preoccupò la bimba.

«La tua mamma esce con le amiche stasera.»

Alla fine accettò, si preparò da sola uno zaino con il cambio e se ne andò tenendo la nonna trasparente per mano, per non farla volare via.

La sera, Silvia prese l'amica di peso, la obbligò a vestirsi con un abitino femminile e la portò a una degustazione di birre. Lei pareva nutrirsi di mega dosi di pappa reale ed era irrimediabilmente pimpante a tutte le ore. Aveva appena finito il turno in ospedale e voleva svagarsi.

«Ho fatto partorire una donna algerina con il velo in testa. Non l'ha mai voluto togliere. Il marito la sgridava ogni volta che urlava per una spinta. Allora l'ho fatto uscire.»

«E poi, si è incavolato?»

«Gli ho urlato che se voleva l'erede doveva attenderlo fuori, che queste sono cose da donne. Poi le ho tolto il velo perché è una notte calda anche in montagna.»

«E lui?»

«Niente, mi ha detto che se fossi nata in Marocco avrei imparato come ci si rivolge a un uomo. Poi ha parlato solo in arabo e io gli ho risposto in dialetto pugliese!»

Si buttarono sulle weiss, mentre Carlo, il vicino di casa, spiegava agli avventori i sapori del malto e del miele con la sua solita voce da rana.

L'alcol prese velocemente piede nella testa di Bernadette, che abbandonò i pensieri uggiosi. Le parve di sentire una voce che diceva: «Raccogli le munizioni, bimba guerriera. Il dolore è il privilegio di essere noi stessi». Accolse quell'ordine perentorio e sentì di nuovo quella forza inspiegabile che la spingeva verso la montagna. Allora abbandonò Silvia con quattordici uomini e birre varie e seguì il richiamo misterioso. Prese la macchina e partì nella notte. Si accorse di non provare paura. Anzi, aveva bisogno di un luogo solitario, in cui riempire ogni cellula di ossigeno.

Le mancava il violoncello, la sua appendice. Il suo uncino da pirata. Tornò a casa a prenderlo e bevve molta acqua per togliersi l'alcol dal corpo. Lo sistemò nel baule e salì in macchina, tra lo svolazzare dell'abito lungo. Prese la direzione dell'ossigeno, le betulle e le stelle, e tornò in quel posticino verde e rosa, sola, sotto un manto azzurro, sopra un oceano di pianeti.

Non si era cambiata d'abito, indossava stivali da motociclista, un abito rosa fatto a maglia morbida, lungo fino alle caviglie, e un pellicciotto ecologico vaporoso. L'abbigliamento meno adatto per un bosco. Rise guardandosi, perché le sembrò di essere una donna celtica con un elmo di possenti corna calato sul capo.

Forse andrò in Irlanda il prossimo viaggio. Tra mufloni e lande verdi, con il fantasma di Isotta che attende un ritorno eroico di Tristano, pensò.

Parcheggiò sulla strada deserta, prese il violoncello e si avviò lungo la mulattiera, faticando un po' per via degli stivali con la suola piatta e liscia. Intravide il muro di betulle e la casa di sasso. Piazzò lo strumento davanti a un tronco di larice, ci si sedette sopra respirando l'odore fresco dell'essenza di pino, rilasciata durante la notte. Questo le liberò le vie respiratorie come un medicamento insperato e Bernadette iniziò a suonare *Prayer* di Bloch.

Sentì solo musica, gli altri sensi erano attutiti da quell'immagine del bosco generoso e accogliente.

C'era una forte aderenza tra la sua battaglia del cuore e la natura notturna. Così volarono i sentimenti sulle note, mentre Bernadette provava nuovamente quella sensazione di sinergia con le betulle. Immaginò creature fatate, maestosi cervi e indecifrabili lupi, mansueti nell'ascoltare la sua musica di cristallo. I pensieri bigi scesero in basso, sotto terra, i suoi capelli si innalzarono e si intrecciarono con le fronde degli alberi.

Un pensiero solo si insinuò di nuovo tra quei suoni.

Raccogli le munizioni, bimba guerriera. Il dolore è il privilegio di essere noi stessi.

Prese in quel momento la decisione di iniziare un percorso verso la nuova se stessa, quella che non dipendeva da nessuno.

Non si accorse dell'avvicinarsi di passi reali.

Allora sobbalzò e le cadde l'archetto. Poi raggelò, come tutte le volte in cui veniva colta di sorpresa, come la bimba che rubava le ginevrine di mamma.

44
Il re delle betulle

MENTRE era intenta a suonare, si vide davanti una figura eterea che applaudiva.

«Allora esistono le fate. È una vita che me lo chiedo», disse lo sconosciuto, un uomo anziano, alto e sottile con un portamento elegante, che si avvicinò a Bernadette. Lei sobbalzò stringendo l'archetto, dopo averlo raccolto con un gesto fulmineo, come se temesse che qualcuno potesse portarglielo via. L'uomo aveva occhi larghi, un viso antico, scavato, con un poco di barba coscienziosa e un sorriso dolce. Aveva capelli mossi, che incorniciano rughe solive prese in alta quota per anni. Indossava una camicia scozzese e pantaloni di velluto. Ai piedi aveva calze pesanti di lana e scarponi usurati. Le tante rughe intorno agli occhi mostravano un'anima che aveva vissuto dolori.

Bernadette si sentì a suo agio e le si colorirono le guance. Il gelo si era sciolto, incantato dalla tranquillità che emanava dal vecchio.

La parola «fata» si arroventò sulla sua pelle e incorniciò l'immagine pura che aveva di sé, assoluta, senza pizzi.

Immersa in quel miraggio celtico, si chiese se pure lui fosse mago Merlino.

Invece era il pastore della casa sul limitare del bosco. Lo seguiva un cane peloso, che con modestia mosse la coda per confermare le parole del padrone.

«*Tusa*, ma cosa fai nel bosco di notte a suonare?»

«Mi scusi, pensavo non ci fosse nessuno!»

«Io abito in quella casa laggiù», la indicò con un leggero tremolio.

«Ma non ho visto nessuna macchina!»

«Sta dietro, vedi, arriva una strada là dietro», e puntò il dito verso il retro della casa, dove effettivamente c'erano una strada carrozzabile nascosta dagli abeti e una Fiat Panda piuttosto malandata.

«Ho la televisione ma, perdindirindina, la musica, suonata quassù, non è mai arrivata. Neanche quando hanno inaugurato la nuova chiesa e facevano un concerto di un compositore famoso, morto da secoli. Ma non ricordo il nome. A scuola sono andato poco. E poi le chiese moderne sono orribili!»

Il silenzio di Bernadette era pieno di attimi.

«Anche le mie betulle applaudono, guarda. Sono felici di ascoltarti, ecco che muovono i rami scarni. E Kira stavolta non ha abbaiato. È un po' che stiamo sul terrazzo a guardarti.» Accarezzò il cane con mani nodose. Aveva una voce che scorreva lenta e robusta, di chi aveva saputo accettare i propri sbagli nella vita.

«Siamo scesi per vedere se questo suono era reale. L'età fa brutti scherzi, *tusa*. Dimmi, dunque, sono vivo o morto?»

«No, no, lei è vivo. Sono io che stavo morendo dentro, sono venuta per guarire. Mi scusi per il disturbo, l'ho spaventata? Forse le sarò sembrata matta! È che pensavo fosse un luogo abbandonato. Anche lei mi ha spaventato moltissimo!» disse tutto d'un fiato.

«Be', non lo è, ma è meglio che la gente lo consideri tale, perdindirindina, così non vengono a dannarmi l'anima. Io sto bene lontano dalle persone. Ma tu, *tusa*, cosa ti è successo per andare la notte nei boschi? Puoi scivolare, ci sono i cinghiali, hanno liberato gli orsi d'oltralpe. E se ti succedesse qualcosa, chi se ne accorgerebbe?»

Non aveva pensato a queste eventualità.

«No, signore, non ci avevo pensato!»

«Devi avere dei pensieri tristi, immagino. Le persone ascoltano se stesse solo quando soffrono.»

Cominciò a piangere.

«Sissignore, una donnaccia si è presa mio marito. Scusi, eh, la parola. È entrata nella nostra vita e mi ha cacciato. Ora l'aria respirabile è finita. È successo tutto in un soffio.»

«L'è un cuculo?»

Silenzio. Lei cercò di comprendere senza successo la metafora di questo animale e l'archetto cadde. Di nuovo.

Giosuè lesse la sua perplessità.

«Il cuculo ruba le vite degli altri. Si insinua nei nidi, lascia l'uovo e uccide quelli legittimi. Il mal capitato lo cresce convinto che sia *el so fiò*. Il cuculo non sa costruirsi una famiglia e ruba quelle degli altri.»

Il vecchio aveva un manto pacato e un'espressione semplice, eppure ogni sua parola era frutto di una mente veloce e arguta.

«Mi sembri una persona luminosa e le persone luminose non necessitano di altri in cui riflettersi», aggiunse lui.

Bernadette trovò la situazione irreale, quasi fiabesca. Lei

vestita di rosa, in piena notte, nel bel mezzo di un bosco, che si mette a suonare, poi spunta un anziano pastore che sembra il nonno di Heidi e le dice che pare una fata. Si sentì chiusa nella sua bolla di sapone. Di sicuro, l'indomani, si sarebbe accorta di avere sognato.

Raccolse il violoncello e continuò a ringraziare quell'uomo per le parole trasparenti.

Cominciò a piovere a dirotto. Lei corse verso la macchina, mentre lui rimase immobile sotto l'acqua. Poi si girò a guardarlo un'ultima volta.

L'acqua gli passava nelle scarpe e le saette nell'anima. Bernadette riconobbe in quell'uomo una bellezza ancestrale e si strinse al cuore il ricordo ritroso e vibrante, di chi vive la montagna.

Nell'illusione di quel bosco trasparente, capì il suo tallone d'Achille.

Non aveva saputo stare da sola. Dipendeva completamente dall'amore degli altri.

45

È come un utero

La mattina si svegliò sul divano con ancora indosso l'abito rosa, non si scompose più di tanto e si diresse verso il centro in cui lavorava.

Corse trafelata, inciampando nell'orlo, entrò assetata d'aria senza salutare, e indugiò nervosamente in corridoio aspettando che l'amica si liberasse. Ancora non capiva se avesse sognato o vissuto la notte appena trascorsa.

«Lili, ho fatto un concerto magico, guarda lassù, oltre quella radura verde!» La trovò che usciva dalla sala di meditazione e le indicò il lato della montagna verso le cascate dell'Acquafredda, con la nicchia di bosco incastonata tra alberi argentei, pieni di rugiada. Poi le raccontò dello strano incontro con il pastore.

«Con 'sto freddo? Comunque hai incontrato il re delle betulle! Wow, che colpo di fortuna!» esclamò Lili sorpresa.

«Allora non sono impazzita. E chi sarebbe questo re delle betulle, una specie di druido?» La spinse davanti a una finestra del corridoio.

«Ma va! In paese lo conoscono tutti. Soltanto la sua

casa ha come recinto questi alberi. Abita lì, solo con i suoi animali da quando è successo.»

«Cosa è successo?»

«La tragedia!»

«Per caso è morta una bambina? Ho visto dei giochi intorno alla casa. Raccontami di più, ti prego!» e ripensò a quei giocattoli sparsi nel cortile.

«È morta una donna bambina!»

«Dai, prendiamoci una tisana e mi racconti.» E andarono a sedersi sulla panca vicino al dispenser dell'acqua bollente.

«Va bene questa tisana, Bernadette?» le chiese mostrandole dei piccoli contenitori in vetro con le spezie sminuzzate.

«Sì, aggiungi anche fiori d'arancio e miele, ché la voglio dolce. Grazie, cara!» Infilarono le foglioline nell'ampollina bucata e aggiunsero la stella secca di anice. Erano le sane ricette erboristiche del signor Farmaden, che aveva contagiato tutti.

«Il re delle betulle, che poi si chiama Giosuè, aveva una figlia di nome Agata. Era la sua unica figlia e, anche se un po' particolare, i suoi genitori la adoravano.»

Allora Bernadette, sentendo quel nome, rimase con una mano alzata, nell'altra teneva la tazza di acqua bollente, e sospirò. Era il nome che le aveva indicato Flavia. Forse era un caso, ma le si assottigliò lo sguardo.

Lili continuò il racconto, ispirata dalle betulle e dai ricordi dell'infanzia di paese.

«Agata stava in classe con me, era una mia coscritta. D'inverno loro vivevano a Cimacase, dove avevano una grande stalla con le mucche, mentre in primavera si trasferivano tutti, per otto mesi, nella casa che hai visto tu.»

«Per questo c'erano i giochi! Ma è morta piccolina? Quanti anni aveva?»

«È morta da grande!»

«Non capisco!» Non aveva pazienza quando si trattava della vita degli altri.

«Fammi finire, Bernadette, ora ci arrivo, sei curiosa! Agata era particolare, si vergognava tantissimo di avere le mucche, di quell'odore di letame che ti rimane addosso, e non voleva proprio stare nella baita. Spesso scendeva in paese da sola a giocare con noi e suo padre arrivava disperato con la torcia per riportarla su, in baita.»

«E si faceva quella strada da sola?»

«Sì, era pazzesca, è sempre stata la più veloce a correre! E mi diceva sempre che da grande avrebbe viaggiato, sarebbe andata molto lontano!»

«Come te, Lili!»

«Si finisce sempre per tornare al nido... Io comunque la ammiravo, poverina.»

«E ti è venuta con lei questa voglia di viaggiare?»

«Forse ce l'abbiamo tutti. Questa valle può farti sentire chiusa in un utero. Sei protetta, ma hai dei grandi muraglioni intorno. Guarda questi boschi come sono scuri! Prima o poi viene voglia di aprire finestre sul resto del mondo, no?»

«A me è sempre sembrata una valle accogliente. Io preferisco sentirmi protetta. La città è il contrario. Ti senti buttata per caso in un falò.»

«Sì, può essere accogliente, ma si chiude su se stessa. È un piccolo uovo.»

«Per me Cimacase è un paesino meraviglioso! Ha il rispetto coscienzioso degli svizzeri e l'irregolarità creativa degli italiani! È un centro di energie differenti che convivono tra queste pareti lisce.»

Furono interrotte da un gruppo di signore che uscivano da una lezione di Qi Gong. Allora lasciarono defluire l'aria spostata dalla gente e guardarono il vuoto rimasto.

«Quando vuoi andartene da qua, non è facile trovare la via d'uscita!»

«Scommetto che manca l'aria.»

«Esatto, e probabilmente anche all'Agata mancava l'aria e, nonostante si sentisse in colpa per aver abbandonato i genitori, se n'è andata.»

«Ha rotto l'uovo!»

«Forse», e Lili rise.

«Alla fine ha viaggiato?»

«Non credo proprio... È stata sfortunata. Pare si fosse innamorata di qualcuno con cui non doveva stare e il Giosuè, per salvarla, le trovò lavoro da un ricco signore milanese di cui non conosco il nome. Dopo poco, scappò anche da quella casa e i suoi genitori andarono ogni sabato alla stazione ad attenderla. Inutilmente. Dopo un anno, tornò a casa malata. La riportò una macchina della polizia. Le avevano diagnosticato una forma di meningite che l'aveva fatta tornare una bambina senza sentimenti, né ricordi. Non si ricordava più neanche il nome, finché qualcuno di Cimacase la riconobbe all'ospedale Niguarda. Io la rividi l'inverno successivo. Era vestita con un lungo scamiciato verde e delle Nike da corsa, teneva la testa un poco obliqua e girava il collo dolcemente come se avesse solo musica in testa.»

Bernadette realizzò che a volte muore prima l'anima del corpo.

«Si sedeva spesso sulla panchina lungo la mulattiera che sale verso la sua casa e guardava il vuoto, silenziosa. Come se intorno a lei non succedesse nulla. Poi improvvisamente, come un clic, ripartiva per la sua strada e cantava filastrocche di bambini. Ora che ci penso era sempre bella, bella ma vuota. Ripeteva queste nenie infantili, e non mollava mai quella bambola.»

«Quale bambola?»

«La sua bambolina mora, se la portava sempre appresso e non se ne staccava mai. Diceva che era sua figlia, Marina!»

«Allora ebbe una figlia?» Bernadette era immersa in quel racconto dai contorni irreali e le parve di sentire quella voce misteriosa che la chiamava per nome e la spronava ad andare lassù.

«No, no, la riportarono a casa da sola.»

«Un po' inquietante!»

«Se l'avevi conosciuta in precedenza, no. Ma per chi la vedeva la prima volta, sì. Chissà dov'era con la testa in quei momenti senz'anima...»

«Oddio che destino triste!»

Bernadette capì la malinconia di quei pezzi di infanzia, abbandonati nel cortile della casa circondata da betulle. Probabilmente suo padre non li aveva più toccati. In attesa di una guarigione.

«Chissà i suoi genitori che pena infinita! E poi?»

«Poi l'Agata si è portata via i suoi ricordi e i suoi sogni. Una mattina ha vestito la bambolina con un cappottino di lana rossa che le aveva cucito la madre e ha detto che andava a raccogliere le fragole. Ma era gennaio. L'hanno trovata sul sentiero, pareva dormisse, bella com'era, avvolta dai lunghi capelli. Era scivolata sul ghiaccio. Sua mamma morì poco dopo, di malattia o di dolore, le spiegazioni si intrecciano volentieri. Il dolore più grande cadde quindi sulle spalle di chi era rimasto, il Giosuè.»

Alcune persone hanno l'onere di rimanere in vita per testimoniare presenze di vite passate.

«Lui non è più sceso in valle, neanche con le forti nevicate. Pare che la solitudine, il regime monastico in cui si è censurato, la tranquillità d'animo l'abbiano reso autonomo. Di solito non si fa trovare spesso, ma se tu ce l'hai fatta...»

A Bernadette vennero i brividi.

«In paese vige questo segreto: chi ha bisogno di guarire l'anima cerca il re delle betulle; se lo trovi, ti ascolta volentieri. Penso che i suoi consigli siano un balsamo per tutte le ferite.»

«Perché non tutti riescono a trovarlo?»

«Forse è solo una diceria, ma sembra che gli alberi lo proteggano.»

46

L'insetto osservato

«COM'È andata dai nonni a Madesimo?» disse Bernadette accogliendo la figlia che se ne stava con lo zaino in spalla sulla soglia di casa.

«Bene, mamma, è arrivato anche papà e abbiamo fatto una passeggiata, mi ha promesso che nelle vacanze di Natale mi porterà a sciare!»

«Ah sì? E si è fermato a dormire?»

«Il nonno non l'ha lasciato!»

«Come?»

«Sì, ha detto che la sua casa è a Cimacase con te! Hanno litigato, ma non preoccuparti, mamma, poi al nonno passa!»

«Andiamo dall'altra nonna va', ché anche io ho bisogno della mamma ogni tanto.»

La prese per mano e si avviarono a piedi, lungo la stradina pedonale che seguiva il fiume Mallero.

Josephine viveva ancora nella villetta ai margini del paese, con il furbo balcone affacciato sull'acqua superba. Era una costruzione con mura spesse, come lei, che viveva pacificamente gli spostamenti degli affetti.

Aveva appena raffreddato le *madeleines*, che era proprio

un rito di famiglia quello di sfornare. Quando si sentivano felici cucinavano. Josephine, in particolare, era fedele a questo dolce di famiglia e loro correvano da lei volentieri per assaggiarle. Entrate in cucina, si stupirono di trovare il signor Farmaden e suo fratello Arthur, vestiti oltretutto con la stessa camicia a quadretti con le zip sulle tasche. Sedevano contriti, disposti su un unico lato del grande tavolo in noce. Fecero accomodare Malvina e Josephine accanto a loro e iniziarono a squadrare Bernadette. Tutti e quattro.

Sembrava analizzassero un insetto raro fissato con uno spillo in una teca. E l'insetto era proprio lei, la quale, dal suo punto di vista, vide quattro paia di occhi enormi che studiavano le sue mosse.

Si sentì una specie rara, ma la scena parve ironica. Da loro non si sentiva giudicata, solo preservata.

«Abbiamo saputo, *petite*! Ora anche il divorzio vuole», esordì serafica sua madre. «Me l'ha detto la parrucchiera. Speravo me lo dicessi tu! Ma ti conosco, tieni sempre tutto dentro! Il signor Farmaden mi ha confermato di averti trovata strana. Che ti sei messa a suonare musiche piene di malinconia.»

«Perché, non è bella la musica malinconica?» disse lei strabuzzando gli occhi come un'adolescente.

«Sì, certo, ma intristisce tutta la scuola!» aggiunse lui con tono leggero.

«Sì, la scuola!» ripeté Arthur rigirandosi la manina un poco raggrinzita con quel gesto ripetuto all'infinito, che pareva tenesse delle biglie nel palmo.

«Be', non suono la chitarra elettrica. E poi non è il caso di farne una questione di stato! Cercherò di suonare musiche meno malinconiche.»

«Ma no, la musica del violoncello è poesia pura. Però va suonata con tranquillità. Non deve essere una prolunga dei nostri sentimenti. Solo poesia regalata al vento. I sentimenti devono sorgere in chi ascolta, non partire da chi suona. Io adoro la mia malinconia, non la tua.» Il signor Farmaden trasformò un momento paradossale in lirica diretta.

«La malinconia!» concluse Arthur, che si era appena preso tre *madeleines* e le aveva messe nella tasca dei pantaloni, sbriciolandole tutte.

«Ecco, insomma», disse Josephine spostando il vassoio dei dolci, «abbiamo deciso di regalarti delle sedute da un consulente matrimoniale. Herr Farmaden ne conosce uno a Milano che pare sia annoverato tra i migliori.»

«Ecco, guarda!» Hans prese un biglietto da visita dal borsello.

Pareva tenesse in mano la panacea universale per i cornuti.

«Psicoterapia a indirizzo sistemico», lesse Bernadette, «ma non so cosa sia.»

«Qualunque cosa sia, serve per aiutare il vostro matrimonio. Abbiamo già parlato con Edoardo ed è d'accordo.»

Lei guardò sua madre, inclinando la testa per mettere a fuoco, e pensò che l'ex marito si fosse dimenticato di elencare tutte le amanti in ordine cronologico. E non sapevano neanche che lei faceva fatica a respirare. Altro che rigidità.

Bernadette corse in terrazzo a mangiare ossigeno e disse loro che sì, andava bene, ci avrebbe provato. Sarebbe andata a farsi un giretto a Milano per controllare la vecchia casa.

47
Come allora

BERNADETTE attese nella piccola stazione il treno per Milano, attorniata da pendolari svagati nell'attesa.

Edoardo aveva accettato senza fiatare le direttive di Josephine. Le era sempre stata simpatica con le sue uscite démodé. Chiese a Bernadette, come se il corso degli eventi fosse naturale, se avesse bisogno di un passaggio, ché forse faceva in tempo a passare a prenderla, ma non era del tutto sicuro, perché magari poteva andare a cena in città la sera prima e fermarsi a dormire lì.

Lei gli fece gentilmente notare che aveva la patente, ma che preferiva viaggiare in treno per leggere *Guerra e pace* di Tolstoj: era una vita che voleva farlo, e grazie a lui aveva la giusta ispirazione. Insomma, ci teneva proprio a raggiungere da sola lo studio del dottor Kreutz, perché colei che era stata definita pazza, la serial killer delle sue nottate, era assolutamente in grado di cavarsela da sola e conosceva Milano come le sue calzine spaiate, anzi, gli augurava allegramente di rimanere imbottigliato nel traffico.

Si accomodò poi in mezzo a distratti studenti universitari, mise sulla cappelliera un borsone stracolmo di vestitini usati della figlia, appoggiò il pesante tomo di Tolstoj sulla mensolina sotto la finestra e raccolse un quotidiano abbandonato sul sedile di fronte.

Lesse brevemente la pagina degli spettacoli, cercò «Balletti» e lesse i nomi, ma non riconobbe nessuno. Deformazione nostalgica.

Mentre guardava defilarsi il lago di Como, pensò che Cimacase era la lentezza dolce dei respiri lunghi, mentre Milano una centrale energetica che riforniva di creatività. Le venne quindi voglia di girarsela. Di librare le ali. Perché doveva andare da uno strizzacervelli e vedere Edoardo?

Gli mandò un messaggio. *Vai con Miss Unghia dallo strizzacervelli, io non ne ho bisogno*. Poi avvisò sua madre e Malvina che sarebbe stata da Mara per un paio di giorni.

Aveva immensamente bisogno di rammendare il filo con il passato, di vedere vecchi amici, di sollazzarsi negli angoli amati della sua città.

Arrivata a destinazione, accolse con tepore amico la vita brulicante della Stazione Centrale, si affacciò su piazza Duca d'Aosta per poi incamminarsi con lentezza contemplativa verso via Pisani, fermandosi a bere un cappuccino.

Si lasciò trasportare dalle scie delle persone veloci, le parve di nuotare nel latte bianco, tanto si sentiva densa di nuove energie. Camminò verso il centro, poi percorse via Torino, pranzò in un negozietto biologico in piazza Cardinal Massaia e si fermò a leggere alle Colonne di san Lorenzo, ascoltando lo sferragliare dei tram.

Nel primo pomeriggio si diresse verso i Navigli, sotto casa di Mara.

Sapeva che l'avrebbe trovata e decise di farle una sorpresa. L'amica aprì la porta in mutande e reggiseno.

«Lui è Fiorenzo, fa lo scenografo, è di Bologna!»

«Che piacere conoscerti, amico di Mara! Ma apri a chiunque mezza nuda?»

«Di solito no!»

Fiorenzo, con un simpatico accento bolognese, si congedò per uscire a comprarsi le sigarette.

Bernadette e Mara si abbracciarono, poi si guardarono per un attimo in viso, silenziose, cercando l'una nell'altra impercettibili cambiamenti di guscio, nuove rughe, tatuaggi di vita.

Passarono il pomeriggio ad aggiornare le novità che si erano già dette al telefono. Come sempre, Mara aprì gli armadi e mostrò all'amica le nuove tendenze. Poi diede un appuntamento serale al fratello gemello, in piazza Wagner. Eugenio arrivò con passo pesante e un sigaro in bocca. Fiorenzo chiese dove si fossero conosciuti.

«A scuola!» urlarono i tre in coro.

«Siamo stati compagni di banco al liceo artistico. Io sedevo sempre in mezzo ai gemelli Zugnani», aggiunse Bernadette.

Eugenio aveva i capelli lunghi ancora rossicci, portava i baffi e aveva sempre quei rotoli polposi sul girovita: sembrava un boa.

«Lui era ancora più grasso di adesso e occupava due posti. In gita abbiamo dormito tutti insieme e alle tre di notte si è rotta la rete del letto. Abbiamo rischiato la sospensione», lo prese in giro Mara ridendo come una foca.

«Avrei dovuto fare anch'io l'artistico. Invece ho studiato da geometra.» Risero.

«Un geometra che si laurea al Dams?»

«Perché nella vostra classe sono tutti artisti?»

«Be', Mauro fa il fumettista, Monia è architetto, Cristiano è fotografo. Paola sì, ha studiato giurisprudenza», spiegò Eugenio cliccando sui ricordi. «Un pesce fuor d'acqua.»

«E poi ecco i due musicisti di classe, Eugenio e Bernadette.» Mara indicò i due e li lodò con un gesto ampio del braccio. Fiorenzo annuì muovendo le labbra.

«Però lei ha lasciato Milano per rintanarsi a vivere sulla cima di una montagna, ora fa la guru per manager depressi e prende un sacco di soldi», scherzò Eugenio.

«Ma non è vero, però loro mi fanno pesare il fatto di essermi trasferita in una valle sul confine.»

«Dai, Bernadette, sei davvero alla periferia del mondo. Ci sono stata a trovarla, sai. Pensa, hanno un cinema e quattro stalle! Insomma, una bella atmosfera, ma dopo due ore sai che palle!»

Eugenio rincarò la dose.

«Comunque, cara Heidi con i pomelli rossi, era ora che tornassi in città a trovarci!»

Intanto si fece tardi e la fame notturna li spinse verso la *Cinnamon Bakery*. Ordinarono delle ciambelle glassate rosa e bianche e del caffè, mentre la giovane anoressica al bancone li guardava schifata infilando velocemente i dolci in un sacchetto. Stava finendo il turno e aveva fretta. Forse doveva vomitarsi un po' di vita anche quella sera.

Andarono tutti verso la vecchia villa dei Laudis, la cariatide allineata a tante altre, in un'elegante zona di Milano che cercava di non sgretolarsi sotto i cambiamenti. Dietro l'angolo c'era ancora molta gente che scivolava tra il teatro e i locali. Nella via si allungavano solo i lampioni, che illuminavano con modestia la decadenza di quelle vecchie ville anni Venti.

Bernadette aprì il vecchio cancello, che le diede dei problemi con le giunture, poi spalancò il pesante portone. Li accolse l'odore di polvere delle case dormienti e il rumore dei ricordi.

Un sussurro di aria nuova fece breccia nell'enorme salone, freddo e immobile, con una scala barocca di marmo che saliva verso il cuore della casa. Il grande pianoforte di suo padre si stagliava enorme e presuntuoso, come un anziano brontolone che avesse sofferto la solitudine del silenzio.

«Non lasciatemi solo, io muoio senza musica!» Pareva volesse essere suonato da loro.

Mentre gli amici si intrufolavano nelle stanze, Bernadette telefonò a sua figlia per darle la buona notte. «Ehi, piccola, quante *madeleines* hai mangiato oggi? Di' a nonna che la vecchia casa è ancora in piedi, sta bene, e non ha subito invasioni barbariche! C'è solo bisogno di un giardiniere, ma ormai è inverno. Mi raccomando, curala, eh! Bacio bacio!»

Fiorenzo venne folgorato dalla casa.

«Ma è uno splendore!» esclamò con aria bohémienne.

Tirò fuori una sigaretta elettronica dal taschino e rovinò l'impressione iniziale che Bernadette si era fatta di lui. Poi cominciò a misurare con gli occhi i volumi del salone e chiese di vedere il resto.

Lei spiegò la disposizione delle stanze con noncuranza, tanto era presa da ricordi legati a ogni centimetro di parete.

I gemelli Zugnani, entrambi affamati, li richiamarono e si avviarono nella cucina di formica a mangiare le ciambelle e chiacchierare, sotterrati dall'odore vivo del tabacco di Eugenio.

Fiorenzo non li seguì e si perse nei vecchi saloni scarabocchiando su un taccuino.

«Se volete, potete dormire qua. Letti e lenzuola ne abbiamo.»

«Ho la bimba, gente, devo rientrare.» Il gemello declinò l'invito e decise di tornare dalla figlioletta, era talmente paranoico che neanche della moglie si fidava. Lui era la conferma che invecchiando si peggiora notevolmente. In realtà, era un mammo dentro e copriva volentieri i turni massacranti della moglie, reumatologa al Policlinico di Milano.

«Tu puoi dormire lì.» Bernadette indicò a Fiorenzo la stanza della domestica.

«Sorbole, ma è un letto singolo. Non dormo con te, Mara?» Lei lo guardò con aria di sufficienza.

«No, ciccio, accontentati di ieri! Stasera c'è la mia amica ed è depressa, devo stare con lei.»

Mara e Bernadette andarono nella vecchia cameretta. Cominciarono a guardarsi i vecchi cd e ascoltarono un *unplugged* dei Nirvana. Come quando erano due adolescenti perse in un lago di sentimenti. Senza problemi, senza pensieri, solo una serie di attimi vissuti con gli amici. Poi Bernadette le raccontò tutto di Edoardo, anche i particolari più intimi.

«Ma che te ne frega! Basta che ti metti un po' su Facebook e trovi mille altri uomini migliori senza sbatterti!»

«Mara, dai, mi sto separando, figurati se mi metto su Facebook, magari in costume da bagno, ché sembro una *milf*!»

«Brava, come quelle che si mettono la foto da baldracca moldava e poi le poesie della Merini o le frasi di Osho per compensare che sono delle ninfomani!»

«Che scema che sei!»

«Ma smettila di fare Biancaneve! E bentornata a Milano, ciccina. Dobbiamo toglierti i pomellini da montanara, domani andiamo a comprare un po' di trucchi.»

«Sì, così mi trasformi in baldracca moldava! Ma vai a dormire con il geometra bolognese, su!»

E risero, risero con i bronchi pieni di ricordi di tempi in cui si doveva badare solo a se stessi, trovare il modo di riempire i giorni e divertirsi deviando dalle regole.

Poi la tristezza del presente tornò a farsi odorare. «Ti ricordi Bastiano?»

«Certo, che figo! Te lo sei fatta scappare come una fessa per paura di essere troppo felice.»

Bernadette l'avrebbe uccisa, perché Mara sapeva leggerle il cuore con franchezza. Del resto, le era amica proprio per quel motivo, perché riusciva a essere crudelmente sincera.

«Ultimamente mi torna in mente spesso. Oggi volevo passare davanti al bar *Averna* dove ci siamo conosciuti, ma non esiste più. Vedessi che tristezza, hanno aperto un H&M. Poi ho comprato le ciambelle da *Cinnamon Bakery*, dove me le comprava lui. Sai quante ne mangiavamo al ritorno dalla Scala! E lui ogni volta si sentiva in colpa. Tu puoi ingrassare, io no, rideva. A proposito, l'*unplugged* dei Nirvana me lo ha regalato lui.»

«Ci pensi ancora così tanto?»

«Sì. Fammi guardare nel cassetto del comodino, dovrei avere ancora delle foto!»

«Certo che qua è rimasto tutto come ai tempi del liceo. Guarda, c'è anche il poster di *Beverly Hills 90210*!» E insieme guardarono quelle facce ridenti, abbronzate, statiche.

«Questa stanza me lo ricorda.»

E cominciò a pensare a lui anche nel sonno in cui cadde pesantemente, tra le parole di Kurt Cobain.

Bastiano, la carezza leggera della vita, quegli amori che si tatuano sul cuore e finiscono per rovinarne il ricordo.

Bastiano.

Mara la lasciò dormire e andò a cercare Fiorenzo, che ancora vagava per la casa prendendo appunti.

I sentimenti sopiti stavano tornando a galla. Come se gli ultimi quindici anni fossero evaporati in una bolla di sapone. Distante da tutto.

A cosa era servito quello spazio temporale? Ad avere una figlia. In una bolla di sapone.

48
Avvocati

La mattina andarono in un piccolo baretto tutto bianco, stile nordico, per bersi un caffè, e Bernadette confidò all'amica che era piuttosto spaventata. «Secondo me un avvocato, figlio di avvocato, nipote di avvocato, chiede di essere rappresentato, come minimo, da un ministro dell'interno. Magari il giudice è pure misogino e io ne esco con la stima di un maggiolino.»

«Forse a Edoardo è rimasto un barlume di dignità», disse Mara girando lo zucchero nella tazza.

«Forse no, la Mazzei l'ha rincretinito definitivamente.» E ordinò anche un croissant.

«Senti, lascia fare a me. Ho amicizie interessanti.»

«Non ho dubbi!»

Mara cominciò allora a fare un lungo giro di telefonate e trovò una rinomata avvocato divorzista che la mattina stessa l'avrebbe ricevuta in via del tutto eccezionale.

«Immagino sia tosta», disse Bernadette, fiduciosa nelle conoscenze altolocate dell'amica. «Be', se ti faccio l'elenco delle vip che ha seguito nel divorzio... E comunque è una donna e il suo studio è rosa. Starà dalla tua parte.»

«E io che pensavo che tutti gli avvocati avessero lo studio marrone e verde.»

Pagato il barista dai modi eleganti, si salutarono e Bernadette andò subito dall'avvocato in metropolitana. Le segretarie erano giovani e carine, vestite con camicette fiorate delle stesse sfumature: probabilmente, passando tempo insieme si tendeva ad armonizzarsi.

L'avvocato invece era un cubotto piccolo e grintoso, molto profumata, con dei meravigliosi boccoli. Nonostante l'aspetto fiabesco, Bernadette capì subito che stava dalla parte delle cornute e sapeva come fronteggiare maschilismi e prepotenze di genere.

Le spiegò che potevano chiamare un detective per far seguire Edoardo e fare intercettazioni ambientali per testimoniare il tradimento. L'avvocato probabilmente si rivolgeva nello stesso modo a tutte le derelitte che arrivavano al suo cospetto.

«Bisogna far valere quello che siamo, madri che faticano ventiquattro ore al giorno, donne lavoratrici, donne delle pulizie, geishe, tutto insieme. Gli uomini ci rinsecchiscono, succhiano la linfa vitale e ci piantano all'improvviso per gettarsi nel sesso selvaggio con carne fresca. Ma noi non siamo carne da macello. No. Non siamo pattumiera da riciclare altrove. Ci dobbiamo fare sentire, strizzarli fino al midollo», e più parlava, più alzava la voce.

«Lei, piuttosto, signora Laudis, mi pare un poco trascurata, rughe, occhiaie. Ma vedrà che gioiellino sarà quando usciremo vincenti dall'aula di tribunale. È ancora molto giovane.»

La ringraziò per l'enfasi perentoriamente femminista e si chiese chi fosse quel poverino che aveva osato mollarla.

O forse era lesbica. Sulla scrivania notò solo una foto di lei con la madre, ancora più minuta e grintosa.

Attonita, Bernadette chiese timidamente il prezzo. Una cifra esorbitante. In quel momento chiuse inaspettatamente le gambe, come una marionetta appesa ai fili, le disse che aveva un'urgenza e cercò la toilette.

Usò un termine francese, come la lingua che sua madre le aveva insegnato, e ne approfittò per salutare cordialmente l'avvocato e lasciarla ai suoi tribunali, alle sue intercettazioni e alla sua virilità mancata. Non voleva scappare, ma la macchina giudiziale e il prezzo l'avevano spaventata.

«È forte quest'avvocato, ma non fa per me. Simpatica, ma la sua veemenza cozza con la mia mancanza d'ossigeno», disse più tardi a Mara.

Subito dopo, le telefonò Fiorenzo, lo scenografo radical-chic amico di Mara. Si scusò per aver scattato alcune foto nel salone della villa.

«Spero non ti abbia dato fastidio se ho fatto un reportage di casa tua...» Bernadette si accorse che stava ancora fumando quelle insulse pistolette ad aria. «Ho fastidi peggiori da gestire», lo zittì.

«Bernadette, ho una proposta da farti. Dovresti affittarmi la casa per il prossimo film di Mario Lucci.»

«Mario Lucci? Quello che ha vinto il Donatello per *Foglie nell'anima*?»

«Certo! Quanti Mario Lucci vuoi che ci siano?»

«Wow, che onore. Dovrei chiedere a mia madre però, la casa è sua. Senti ma... per curiosità, quanto paghereste?»

«Bernadette, hai bisogno di soldi, vero? Me l'ha detto Mara...»

Cavolo, Mara era proprio uno scrigno tarlato, quando si trattava di segreti. Non aveva un minimo di diplomazia, non riusciva a tenersi dentro nulla, nemmeno i segreti più infamanti della sua amica. Fiorenzo lesse nei suoi pensieri.

«Non prendertela con lei, eh! Sa che stiamo preparando una nuova produzione cinematografica sulla storia d'amore tra il pittore Giovanni Segantini e Luigia Pierina Bugatti. La vostra villa è perfetta per ambientare una storia di fine Ottocento. Dobbiamo ricreare la villa dei Bugatti. Quelle mura, che racchiudono un giardino moderno con una visione antica, sono proprio perfette.»

«Mi piace Segantini, ho visto la mostra a St. Moritz!»

In un lampo le tornò in mente il weekend di Edoardo con l'ultima amante.

Fiorenzo non percepì la nota malinconica e continuò con la sua proposta.

«Sarà una produzione italo-svizzera con molti fondi. Che ne dici? Dimenticavo, pagano parecchio! Ah, un consiglio, una casa così non va congelata. Falla rivivere, affittala per le produzioni televisive, affittala con Airbnb, ma falla rivivere!»

Sarà stato anche un radical-chic, ma sapeva fare bene il suo lavoro.

«Sei anche agente immobiliare? Ti richiamo, dai, parlo con mia madre.»

Chiamò Josephine per darle la notizia, e lei fu ancora più entusiasta della figlia. «Mamma, sai che la nostra vecchia casa ha trovato lavoro?»

Accettarono l'offerta. Ora Bernadette poteva cominciare

a mantenersi da sola, senza oboli dal marito o dalla madre, dato che le lezioni di violoncello non erano sufficienti.

«Fiorenzo, siamo d'accordo, affare fatto! A proposito, fumati un sigaro invece di quelle insulse pistolette ad aria compressa, saresti più affascinante!»

La vecchia villa sarebbe diventata uno studio di posa per produzioni televisive, sarebbe stata riaperta, spolverata, rimessa a nuovo, ammantata di vita, anche solo per finta, ma era una buona occasione per far risorgere un pezzo di memoria.

Poi Bernadette passò a casa di Eugenio, vicino alla Stazione Centrale. Quando suonò il citofono, sentì le risatine della sua bimba.

«Ciao, bella!» Bernadette salutò la piccola e notò che era uguale alla madre.

«Eugenio, non ha proprio preso niente da te.»

«Infatti, lei è bella!»

«Sono d'accordo, è deliziosa. Senti, vi ho portato un po' di abiti smessi di Malvina. Li volete?»

«E se non le vanno bene?» Aveva quel tono paranoico che lo contraddistingueva come padre.

«Non ti è ancora passata la depressione post parto? Guarda che di solito è una prerogativa femminile!» e rise.

«Senti, Bernadette, ho proprio pensato che dobbiamo tornare a suonare in pubblico», cambiò discorso prendendo il sacco pieno di abitini, collant colorati, gonnellini e magliette.

«Hai ragione. Accidenti se hai ragione! Mi sono fossilizzata...»

«Ci credo! Stando tra le montagne... Ma qui, nel mondo

reale, tutti amano tutto. Nel senso che c'è spazio per ogni genere. Pensaci!»

«Vero... Mi sto accontentando di insegnare o suonare per me, sola. Mi è venuta la paranoia che oggi la gente ami altra musica. Campionatori, sintetizzatori, insomma, qualcosa di attaccato alla corrente.»

«Miiii, Bernadette, ma che menate ti fai! Ti prego! Poi mi dici che sono io il paranoico!»

«Sì, da quando fai il mammo, lo sei.» La bimba intanto accese i cartoni animati.

«E va be'! Comunque la musica classica è avanguardia.»

«E io che pensavo fosse roba per quelli del Rotary.»

«No! È energia alternativa. Pensaci, noi suoniamo strumenti vegani!»

«Ma che c'entra? Strumenti vegani? Ma ti sei bruciato il cervello?»

«Ma non capisci? Oggi vanno di moda i vegani, i supermercati bio, il cohousing, i nomi con *eco* e *green* qualcosa! E la musica classica è sul pezzo, pensaci. Strumenti di legno, energia centripeta.»

«Ok, ci penserò alla musica bio. Ci mancava anche questa!» E rise di gusto.

Era frastornata. In due giorni aveva ribaltato tutti gli equilibri marci che l'avevano affossata. Era tornata nella vecchia cameretta dal pavimento in rovere, piena di passato, aveva raccolto un po' di energia della grande città, la sua casa stava per affacciarsi sul mercato lavorativo vestendosi come una nobile dell'Ottocento, aveva ricevuto una pazza proposta musicale, aveva ripercorso i luoghi che aveva amato con Bastiano e aveva suonato il piano di suo padre.

Tutto, grazie all'idea del signor Farmaden di andare dallo psicologo. Grande.

Era gioiosa e, anche se era avvenuto tutto in fretta, non aveva avuto un solo attacco di panico, e in mezzo allo smog aveva respirato senza problemi.

Lasciò quindi il sacchetto di abitini usati a Eugenio e ricevette in cambio un pacco di cd.

«Ascoltali, sono le ultime novità. Dobbiamo arrangiarle per piano e violoncello.»

«Ti ho detto che ci avrei pensato, almeno due giorni!» Ma dentro di sé aveva già accettato.

49
Il pezzo mancante

BERNADETTE si fermò ancora un giorno a villa Laudis, persa nei cumuli di passato stipati in enormi armadi con le trafilature dorate, posti nelle numerose stanze personalizzate da carte da parati art déco. Il freddo non la infastidì.

Doveva preparare velocemente la casa, o perlomeno svuotare il salone in cui avrebbero fatto le riprese e chiudere tutto il resto. La mattina cominciò con malinconia a rivivere i ricordi preziosi della sua infanzia. Ogni odore, ogni scricchiolio, ogni colore compiva la magia di toccare memorie con l'amenità dei cinque sensi. Il pomeriggio arrivò anche Fiorenzo con gli attrezzisti e insieme sigillarono il resto della casa, come una scena del crimine.

Mentre loro si affaccendavano tra mobili, suppellettili, viti e martelli, lei corse tra i corridoi pieni di fantasmi dei suoi avi.

Nella camera di nonna Liliana, rimasta intatta da decenni, per una loro forma di rispetto che congelava le tracce delle persone, trovò la vecchia scatola cinese di cartone rosa con disegnate le camelie bianche.

«Ma guarda dove era finita!»

Si accomodò su una vecchia poltrona rivestita di velluto verde con fiorellini screziati, e con le cuffiette si ascoltò un brano ancestrale dei Sigur Rós che le aveva consigliato Eugenio.

Mentre annusava polvere e ombre, aprì la scatola con le foto dei Laudis. Di tanti Laudis, avi infilati come perline vagabonde nella collana del tempo, in cui un DNA comune si ripeteva inesauribile.

Erano i miseri resti, salvati da un futuro dimentico. Prese le foto e ne guardò la sostanza, dietro ognuna stavano sensazioni, odori, pezzi di vita volati via.

Erano il retaggio, le radici, il ricordo che non andava dimenticato, pena l'oblio perenne.

Tra le immagini ingiallite suddivise in ordine cronologico, trovò la busta con quelle della sua primissima infanzia. C'era anche l'originale della foto in bianco e nero, la cui copia incorniciata d'argento stava nel salone fino al giorno prima, appoggiata con fierezza sul grande mobile in cembro, che arrivava dal Trentino, dalla famiglia Benn.

Tante volte i suoi occhi si erano soffermati sereni su quell'immagine in cui tre visi chiari guardavano verso il domani con ottimismo, colonna portante di una vita famigliare felice.

Gli attrezzisti, nel frattempo, avevano terminato lo sgombero e la salutarono. Diede allora una copia delle chiavi a Fiorenzo e raccolse tutte le sue foto in una scatola più piccola, la legò con un nastro di pizzo probabilmente ricamato da nonna Liliana, poi richiuse la stanza e corse a prendere il treno per Cimacase.

Mentre cercava posto trafelata tra accaldati pendolari,

si accorse che tra quelle foto mancava un ingranaggio, anzi, non era mai esistito.

«Io appena nata... o in ospedale... Non ne ho mai vista una!» disse ad alta voce attirando l'attenzione dei pendolari.

Riguardò ossessivamente tutte le immagini mentre il treno correva indisturbato lungo le acque del lago di Como e la parete della montagna. Niente. Il pezzo mancante pareva affondato in quelle acque grigie, tristi, madide di silenzi.

Scorse una discrepanza che solo l'inconscio aveva capito. Da tanto. Doveva solo chiedere la conferma a sua madre.

50
Mai una morbidezza d'animo

Annibale Del Curto suonò il campanello di casa.

«Nonno!» urlò Malvina appena lo vide.

Il suocero era un uomo privo di elasticità sentimentale, mai una morbidezza d'animo, neanche l'ombra nei gesti. Era un uomo severo che si pronunciava solo in casi di estrema gravità e su argomenti selezionati, che trattava la moglie come una fotografia ingiallita e che si era arrabbiato con Edoardo per avergli dato solo un'erede femmina.

Quel pomeriggio si riscoprì invece un suocero diverso, privo di quel manto di formalità con cui dominava la sua professione. Osservò il volto più disteso di Bernadette con occhi incerti e abbracciò Malvina. Le porse un dvd di Snoopy e una torta locale, di cui la bimba andava pazza. Era un fioretto appena sfornato, un dolce burroso pieno di marmellata, zucchero e semi di finocchio.

Se la mangiarono tutti e tre leccando la marmellata di albicocche con i rebbi della forchetta e accesero il dvd a Malvina. Bernadette era frastornata dall'atteggiamento anomalo del suocero.

«Nonno, hai scelto tu Snoopy? Mi piace tantissimo!»

«No, ho preso il primo che ho trovato! Scherzo, me l'ha consigliato la nonna.»

Avvicinò Bernadette con imbarazzo e le parlò guardandola per la prima volta negli occhi.

Lei sentì l'odore di quell'uomo burbero: sapeva di dopobarba fuori commercio e di stanchezza.

«Mio figlio è un degenere. Della peggior specie! So che si è innamorato di una cretinetta», esplose.

«E come fa a saperlo?»

«Li ho visti, poi ho chiesto a mia moglie di indagare. È bastato mandarla dal parrucchiere! Insomma, Bernadette...» si fermò un attimo accarezzandosi i baffi. «Ecco... io ho sempre stimato te e la tua famiglia. Ricordo tuo padre, un uomo aperto sul mondo, allegro e serio sul lavoro. Tu sei come lui, sorridente e fedele alle tue scelte.»

Bernadette rimase senza parole.

«Sono passato per dirti che, se hai bisogno di un avvocato, ci sono io. Farei di tutto per difendere Malvina, anche torcere il collo a mio figlio.» Era sincero, si capiva dallo sguardo diretto.

Com'era strana la vita. Quell'uomo che le aveva sempre messo soggezione le porgeva una mano aperta. Allora Bernadette lo ringraziò e notò per la prima volta delle sfumature di verde negli occhi affossati. Gli disse anche che non voleva guerre, nemmeno cartacee. Quelli erano stati d'animo infiniti, giri tozzi su noi stessi.

«Io voglio solo girare pagina. Capire le parti di me che ho trascurato», aveva deciso Bernadette.

Poi si ricordò che Edoardo aveva sempre avuto un timore reverenziale per suo padre. Non avrebbe mai osato mettersi contro di lui.

«La ringrazio tantissimo per questo regalo», e gli strinse la mano ruvida. «Mi va benissimo come avvocato, ma dovrei chiederle solo una cortesia. È necessario arrivare in un'aula di tribunale? Perché dobbiamo coinvolgere estranei? Parlate tra voi, la prego.»

«È logico, sì. Certo, se la gente parlasse prima di arrivare in tribunale! Sai quanti processi per sciocchezzuole? Ci vorrebbe buonsenso, buonsenso! Ma con le parole non si fa niente, ci vogliono atti giudiziari, atti giudiziari! È un mondo di scarsa moralità.»

«Ma prima di arrivare a quel punto, fate gli avvocati in casa, parlate tra di voi di tutte le leggi del mondo e, se non c'è modo, procedete. Io vi chiedo solo di tutelare il futuro di Malvina.»

«È tutto ciò che vogliamo anche noi», la rincuorò, e si strinsero la mano. In modo energico. Per la prima volta.

51

Il resto è arte

Poco tempo dopo, Fiorenzo la invitò a Milano sul set.

Malvina volle unirsi, perché non le sembrava vero di vedere un film dal vivo. Lo stesso fece il Farmaden, ma per un altro motivo.

Disse che adorava quel pittore dalla capigliatura selvaggia con un cuore d'oro. Scoprirono che sapeva tutto di lui e che spesso si era fermato al cimitero a Maloja, dove era seppellito, per lasciare un piccolo myosotis. Anche quando riprendeva la via per St. Moritz, correva al museo per ammirare i suoi immensi dipinti e ritrovare l'equilibrio emotivo che gli suscitava guardare i pascoli su quelle altezze. Recuperava la giusta dimensione del sé. Aveva in camera da letto anche un suo piccolo bozzetto firmato, comprato all'asta, ma non lo disse mai a nessuno.

Dopotutto, Farmaden veniva dai Grigioni, posto pieno di natura e sparuti uomini in passato, ma dove ultimamente si concentravano troppi arrivisti.

* * *

Villa Laudis li accolse con rinnovato splendore. Bernadette si accorse del bassorilievo con le ghirlande gialle, rinvenuto vicino al soffitto. Anche lo scalone in marmo aveva ripreso un aspetto palladiano. Ma soprattutto notò che il pianoforte non c'era più. Al suo posto troneggiava un meraviglioso camino, così tanto lavorato che a Malvina sembrò una casa delle bambole. I mobili erano in legno, particolari, le ricordavano l'India e l'Oriente. Aveva la sensazione che in Oriente tutto fosse più leggero, il legno, le linee, le vite delle persone. Era completamente diverso, tutto.

Chiese a Fiorenzo dove fosse il piano e lui la tranquillizzò, l'avevano solamente spostato. Hans Farmaden si complimentò subito per la fedele ricostruzione scenografica che rispecchiava l'estro particolare dei Bugatti, allora Fiorenzo li presentò al regista, che permise loro di assistere a tutte le riprese.

Vennero tutti catapultati nell'Ottocento. Il più entusiasta in assoluto, anche più del regista e degli attori, era il signor Hans, che era fondamentalmente una persona antica costretta a vivere in un'epoca che faticava a riconoscere.

Bernadette si fissò sulle miniature dell'enorme camino e le venne istintivamente voglia di suonare il violoncello, così mosse le dita per cercare note immaginarie.

Un uomo le appoggiò la mano sul braccio che fingeva di sostenere un archetto e la guardò ironico.

«Sei Bernadette!» esclamò con accento americano.

Aveva movenze femminee ed era stempiato. Lo riconobbe. Era il coreografo che aveva mandato Bastiano in America. La stella polare della danza.

Si immobilizzò smarrita, mentre gli altri seguivano

commossi la scena in cui un timido Giovanni Segantini faceva la conoscenza di Luigia Bugatti.

Malvina aveva la stessa espressione sognatrice del signor Farmaden e si mise le mani sul cuore.

Bernadette uscì all'esterno. Non era primavera, ma erano riusciti a ricrearla per le riprese. Notò che il giardino pareva di nuovo quello di nonna Liliana, perché anche la signora Amalia Bugatti, mamma di Luigia, aveva avuto il pollice verde. Le rose, di diverse varietà, si alternavano a spezie di vario tipo e a cespugli di bosso, che parevano decorazioni fiabesche. Ritrovò quella sensazione di unione con il passato che la casa le aveva sempre comunicato. Le pareva di stare in un tempo antico. Da piccola passava giornate intere a giocare in quel giardino, mentre nonna Liliana si tuffava tra le sue rose preziose, parlando loro come fossero amiche. La bimba la seguiva, correndo dietro a insetti e petali che danzavano senza sosta. Solo quando usciva dal cancello, si ricordava che nel mondo in cui viveva c'erano metrò, macchine, supermercati e tanta luce a tutte le ore. Eppure, i muri pieni di sussurri, lo stile liberty delle vetrate, i soffitti alti, i corridoi lunghi, il salone stuccato avevano permesso alla casa di nascondersi dal tempo.

Ecco perché Bernadette aveva sempre amato la musica prodotta con le mani, i pavimenti di legno e quel ragazzo che sapeva volare. Perché non si sentiva parte di una vita veloce, e il giardino, che la casa riusciva a celare, nutriva la voglia di vivere in un'altra epoca.

Attese che il coreografo le rivolgesse di nuovo la parola. Voleva sapere di Bastiano. Ma capì subito che lui parlava per morbosa curiosità. Non per amicizia.

«E Bastiano Lezzi, che fine ha fatto?» le chiese. Ne sapeva quanto lei.

Bernadette alzò le spalle e tornò all'interno, facendosi strada tra i cavi e i binari del carrello per le riprese.

«Questa è l'unione di due mondiiii! Forza! Lui dal nulla, lei da una famiglia importante!» urlò il regista agli attori, ampliando il suggerimento dell'esperta di storia dell'arte dell'università di Zurigo che lo affiancava, una signora dall'aria spavalda, ammantata da mille riccioli rosso rame.

«*Jaaa*, questi due si erano amati ancora prima di nascere!» tuonò lei con un vocione da sigaro toscano.

«Da sempre, in barba alle differenze sociali!»

«Un pittore orfano, apolide e squattrinato che si unisce a una borghese senza poterla sposare», sospirò Hans, ormai ammaliato dalla nuvola rossa della sua connazionale.

Sapeva tutto di Segantini, aveva anche stretto la mano della figlia Bianca, un tempo. «Bernadette, vedi quell'attore biondo, vestito con un cappottino lungo alle ginocchia e allacciato fino al collo? Quello è Carlo Bugatti, il fratello di Bice. Lui e Giovanni si conobbero all'Accademia di Brera e diventarono molto amici, ora gli sta per presentare la sorella Luigia, detta Bicetta.»

L'attrice era molto giovane. Aveva la pelle chiara con le guance rosse, gli occhi azzurri e un intreccio di capelli biondi mossi. Indossava un abitino in lana leggera bordeaux, con dei piccoli fiori bianchi, che si allacciava con dei bottoncini sulla nuca. L'attore che interpretava Segantini si era trasformato in maniera fenomenale, aveva un'opulenta selva di capelli che nuotavano ovunque sino a cadere sull'alta fronte in ricciolini indomabili, occhi molto scuri e sguardo vivo, appesantito dalle sopracciglia folte, labbra rosse e un accenno di pizzetto. Era famoso, ma, truccato a quel modo, si stentava a riconoscerlo.

«Guarda la dolcezza dello sguardo... Bravo questo attore.» Il signor Farmaden si avvicinò a Bernadette con un sorriso compiaciuto e iniziò a raccontare la storia, con una litania da commediografo. Come un quaderno vuoto che andava riempito di inchiostro.

Le elogiò i Bugatti, una famiglia di creativi per tradizione genetica: il capostipite Giovanni, uno scultore che costruiva camini; Carlo, l'ebanista stravagante; Rembrandt, lo scultore art nouveau di animali esotici; Ettore, l'ideatore delle prestigiose automobili che daranno al nome di famiglia risonanza mondiale. Le ricordò che la fama non era tutto, che anche loro, come tutti gli artisti, soffrirono per la profonda sensibilità e qualcuno non aveva retto la grandezza dell'anima, togliendosi la vita in giovane età.

Si soffermò con enfasi teutonica su Carlo, che si era affezionato a quel nuovo amico, il migliore all'Accademia, ma con un passato di povertà ed emarginazione che avrebbe lasciato una traccia in tutta la sua arte. Segantini non sapeva quasi scrivere quando iniziò l'Accademia, ma disegnare quello sì, ce l'aveva nel sangue, da quando, piccino, era stato folgorato dalla luce sulle montagne natie ad Arco di Trento, che cercò di ricreare per tutta la vita. Nel Trentino allora austriaco, rifiutò di fare la leva e perse la possibilità di essere riconosciuto cittadino di un qualunque posto nel mondo. Carlo quindi presentò quel ragazzo squattrinato, taciturno, apolide, l'artista geniale malato di solitudine, alla giovane sorella Luigia. Lui la volle come modella per *La falconiera* e lei lasciò il cuore in quello sguardo di una sconcertante dolcezza. Gli fu compagna nella vita e nell'arte, riempiendo quella solitudine radicata da cui non c'era fuga.

Tanto si amarono senza potersi sposare e si appoggiarono l'un l'altro, per tutta la breve vita di Giovanni. Il maestro, cercando nelle altezze una luce sempre più pura e forse il riflesso delle sue montagne, morì di peritonite sullo Schafberg, a 2700 metri di altezza, in un tempo nevoso, mentre dipingeva il trittico della natura.

Poi il signor Farmaden respirò e aggiunse: «Il resto è arte!»

«Non conoscevo la loro storia!» rispose Bernadette, rimasta a bocca aperta per la valanga e la luminosità delle informazioni ricevute. Farmaden sapeva come arrivare al punto.

«Se l'amore vero ti passa accanto, il cuore se ne accorge. Le convenzioni spariscono e la vita sposta il baricentro. Si diventa leggeri e invincibili», sussurrò, in uno dei suoi lirismi inaspettati, alla cattedratica zurighese dai capelli rossi. Poi glielo ripeté in tedesco, alzando un sopracciglio come per farsi più alto del suo metro e sessanta, giusto per sottolineare il peso dei suoi pensieri.

Intanto iniziò una pausa e l'attore chiese un bicchiere di vino.

Gli si colorarono le guance e ricordò più che mai il pittore intento a dipingere nella neve.

Bernadette, che aveva un poco di arte nel sangue, provò grande stima per queste due creature che avevano accettato i passi del cuore. Con invidia e malinconia. Comprese inoltre la sensibilità con cui Segantini, dal niente, era riuscito a credere nella sua arte, arrivando a diventare un imperituro genio del divisionismo.

Bernadette non lasciò queste congetture al caso. Tornata a Cimacase, si lesse due biografie prese in prestito dal signor Farmaden, che apriva volentieri la sua personale biblioteca, anche solo per poter disquisire con le persone di argomenti interessanti.

«Aveva due occhi scuri pieni di fortuna e amore.» Queste parole, scritte da Giacometti per descrivere Giovanni Segantini, le rimasero a lungo nel cuore.

52
Aria di neve

ARRIVÒ placido l'inverno e quella mattina si sentiva aria di neve. Una montanara, sebbene d'adozione, riusciva sempre a percepire quel sapore nell'aria di acqua di sorgente, che attanaglia la lingua nelle mattinate sotto zero. Bernadette si avviò lungo la strada di ciottolato che portava in centro, per comprare del pane di segale fresco.

Per non cadere sul ghiaccio, camminava con lo sguardo basso e non si accorse di Maura, la madre di Paolino, che le scivolò addosso.

Maura le strinse un braccio per non farla cadere rovinosamente. Lo fece in maniera solidale, Bernadette le sorrise traballante e la ringraziò con affetto.

Provò una sorta di complicità verso quella donna. Le lesse la rassegnazione nello sguardo e la invitò al bar di Ugo a bere un caffè d'orzo. Si accomodarono sul tavolino che si affacciava sulla scuola. Parlarono delle maestre, della recita di Natale e dei loro figli. Maura scosse la testa diverse volte. Poi virò il discorso con leggerezza sull'ex marito. Disse che lui non le passava una lira. Che doveva pagare l'affitto alla nuova compagna, ora che aspettavano.

«Aspettano, eh? I figli sono come i chiodi, uno scaccia l'altro.» Poi Bernadette le chiese se fosse andata da un avvocato.

«Con che soldi? Me ne hanno dato una, elegante, giovane, che mi ha fatto la predica: bisogna pensarci prima, avere un lavoro, assicurarsi un alloggio, non si può essere superficiali e pretendere che lo Stato ci mantenga. Le volevo urlare: 'Brutta pelanda, che ne sai cos'ho passato io nella vita?' Ma è un avvocato. Non si può! Le ho detto grazie, che ci penserò, sì ci penserò! Nella prossima vita. E me ne sono andata!»

«Anche io me ne sono andata dall'avvocato, anche se la mia era più simpatica.» Poi giocherellò nervosa con la sigaretta e l'accendino di Maura.

«Tanto, il papà di Paolino è in cassa integrazione, che aiuto ci può dare se non ha neanche voglia di vederci!» aggiunse. Lei e suo figlio erano dovuti tornare a vivere dalla nonna, che aveva problemi di alcolismo ma era pur sempre la nonna.

Bernadette si aprì a sua volta, confidò a quella giovane madre che suo marito, pure lui avvocato, l'aveva lasciata e non faceva i salti mortali per stare con la figlia.

«Mamma mia, e come si fa a separarsi da un avvocato?» Le spiaceva. «Be', almeno hai un lavoro!» aggiunse ridendo, ma si accorse che era mortificata.

«Anche se è un avvocato, l'ho coperto di insulti. Basta non farlo in un'aula di tribunale! Ma tu non hai un lavoro?»

Maura ora faceva la cassiera al supermercato con turni massacranti, sabato, domenica, festività.

«Certo, i Mazzei sanno come sfruttare le persone e continuano ad aprire supermercati. Almeno ricevo una paga italiana. Ora hanno assunto personale di sicurezza dall'Est e danno una paga ridicola», parlò concitata, picchiettando il portatovaglioli con l'unghia rossa, laccata da uno smalto economico.

Mazzei. Che nome nauseante quel magnate di supermercati.

«Sai, Maura, per chi mi ha lasciato mio marito? La figlia di Mazzei. La tua capa.»

Lei la guardò inclinando la testa.

«Quella è una zoccola fatta e finita, viene, fa, disfa. La odiano tutti al supermercato, anche i cani che rovistano tra i rifiuti. Le poche volte che arriva in ufficio, ci cambia i turni; se ne frega, lei, se hai una famiglia. Capita pure che controlli come siamo vestite, pettinate, se profumiamo, perché alla cassa bisogna lasciare un bel ricordo ai clienti. Dice così. Ma che è, una sfilata di moda? E ai clienti che gliene frega? Si fanno i conti in tasca solo quando arrivano a casa e svuotano i sacchetti della spesa, capiscono di avere speso più del dovuto, perché sono allocchi, e hanno abboccato a tutte le offerte. Comunque lei tratta tutti come pupazzetti. Più è arrogante, più il padre la adora. Con lei, ti senti su un lago ghiacciato. Lei indossa i pattini con le lame e va dove vuole, tu sei a piedi nudi e non riesci a cavare un passo.»

«Molto bene, mi tiri su di morale!»

«Ucciderei quelle come lei.»

«Io gli auguro solo il peggio dalla vita.»

«Comunque non preoccuparti, con tuo marito non farà un figlio. Lei non ama, lei ruba attimi dalle vite degli altri e scappa!»

Uscirono dal bar. Bernadette cercò aria intorno al fumo della sigaretta che si era accesa Maura.

L'unico problema era il divorzio, Bernadette non aveva proprio voglia di intraprendere una guerra legale, e tergiversava, ma pareva che lui volesse tenersi la casa e lei non poteva cedere flebilmente a questa prepotenza. Anche perché era lei che aveva subito il tradimento e, nei divorzi normali, quello incattivito e vendicativo è la vittima, non il carnefice. Edoardo le avrebbe mantenute senza problemi, ma voleva abitare nella loro casa, anche con Malvina, volendo. Un gesto iniquo, una mancanza di cavalleria. Bernadette avrebbe potuto rinunciare alla casa, dopotutto era piena di ricordi di lei e Edoardo che avrebbe raso al suolo volentieri. Però Malvina ci era affezionata, avevano un buon vicinato, era comoda per andare in centro e stava esattamente a metà strada tra i nonni materni e paterni. Avrebbe potuto riammobiliarla, cambiare le tende, ridargli le sedie trasparenti. Ma la frase che si era sentita dire da Edoardo, «Malvina può continuare a vivere qua, se le piace», proprio le aveva dato fastidio.

Forse doveva tornare sui suoi passi e accettare la proposta del suocero.

53
Tra sogno e realtà

«È VERO o me lo sono sognato?»

Nonostante Lili le avesse confermato l'esistenza reale di Giosuè, una sana dose di coerenza l'aveva indotta a pensare di avere immaginato tutto.

In quei mesi aveva pensato spesso al re delle betulle, come a un crepuscolo. Tante volte avrebbe voluto andare a trovarlo, magari con il violoncello, eppure tornava sempre sui suoi passi, aveva mille scuse che erano in fondo solo timore di varcare una soglia indefinita. E intanto i giorni erano passati incolori, come i lavaggi andati male. Come una risacca continua nell'esofago, che andava su e giù, riportando avanti e indietro quei nodi del cuore.

Ultimamente aveva imparato a pensare d'istinto e a invertire rotta senza chiedere il permesso. Allora si decise. Prese la macchina e il pacco che gli aveva preparato settimane prima, perché, se quell'uomo era reale, gli doveva quel regalo. Non poteva procrastinare.

Grazie a quel nuovo istinto magico, ritrovò senza problemi il luogo circondato dalle betulle. Quando ci si sente soli, si è guidati da un talismano interno. Parcheggiò un poco lontano, per camminare. Aveva indossato degli scarponi pesanti e godette del rumore sullo sterrato dei sassolini che affondavano sotto il suo peso. Alcune parti del sentiero erano ghiacciate e poco dopo iniziava la neve.

Si fermò un poco distante ad accarezzare con lo sguardo le betulle, in quell'ora illuminate dal sole. Era rimasta affascinata da quegli alberi lunari e ne aveva parlato con Lili. Lei le aveva raccontato che erano sacre per i popoli nordici. Chiamata la «Signora delle foreste», la betulla era una pianta legata alla conoscenza. I Celti la collegavano a luoghi arcani e misteriosi, dove sussurravano le delicatissime fate. Nelle fredde steppe ne apprezzavano il legno, che usavano per accendere i fuochi, e la consideravano la via del cielo.

Persa in queste credenze, Bernadette percepì nuovamente quel gran senso di pace. Quello spazio-tempo senza pensieri.

Trovò conferme della presenza di Giosuè nei ricordi confusi di quella notte. Poi sentì Kira abbaiare. Bussò alla porta e l'uomo venne ad aprire.

Era parecchio anziano, eppure dimostrava un'agilità di movimenti e pensieri inconsueta. Sembrava una pelle invecchiata, una guaina usurata sopra un corpo brillante.

«Spero di non disturbarla.»

«Ti stavo aspettando, *tusa*», disse, invitandola a entrare con un gesto aereo della mano.

«Oggi?»

«Perdindirindina, proprio oggi, sì! Però ce ne hai messo di tempo, io non ci sarò per sempre. E quando non ci sarò più, le betulle chiuderanno la strada e nessuno ci troverà più.»

Rimase stupefatta da quelle parole forti.

«Io... all'inizio pensavo di averla sognata. E la cosa era talmente piacevole che ho voluto prolungare l'attesa. Poi mi sono detta che dovevo portarle della musica.» Amò quel crepuscolo passato in una nebulosa fitta di incertezze.

«Ma alla fine sei tornata! Mi fa piacere!»

Gli porse il pacco verde con disegnati degli affusolati abeti sottili. Aveva acquistato quella carta apposta per lui, che prese un coltello e staccò dapprima lo scotch laterale, poi sfilò il contenuto, facendo attenzione che non cadesse. In quel momento mostrò una curiosità flemmatica che gli permise di assaporare l'euforia del momento.

Il pacco conteneva un lettore cd e della musica classica. Lei gli spiegò come funzionava l'aggeggio, mentre lui si infilò gli occhiali per leggere il bigliettino che accompagnava il tutto.

Perché la musica accompagni i silenzi.

«Che bella frase. Ma tu fai proprio le cose a modo. Grazie, grazie.»

La invitò a sedere davanti al camino acceso, sulla poltrona usurata.

«Accendo il fuoco tutto l'anno, perché fa compagnia», aggiunse.

Lei si sedette e cominciò a osservare la casa. C'era legno profumato ovunque, le spiegò che era cirmolo, un buon legno per respirare. Intanto ascoltava il rumore dell'acqua che sobbolliva su una stufa economica.

«Mi piace stare seduto a guardare il fuoco. Soprattutto davanti al camino di pietra. Non ho pensieri. In questa casa, i ricordi pesanti non entrano.»

Bernadette notò dei segni di presenza femminile sbiaditi.

Gli stessi che aveva visto all'esterno. Gli raccontò a pezzetti disordinati la sua vita, senza critiche né improperi. Cercò di essere poco didascalica e si soffermò a parlare dell'abbandono di Edoardo. Lui ascoltava senza interrompere, mentre ravvivava il fuoco prendendo pezzi di legno morbidi e tagliati con la stessa misura. Il crepitio della legna li accompagnava. Era un buon colloquio, tenuto insieme da pause e generosa voglia di ricevere parole.

I sentimenti cercano sempre vie d'uscita e a Bernadette parve facile lasciare fluire la sua visione.

Poi si interruppe, i suoi occhi si soffermarono su una foto appesa in un angolo del muro, vicinissima alla finestra. Giosuè colse il bersaglio della sua curiosità di particolari.

«Ecco, così guardo la mia famiglia sulla foto, poi sposto leggermente lo sguardo e vedo il cielo.»

«Sono lassù?» gli chiese con dolcezza.

«Sì, mia moglie e mia figlia sono lassù, anche se è contro natura che i figli muoiano prima di chi li ha messi al mondo.» Non si poteva remare contro i giochi del destino.

«La morte è terribile.» Non aveva mai saputo cosa dire ai funerali, tantomeno ora.

«A volte capita di non avere finito il discorso, di non avere chiarito i dubbi. Aspetti risposte che non possono arrivare. Non ho mai capito la mia *fiola*. Non ho mai saputo cosa la rendesse felice. Forse non le sono stato abbastanza vicino. Ma ora non la lascio più!»

Prese dal cassetto una foto con un bel primo piano. La guardò con malinconia e gliela porse. Bernadette vide una bella ragazza mora dagli occhi grandi. Si soffermò pensierosa sui dettagli, qualcosa che sfuggiva pareva familiare. Era incredibile, ma le ricordava Malvina. Anzi, quegli occhi scuri assomigliavano anche ai suoi. Pensò fosse una di quelle illusioni legate ai tratti primari. Spesso le persone si assomigliano per un taglio di capelli o un'espressione corrucciata. È facile trovare somiglianze se si vuole, bastano i colori simili. Lasciò volare quella sensazione e con garbo gli permise di parlare di sua figlia.

«Sai perché ti parlo di lei? Perché hai i suoi stessi occhi. Ma i tuoi sono vivi.» Avevano avuto la stessa intuizione.

«Comunque, mia figlia è stata condannata a vivere un presente sterile.» In quel momento, a Bernadette prese a martellare il cuore e Kira le leccò la mano.

«In che senso?» Non voleva essere pedante, ma era curiosa e voleva rincuorare quella quercia triste. Erano parole strane le sue, simboli che riusciva a decifrare grazie a quello che di lui le aveva raccontato Lili.

«Non riusciva più a comunicare con il mondo. Sembrava non avesse più un cuore. Era fredda. Dicono sia stata una malattia.»

«Che strana malattia...»

«Ora non ricordo bene i termini, però intaccò il cervello e le conseguenze furono che diventò una specie di automa.»

«Come siamo fragili!»

«Bisogna gioire del nostro piccolo presente e lasciare andare il passato.»

«Lo dice sempre anche una mia amica», e accarezzò il cane.

«Bisogna guardare al futuro con ottimismo e non sobbarcarci i mali degli altri. La vita è breve. Bisogna giocarla bene, fidati di un vecchio.»

«Non è facile!»

«*Tusa*, sei una persona fortunata. Una che suona in

un bosco di notte ha un poco di magia dentro. Conosci le meraviglie della musica, e ce l'hai nel sangue. È qualcosa che ti accompagnerà per sempre. Io non ce l'ho e ho dovuto adattarmi al silenzio dei suoni del bosco. Grazie per avermi portato la musica alta in casa. Mi hai fatto conoscere qualcosa di misterioso, perché per me è inconcepibile suonare a questo modo», rise sapendo che non si sarebbe mai allontanato da quella dimora.

«Ma la musica non è tutto!»

«Sì, ma i suoni e la capacità di metterli insieme con armonia ti permettono di vedere il mondo con stupore continuo!»

«Mio marito pensava fosse inutile!»

«Probabilmente perché vive proiettato nel domani. Ci sono tante persone che pensano al fine, all'atto concreto e cosa comporta, non percepiscono il suono degli attimi.»

«Che parole importanti... Lei mi ricorda mio padre.»

Si alzarono insieme.

«Torna a trovarmi!»

E allora lei gli si avvicinò, per abbracciarne silenziosamente la presenza.

«Lo farò, conosco la strada ora.»

Bernadette lasciò quel luogo con una sensazione di accavallamento.

Tra sogno e realtà.

54
Devi fare qualcosa

«ECCO le mie adorate bambine!» disse Josephine quel pomeriggio quando accolse figlia e nipote con iperbole retorica di stampo francese, poi porse a Malvina le *madeleines* che aveva appena sfornato.

«Sono le più buone del mondo, nonna!» rispose golosa la bambina.

La nonna ingigantiva sempre la vita che le scorreva davanti. Nei suoi lirismi d'oltralpe si nascondeva una fiducia nel prossimo che a Bernadette era sempre mancata. Si chiese come facessero tutte loro a essere così diverse. E fu grata alle sue donne che le davano una visione rosea dei giorni.

Sua madre la prese sottobraccio. Ultimamente pareva un vizio a cui neanche il suocero si era sottratto.

«Devi fare qualcosa, non permettere a Edoardo di mancarti di rispetto o di farsi vedere con questa *femme de petite vertu*. L'ho incrociata ieri al supermercato con la madre. Avevano un macchinone nero da funerale e si teneva in braccio un topo vestito da fata. Che volgarità!»

«Cos'è un topo vestito da fata?» chiese con un lieve sorriso. Era troppo svagata per afferrare le novità.

«Ma sì, mamma, sono quei cagnolini grandi come criceti che hanno sempre freddo. Li puoi vestire come le Barbie. Hanno aperto un negozio di accessori per cani anche vicino alla scuola.» Malvina, curiosa e con la parola pronta, aveva intercettato i loro discorsi. «Hanno anche abitini da Peter Pan o fatina dei denti. Io e la Camilla ci fermiamo sempre a guardarli!»

«Meglio non commentare una persona che usa un cane come una Barbie», disse la nonna, perplessa. «Certo, deve avere avuto delle grosse mancanze nella vita.»

Bernadette sorrise e abbracciò con lo sguardo le sue donne.

«Mamma, io non posso fare niente per gli altri. Solo per me stessa, e ti assicuro che ci sto lavorando», disse a Josephine, ricordandole che la casa data in affitto ai set cinematografici stava portando buoni introiti.

«È una buona idea in fondo, piuttosto che lasciarla lì a morire su se stessa e pagare tasse...»

«Perché, volevi venderla?»

«Ora no, però le spese e le tasse per una villa vuota sono enormi.»

Quella notte Bernadette fece un sogno strano. Un braccio fuoriusciva da un albero maestoso, la salvava dal buio e la depositava dolcemente in una radura. Si svegliò di colpo e quel ricordo tornò inaspettatamente dal passato.

«Sono convinta di averlo già incontrato!» realizzò con foga.

L'angolo di vita incastonato nel bosco, l'amico misterioso con cui suo padre passeggiava. Mancavano dei tasselli, eppure, quando ripensò a Giosuè e alle sue betulle incantate, provò una insperata sensazione di focolare e affetto.

55
L'amico dei boschi

Ogni tanto, a Bernadette veniva ancora il respiro corto e la paura del vuoto, così lei e sua madre presero l'abitudine di fare due passi lungo il fiume bianco e silenzioso mentre la bimba era a scuola. Si tenevano a braccetto in quel loro tempo segreto. Fu in una di quelle passeggiate che decise che era il momento opportuno per chiedere delle foto mancanti.

Un poco timorosa della risposta, visto che non era ancora riuscita a introdurre l'argomento per paura di aprire pertugi dolorosi, prese la mano della mamma infilata in un guantino di lapin.

«Mamma, ma nelle foto...» Non riuscì a terminare il discorso, perché incontrarono i soliti conoscenti inopportuni e chiacchieroni. Ingoiò di nuovo quella curiosità e pensò che forse, quando lei era neonata, i suoi genitori non possedevano la macchina fotografica.

Sarà sicuramente così, si disse.

Seguendo il percorso del fiume, giunsero alla piccola chiesetta di San Martino, dove Bernadette aveva suonato l'*Adagio* di Albinoni insieme a un organista per il funerale di suo padre. Le note risuonavano ancora tra le vecchie mura permeate di sentimenti.

«Mamma, certo che ci avete messo un po' a comprarvi una macchina fotografica!»

«Ma cosa dici?»

«Niente, lascia perdere. Piuttosto, conoscevi quel signore con cui papà andava a camminare in montagna, quando era malato?»

«Sì, si chiamava Giosuè.»

«E...»

«E niente. Cosa vuoi sapere?»

«Qualche parola in più su di lui!» la redarguì con dolcezza.

«Poco dopo il matrimonio, tuo padre venne solo tra queste montagne per cacciare e si perse nel bosco durante un temporale. Giosuè lo salvò e tuo padre gliene fu grato a vita. È per quello che poi abbiamo comprato la casa in questi posti», e con un gesto abbracciò il panorama placido della valle, in cui il fiume scorreva tra cumuli accantonati di neve ormai sporca.

«Tuo padre adorava quell'uomo, gli era molto affezionato. Diceva che la loro era un'amicizia di alta quota. Non so cosa intendesse», continuò, lasciando scorrere ricordi nella stessa direzione dell'acqua gelata del fiume.

«Per un milanese come lui, immagino abbia significato un rapporto profondo. Limpido come i ghiacciai lassù!» la figlia indicò la vetta che dava sulla Svizzera.

«Gli è stato molto vicino anche alla fine. Un grande amico fedele, quasi un angelo custode.»

«Mi ricordo che lo accompagnava nelle ultime passeggiate.»

«Sì, preferiva farsi vedere più da lui che da noi.»

«Ma perché papà ha affidato a lui i suoi ultimi momenti?»

«Si vergognava di mostrarsi fragile. Con lui ha potuto essere trasparente. Non è facile sai, sfigurarsi. Lui era la nostra roccia e in quel momento si stava sgretolando. Alla fine non era più in grado neanche di provvedere a se stesso.»

«Chissà com'è stata dura accettare il pensiero della morte da vivo...»

«*Petite,* finché ha potuto si è mostrato com'era. E anche quando il corpo l'ha abbandonato, non ha mai arrestato i pensieri.»

«Sì, era giusto che avesse una parentesi sua.»

«E forse anche alla fine ha voluto proteggere la famiglia da una malattia triste... e si è sfogato con lui.»

«E noi?»

«Ci amava e ha voluto rimanere sano nei nostri ricordi.»

«L'hai mai incontrato?»

«Chi, il suo amico dei boschi? Era un tipo solitario, da quando era rimasto vedovo. Sai quegli eremiti che si isolano in mezzo alla natura?»

«Ma tu non eri curiosa di vederlo?»

«Era un'amicizia particolare, ho rispettato quel loro affiatamento... come dire, boschivo. Comunque no, non l'ho mai conosciuto, eppure abbiamo condiviso dei dolori.»

«Cioè?»

«Aveva una figlia di nome Agata.»

Quel nome batté come un martello nel cuore di Bernadette. La risacca continua che languiva il suo stomaco si placò e le liberò il respiro.

«Quando aveva diciotto anni è venuta a vivere da noi per un po'. Lavorava nel calzaturificio. È sempre stata introversa. Le persone nate in montagna sono tutte un po' chiuse. Speravo che con il tempo diventasse mia amica. Invece è scappata con un uomo.»

«Si era innamorata?»

«Forse. Papà ci è rimasto così male. Si sentiva responsabile della sua fuga. L'hanno cercata per lungo tempo. Andava a Cimacase da Giosuè per capire come rintracciarla. Un giorno l'hanno riportata a casa dall'ospedale Niguarda.»

«Io ero già nata?»

«Sei nata in quel periodo.»

«Ero così felice di averti, che mi sono dimenticata di lei. Chissà che fine ha fatto.»

«Io lo so!»

«Come?»

«Me l'ha detto Giosuè. Io l'ho conosciuto. Vive ancora nel bosco. Ha una casetta bellissima, circondata dalle betulle.»

Sua madre si bloccò di colpo e si pose davanti a Bernadette. Corrugò la fronte, desiderosa di colmare vecchie lacune. «Ma sei stata a casa sua? Sei sicura che sia lui? Sta bene?»

«Sì, è anziano, ma non decrepito. Mi è parsa una persona... come dire, bella. Sì, una persona pura. E poi è molto lucido di testa.»

«Quanti anni avrà ora?»

«Novanta, credo. E, mamma, secondo me ha un dono: legge l'anima delle persone. Avrà imparato stando con gli alberi. Forse ha aiutato papà ad attraversare il buio finale.»

Bernadette si soffermò su quella intuizione e guardò gli aceri imponenti lungo la strada. Mise le mani in tasca per proteggerle dal vento, mentre giunsero alla chiesetta.

«Ora ricollego. L'avevo visto al funerale di papà, me

l'hanno indicato. Era vestito con una camicia scozzese anche se era caldo. Io suonavo il violoncello sulla balconata e osservavo la gente. Forse mi ha stretto la mano, ho immagini molto confuse di quel giorno.»

«Anche io... Bernadette, ascolta, ci hai parlato? Ti ha raccontato di Agata?»

«No, mamma, ma se vuoi ti porto da lui. Dal re delle betulle. Ti va di incontrarlo?»

«Si chiama così? Il re delle betulle? Forse un giorno. Magari quest'estate facciamo una bella passeggiata in montagna e passiamo a trovarlo.»

«Non lasciamo cadere questa cosa. Non è un caso se ho conosciuto un amico di papà.»

Non era riuscita invece a chiederle delle foto della sua nascita e quella notte pensò ad Agata, perché non poteva essere un caso, forse qualche relazione tra loro c'era stata, ma quale? Poi venne avvolta da quella sensazione strana che le si posava sul cuore e sospirò.

56

Ti ho sposato per malinconia

Con l'arrivo della neve, Edoardo era tornato a occuparsi maggiormente della figlia. Il divorzio era confluito infine in una suddivisione del tempo con la figlia. Grazie all'intervento di Annibale, la casa era rimasta a lei e Edoardo non ne aveva più accennato. La naturalezza dello stare insieme era ormai morta, scandita in momenti racchiusi in pillole, archivi genitoriali costretti in faldoni, e a Bernadette parve di dividere l'amore in pacchettini che correvano lungo un nastro trasportatore.

«Vado da papà!» disse Malvina un sabato mattina in cui si era scelta i vestiti secondo il suo gusto gitano.

«Vestiti pesante, che fa freddo. Che farete?»

«Andiamo sul lago a mangiare e poi a Villa Balbianello. Dove hanno girato *Star Wars*!»

«Wow, bellissimo, ma è inverno, sarà aperta la villa? Comunque metti la sciarpa, che c'è vento lì!»

Suonò il campanello. Bernadette scostò la tenda e controllò che lui fosse da solo in macchina.

Ormai comunicavano soltanto via email, perché le telefonate erano scemate in un alternarsi di silenzi e proteste scurrili. Lui la criticava, dicendo che le aveva messo la figlia contro e che le aveva fatto il lavaggio del cervello. Lei partiva in quarta con i tradimenti, che erano già di per sé una chiave per il non ritorno. Forse v'era più senno a vent'anni, quando pareva di guardare solo la superficie delle persone e invece c'era intuizione, fiducia e speranza.

Il lunedì, in un lento pomeriggio di dicembre, in cui piccoli cristalli di magie bianche scendevano dal cielo e puntellavano i loro piumini, lei e la figlia si diressero in centro, per comprare dei regali natalizi.

Bernadette era tranquilla, godeva di quel candore lunare, si sentiva dentro un carillon con neve e musica, mentre il freddo le gelava le dita delle mani senza guanti.

Dalle vetrate della libreria in cui erano entrate continuava a osservare i fiocchi, quando notò una figura traballante su tacchi a spillo, inadeguati per quella nevicata. Gabriella, che stava sopraggiungendo in quella direzione, esaminò i passanti e boccheggiò, cercando una sorta di equilibrio tra la sua vita e gli stracci rubati a quella degli altri.

Notò la moglie e la figlia di Edoardo e si soffermò spocchiosa a guardarle dentro la vetrina. Sistemò con una mano il ciuffo di capelli, strinse il cagnolino come una muffola e compresse le labbra. Bernadette la riconobbe, avrebbe voluto avere con sé le sue amiche, ma non era armata di sostegni, era sola con Malvina e, vista la circostanza, rinnovò l'odio atavico per le persone strafottenti. Strinse i pugni, respirò profondamente e lasciò la figlia nel negozio a sfogliare libri. Uscì al freddo, con il cuore che batteva a velocità olimpica e, con un boccone solo, mangiò aria e neve. Le servì per accumulare ossigeno e marciò sicura verso la donna cuculo, Gabriella Mazzei, infastidita dalle calze setose ormai bagnate. Le si piantò di fronte, ferma sugli scarponcini, e le strinse inaspettatamente la mano per condividere il gelo.

«Grazie!» le disse rilassata.

Gabriella era pronta a battagliare, ma quel sorriso la lasciò di nuovo spiazzata.

«Grazie per cosa?»

«Per esserti presa mio marito, intendo. Facevamo sempre questo giochetto. Un amante per uno. Ma mai contemporaneamente. Dovevamo alternarci, perché con nostra figlia qualcuno doveva pur stare. Grazie per avere fatto il lavoro sporco! Questa volta sarebbe toccato a me, ma non ce l'ho fatta. Mi hai battuto sul tempo.»

Era una bugia enorme e la sua spavalderia, in realtà, vacillava come una rete all'alba senza pesci.

«Io non ho rubato nessuno, è lui che mi ha pregato.»

«E tu gli hai creduto. Edoardo ormai ha un copione di balle consolidato. Gli piacciono giovani, anzi, tu sei già oltre l'età standard delle sue amanti che si porta immancabilmente a St. Moritz!»

Gabriella era disorientata. Aprì la mascella sbuffando, con una nuvola di aria gelata che le aggrottò le sopracciglia dalla forma squadrata.

«A proposito, dove vai a farti quelle unghie fantastiche?»

«Come fa a conoscere le mie unghie? E mi dia pure del lei!»

«Mio marito tiene un feticcio per amante. E come faccio a dare del lei a una con cui condivido un uomo?»

«Voi due siete perversi!»

«Sì, siamo perversi, si è dimenticato di dirtelo? Ti dirà anche che mi sono inventata tutto, ama concludere bene le storielle. Ma se vuoi, chiama il *Suvretta House* a St. Moritz e chiedi conferma. Va sempre e solo lì.»

Ora Bernadette si rilassò e la guardò sorridente.

L'aveva inondata di bugie, perché non si meritava altro, anzi, la verità era che la ringraziava davvero. La sua prepotenza sessuale l'aveva resa forte, le aveva aperto strade che doveva finire di percorrere, ma soprattutto aveva aperto il varco sul passato.

Bernadette scosse le spalle per lasciar scivolare la neve e si girò. Tornò in libreria da Malvina, ma prima inviò un messaggio anche a Edoardo.

«Scusa se ti ho sposato per malinconia.»

Intanto il tacco di Gabriella si ruppe, lasciandola sbilanciata tra spruzzi di felicità rubate.

E la neve soffocò l'aria mesta.

57
Il cuore sa

La vita è fatta di sonate che partono dal silenzio e si chiudono di nuovo nell'atonia, con finali che fanno rimpiangere ciò che stava in mezzo.

Era quasi Natale, eppure la giornata era calda. Bernadette capì che era venuto il tempo. Non sapeva esattamente come, ma ascoltò quel quieto richiamo verso un finale.

Un pezzo di vita stava per concludersi con un archetto che suonava su un instabile violoncello dal suono meraviglioso, tenuto in serbo da tre generazioni.

Bernadette prelevò madre e figlia, le fece vestire calde, una con il cappotto di triplo cachemire lungo fino ai piedi, la piccola con Moon Boot e piumino: parevano due castagne. Aveva promesso alla figlia che l'avrebbe portata a giocare nella neve con una persona importante, e guidò piano verso la Casa delle Betulle. Come era naturale che fosse.

Giosuè percepì che sarebbero arrivate. Aveva visto le chiome degli alberi muoversi con sincronia. Come se la loro malinconia innata prendesse vita. Sapeva che, quando qualcosa di importante si stava per compiere, si comportavano a quel modo. Solo quando morì Agata piegarono i tronchi a valle, verso il precipizio, e alcune marcirono. Quel giorno invece danzarono all'unisono, come bimbi che cantano i cori natalizi. Allora si mise sotto di loro e vide tre fogliolinecadere, una dopo l'altra. Si posarono in una piccola pozza che si era creata tra le radici e galleggiarono, creando un disegno piacevole.

Poi guardò a valle e si sedette su una panchetta di legno. Indossava morbidi pantaloni di velluto a coste, un poco lisi, una delle sue camicie scozzesi e un giaccone azzurro un po' scolorito sulle maniche. Il suo calore umano superava il freddo e la neve che era riuscita a imbiancare anche la casa. Kira annusava la neve alla ricerca di qualche animaletto. Lui teneva le gambe accavallate e fumava una sigaretta che si era fatto da solo. Risplendevano i suoi occhi verdi, con una luce antica e solida che ti invitava a legarti al suo buon cuore.

Bernadette gli portò in regalo dei pacchettini di tabacco. Lo guardò a lungo, prima con il cuore, poi con gli occhi. Gli ricordava nuvole e vento, effondeva un'energia ancestrale che spegneva i pensieri ombrosi. C'era solo pacatezza nei suoi gesti. Pacatezza e protezione.

Lo aveva percepito da subito, da quella notte nel bosco, come una solida spiegazione al richiamo che emanava.

Trovarono tre tazze pronte, appoggiate su un tronco tagliato. Il numero perfetto. Forse stavano lì da giorni o forse l'uomo aveva sentito il motore della macchina avvicinarsi e aveva indovinato. Come sempre. Come sempre succede a chi parla poco e sa ascoltare. Anche la voce del silenzio.

Bernadette glielo fece notare. «Giosuè, come fai ad anticipare quello che potrà accadere?»

«Me lo dicono gli alberi. Pensi che se ne stiano in silenzio a guardare il vento che sbuffa sulle foglie?»

Lei rise e si guardò intorno in ascolto. Poi sopraggiunsero sua madre e Malvina, seguiti da Kira scodinzolante.

«Sono Josephine e tua figlia, vero Bernadette?»

«Te l'hanno di nuovo detto loro?» E indicò le betulle, gli alberi più prossimi alle loro voci.

«Ho sempre saputo chi eri, *tusa*. Ti ho riconosciuto la prima volta che ti ho vista. Al funerale di tuo padre. Suonavi. Come quella notte nel bosco.» E lasciò cadere l'argomento, come se la preziosità delle parole potesse coprire i ricordi.

«Venite. Vi ho preparato una tisana di achillea. La raccolgo qua intorno, d'estate.»

Le aveva attese e le invitò a entrare con un *ciapel* di vino tra le mani.

«Allora è lei Giosuè, l'amico prezioso di Orazio. Mi deve scusare, ma ho un vago ricordo...» disse Josephine guardando i suoi contorni. Prese una vecchia mano rugosa tra le sue. Restò un poco a osservarlo, compiaciuta di avere finalmente dato un viso ai racconti.

«Ebbene sono io, l'amico con cui amava camminare nei boschi. Orazio amava calpestare questa terra!»

«Gli animali no. Era un cacciatore», irruppe Malvina con occhi vispi.

«Ha imparato a rispettare anche loro.» E guardò la piccola come un essere spiritato. Era da molto che non si rivolgeva a un bambino, ma ne aveva sempre apprezzato la schiettezza.

«Sai, *tusina*, ora ti racconto una storia. Un autunno di

alcuni anni fa, delle strane impronte che si defilavano sotto gli abeti ci hanno incuriosito. Pareva che l'animaletto avesse tre zampe. Lo abbiamo seguito e, in una rientranza naturale del tronco di un abete, abbiamo trovato una piccola volpe. Aveva una zampa ferita e se la leccava guardandoci con occhi da bambino. Orazio decise di porre fine a quella vita malata con il fucile. Io insistetti. Doveva fissare lo sguardo dell'animaletto. Orazio mi confidò di non averlo mai fatto prima. Gli diedi una pacca e lo esortai a lasciar fare alla saggezza della natura. Mi disse che non avrebbe più dimenticato quello sguardo e smise di cacciare.»

Malvina sorrise di cuore.

«Oh, ricordo quando chiuse i fucili nell'armeria e mi consegnò le chiavi. Giurò che li avrebbe usati solo in caso di una terza guerra mondiale», rise Josephine.

«E non solo smise di cacciare. Mi chiese anche di insegnargli il nome degli alberi che avremmo incontrato durante le passeggiate, e prima di morire mi confidò di aver imparato ad ascoltarne il silenzio. Lo hanno confortato, loro sanno cosa comunicare alle persone», riprese Giosuè.

«Lui era terrorizzato all'idea di perdere la lucidità. La notte piangeva. Non voleva il buio», aggiunse Josephine.

«Questo non lo sapevo», sospirò Bernadette con malinconia.

«Mi ha chiesto di non dirtelo», replicò.

«Vieni, andiamo a vedere se ci sono volpi bianche!» Bernadette prese la figlia per mano e si avviò verso il bosco, lasciandoli soli a ricordare il passato.

«Giosuè, le devo delle scuse. Sarei dovuta venire da lei molto prima», e apprezzò il suo odore di boschi umidi.

«Per dirla tutta, avrei potuto venire io a conoscerla. Ma da quando Agata è morta, mi sono allontanato raramente.» Entrarono nella baita.

«Allora lei è sempre vissuto qua?»

«Certo, da sempre. La casa è nostra da generazioni. Queste mura hanno visto nascere i miei avi.»

«E se le fosse successo qualcosa, in questi anni di solitudine?»

«Poco male, non avevo nulla da perdere! Quando mia figlia era giovane, l'ho spinta ad allontanarsi: era venuto il momento di prendere il largo, pensai. Ma la vita fuori è un rovo infinito e l'ha trascinata con sé. Allora non l'ho più abbandonata. Lei è sepolta là dietro.» Guardarono fuori dalla piccola finestra protetta da una tenda ingiallita. «Veglio sempre su di lei. Come un gufo dai colori della terra. Marrone e verde.» Josephine trovò la cosa molto triste.

«Ho sempre immaginato che, il giorno in cui verrà il mio turno, le betulle diventeranno più fitte e si chiuderanno su di noi, come uno scrigno, nascondendo per sempre la nostra esistenza. La casa non servirà più a nessuno. La mia stirpe finirà con me.» Lei fissò il pavimento, poi rialzò lo sguardo.

«Giosuè, pensa di avere delle colpe per le scelte che ha fatto sua figlia?»

«Ne ho avute le tasche piene, di sensi di colpa. Poi ho capito che no. Non ne avevo. Né io, né mia moglie, nessuno. Le vite hanno un disegno superiore, difficile da comprendere, nondimeno da accettare. Penso che doveva andare così. Punto e basta.»

Per evitare la tristezza, Josephine iniziò a guardarsi intorno. La baita era in legno e sasso, c'era l'essenziale, qualche foto, alcune suppellettili ricavate da elementi offerti dalla zona. L'odore che si respirava era buono, legna bruciata e brodo di verdure. Si concentrò sulle poche foto poste sulla cappa del camino.

«Signor Giosuè, lei era altissimo da giovane!» disse, intenta a osservare le immagini.

«Ero, poi la vita restringe gli arti!»

A un certo punto Josephine sbiancò di colpo.

«Ma è uguale a Malvina!» esclamò indicando una bimba su una foto in bianco e nero.

«No, quella è Agata da piccola, non la riconosce?» sorrise.

Josephine stava ancora a bocca aperta.

«Questa è Agata? Somiglia moltissimo a Malvina.» Josephine abbassò lo sguardo. «A proposito, ho saputo che poi l'avete ritrovata e... quale è stata la sua tragica fine...» disse portandosi le mani al cuore.

«Sì, è tornata. Ma senza l'anima. E così non si poteva vivere. Poco dopo se n'è andata per sempre. Giusto il tempo di accomiatarsi.» Giosuè riassunse in poche e brevi frasi la vita di sua figlia.

«Quanto male ci ha causato la sua sparizione! Io e Orazio ci siamo sentiti tanto in colpa. Dovevamo controllare meglio le sue frequentazioni!»

«Ma non era più una bambina. Ha fatto le sue scelte. Anche io e mia moglie ci siamo domandati tante volte dove abbiamo sbagliato, ma ho capito che i figli non sono nostri.

Possiamo solo indicargli la strada, sta a loro scegliere la direzione.»

Josephine gli chiese altre foto di Agata da bambina. Ne aveva poche. Ma in tutte si notava l'incredibile somiglianza con Malvina e con alcuni tratti di Bernadette. Il visino furbo, gli occhi scuri e comunicativi, le fossette golose.

Josephine fece silenzio, respirò a lungo, guardando con chiarezza il dondolio incessante dei fiocchi. Poi lo guardò dritto negli occhi, con una luce strana. Aveva capito.

«Non è un caso se Malvina e Agata si somigliano... Allora non fu un miracolo della Madonna di Lourdes...» Poi scoppiò in lacrime. Lacrime copiose che le rigarono il viso, mostrandone lo smarrimento. Cercò di dire qualcos'altro, ma uscì solo un balbettio senza senso. Provò a fermare quella diga con le mani. Le chiuse a pugno, le alzò più volte verso il viso, inutilmente, tornava a chiuderle a pugno e le appoggiava subito sulle ginocchia.

Finalmente riuscì a calmarsi. Fece un lungo respiro per centrarsi e pensò alle strade alternative che le loro vite avrebbero potuto percorrere. Infine gli raccontò il segreto di famiglia. Lui la guardò a lungo, silenzioso nei suoi ricordi. Si sedette vicino al camino e strofinò le mani per accogliere il caldo. Lei mosse la gonna e si appoggiò su un cuscino senza forme, dall'altro lato. Insieme guardarono le fiamme danzare sfrigolando e iniziarono a fare molte congetture, arrivando a una conclusione sola.

«È inutile, non si può tornare indietro!»

Le betulle intanto si mossero di colpo e si levarono la neve di dosso, lasciandola cadere, come cani bagnati che si scrollano all'impazzata.

L'atmosfera si diradò con il candore di quel bianco soffuso. Tutti stavano inesorabilmente raccogliendo frantumi, pezzi di vita confusa che si riappropriavano di una forma.

Bernadette tornò in casa, con Malvina piena di neve. Bevvero la tisana ormai tiepida, mentre Giosuè salì al piano di sopra per frugare in una cassapanca.

Tornò con un involto di carta di giornale impallidita.

«Bernadette, tuo padre ha lasciato questo.» Lei lo scartò stupita e vi trovò un ramo di betulla intagliato a forma di stella con delle alette minute che spuntavano dai raggi orizzontali. Malvina e Josephine lo osservarono curiose e commosse.

«Mi aveva chiesto di intagliarlo. Volevo dartelo il giorno del suo funerale, ma non ne ho avuto il coraggio. Non era il momento, c'era troppa tristezza.» Il cuore di Bernadette sorrise gioioso. Era un oggetto colmo di significato. Sembrava il suo destino intagliato dal bosco. Un piccolo legno che racchiudeva una storia intera.

Uscirono all'aperto, seguendo l'etereo anziano in quel bosco ammantato di bianco e argento.

Le fronde ormai spoglie delle betulle ascoltarono i loro passi leggeri nella neve e calò un silenzio di pace, interrotto dall'euforia di Malvina, che si buttò sul bianco, accompagnata dallo sguardo paterno di Giosuè.

58
Risplendi d'argento

JOSEPHINE si tolse il guanto di lapin, prese Bernadette per mano, la fece sedere sulla panchetta di legno all'esterno della casa e la guardò negli occhi scuri.

«Bimba mia, sai che ti adoro e ti ha sempre adorato anche tuo padre.»

«Che sta succedendo, mamma?»

«Ti devo delle spiegazioni.»

«Non cambiarmi la vita, mamma, non so se ho la forza di ascoltare.»

«Lo so, *petite*, lo so, ma arriva il momento in cui è giusto conoscere il passato. Ricordo che una volta mi confidasti di avere un buio dentro che ogni tanto esce.» Le strinse forte le mani. «Ora quel buio lo illuminiamo. Non l'ho mai fatto prima perché nemmeno io conoscevo ciò che era successo, fino a oggi.»

Josephine sguainò la schiettezza normanna e le raccontò dapprima di quella notte d'estate in cui trovarono una bimba vestita di giallo, adagiata su un maglione color muschio, e pensarono che fosse un miracolo della Madonna di Lourdes, per questo scelsero quel nome, poi delle strane coincidenze e della probabile realtà dei fatti.

«Ma come facciamo a sapere che sono la figlia di Agata?»

«Non ce n'è bisogno, guarda tu stessa le foto!»

E appoggiò le poche immagini sulle gambe. Bernadette, incredula, fissò quel viso in bianco e nero e trovò le sue sfumature.

Giosuè le raggiunse, le invitò oltre la parete di alberi e indicò una pietra su cui stava inciso il nome di Agata. Di fianco riposava un'altra pietra, un poco più grossolana, con scritto «Isolina».

«Le ceneri di tua madre e tua nonna sono qua.»

«Ma non devono stare al cimitero?» chiese Josephine.

«All'inizio sì, poi, dopo dieci anni, le ho riportate a casa.»

Bernadette pianse e lasciò affogare tra le lacrime tutti i perché che l'avevano attanagliata nei momenti di debolezza. Seppellì nel bosco l'ombra di malinconia che percepiva da sempre, anche nei momenti felici.

Allora Giosuè diede spazio al silenzio e si scusò con il passato.

Stava cercando di capire quegli spazi indefiniti nella vita di Agata, dove fosse sparita, come avesse fatto a portare Bernadette davanti a villa Laudis, come non fossero riusciti a capirlo prima. Risposte che si erano perse nel vento di un passato eterno, eppure vicino.

E quello fu un tempo in cui le piante si intrecciarono alle persone. Cercavano di comunicare che quel disegno superiore c'era realmente, un'impercettibile visione che muoveva ingranaggi infiniti. E ogni singolo movimento serviva a dare energia al tutto. Giosuè l'aveva colto, Orazio anche, Bernadette aveva appena instillato quel seme. E non ebbero più timori.

Finalmente riuscì a respirare a pieni polmoni. Nuotando nell'aria. Vinse quella sensazione di soffocamento.

«E ora chi sono io?» chiese a suo nonno, accarezzandogli quella mano forte.

«Anche tu sei una betulla», aveva di nuovo anticipato i suoi gesti con leggerezza.

Le indicò la piccola stella di legno alata e lei lo abbracciò. Abbracciò suo nonno. Il suo passato. Le sue radici. Fu un momento necessario, in cui poté guardare al futuro senza paure, perché certi legami, pur non conoscendo i propri geni, ritrovano sempre la strada di casa.

E Giosuè pianse per la prima volta in vita sua. In quelle lacrime trasparenti che sfidavano il gelo, pianse anni di durezza, dolori, rimorsi, ma soprattutto pianse per la gioia di avere ritrovato un senso.

«Sono felice», le sussurrò, «ho ritrovato l'anima della mia Agata! Ho fatto bene ad aspettare fino a questo momento.»

«Anche io, nonno!» e rimasero sospesi ma vicini, per tastare l'esistenza delle proprie radici.

Giosuè si fece piccolo. Ora che aveva chiuso il cerchio, sembrava invecchiato di colpo. Lui era antico e Malvina era giovane.

«Sei il mio nuovo nonno?» chiese la bimba con ingenuità.

«Bisnonno, per la precisione. Il tuo nonno era Orazio.»

«Giusto!» E Malvina completò a fatica la nuova geometria famigliare, in cui ai quattro nonni si aggiungeva un tassello superiore. La bimba lo prese affettuosamente per mano. Vinse la sua diffidenza. Si allontanarono insieme lungo un sentiero non ancora tracciato, seguiti dal cane.

Bernadette guardò la pietra con inciso il nome della madre, spostò lo sguardo sugli alberi e poi in alto, fino alle vette.

«Ce l'abbiamo fatta, ho ritrovato il nido di casa, mamma!» disse rivolta al cielo.

Pensò allora al mistero della sua nascita, al perché di tante perdite, alla sua madre naturale. La immaginò come un esile corpo riflettente che ascoltava musiche insondabili del bosco e li guardava con ironia.

«Risplendi d'argento!» risuonarono le parole del nonno, e con il pensiero le rinviò alla madre.

Ora non doveva più vivere di amore riflesso.

Ora doveva cercare le parole intonate e raccontare un giorno a Malvina, con esattezza, tutta la storia.

La sera telefonò a Flavia, la pranoterapeuta dai capelli color zucchero filato. «Avevi ragione tu, Agata era mia madre!»

«Lo so, me lo disse chiaramente quel giorno.»

59

Ci si affeziona di più ai ricordi

BERNADETTE, Josephine e Malvina tornarono a casa con quella strana leggerezza dell'anima in un corpo stanco. Erano come i turisti in coda, che la domenica sera tornavano da Madesimo dopo aver sciato tutto il giorno.

Erano felici ma stremate, perse nelle emergenze dei propri pensieri e desiderose di un bagno bollente in cui sciogliere i muscoli delle gambe.

Parlarono dell'imminente Natale e del cenone che volevano organizzare con Giosuè, e pure con il signor Farmaden e il fratello, che non parlavano più con gli altri parenti, interessati solo al loro conto nelle banche svizzere.

«Ma Giosuè non verrà mai, ha detto che da lì non si è più mosso!» sottolineò Josephine.

«Allora andiamo noi alla Casa delle Betulle!» suggerì la bimba

«Guarda che la mia mamma sei ancora tu!» disse infine Bernadette. Poi afferrò la mano di sua madre e se la portò sul viso, accarezzandolo. Guidò quel gesto che tante volte l'aveva consolata in passato.

Poi lei e Malvina fecero un bagno bollente tra fiori di lavanda. Piccoli, viola e penetranti.

«Mamma, io non ho capito proprio tutto!»

Bernadette spiegò a Malvina i segreti cuciti nei fili che legavano tutti loro.

«Allora hai due mamme? Una viva e una morta?»

«Più o meno sì... Sono fortunata. Una mi ha dato la vita, l'altra mi ha fatto crescere, immagino che entrambe abbiano fatto il meglio.»

«E ora ho un nuovo nonno!»

«È il mio nonno.»

«È vero, allora ho un bisnonno. Il primo che conosco, devo festeggiare!» E Malvina immerse la testolina nell'acqua violetta.

«Dici che ne arriveranno altri, di bisnonni?» Bernadette rise e si immerse a sua volta.

«È difficile, i bisnonni per definizione non sono giovanissimi!»

«Quando torniamo da lui?»

«Anche domani, ormai ci siamo adottati a vicenda.»

«E Bastiano?»

«Malvina, sei una pettegola! Ascolti sempre ogni parola che dico!»

«Mamma, è che la storia di Bastiano sembra una fiaba! Ho sentito quando l'hai raccontata a Lili.»

«Allora non stavi dormendo a quella cena?»

«Sì, ma ti ascolto sempre, anche quando dormo!»

«Bastiano è stato il mio primo amore.»

«E papà?»

«Lui il secondo.»

«Sei proprio sfortunata, mamma, hai perso una mamma e due amori...»

«Ma no, gli amori rimangono nel cuore anche se non ci sono più.»

«Ma Bastiano volava? Era un angelo?»

«No, no, un ballerino! Il mio amore nel momento sbagliato.»

«Oh, non vedo l'ora di innamorarmi anche io!»

Malvina allungò i suoi piedini grassocci per farseli massaggiare. Quando si rilassava, diceva frasi sibilline.

«Allora era il tuo amore di quando eri piccola. Ma non piccola come me, lo so, un poco più grande.»

«Eh, sì, un poco più grande, hai ragione. Non sono riuscita ad allungare quel tempo. Nella vita bisogna saper cogliere i fiori, non guardarli immobile, come una tonta!»

«Non sei una tonta, mamma, ma raccontami ancora, dai!»

«Basta parlare del passato.»

«Allora parliamo di adesso: dov'è Bastiano?»

«Malvina, basta, non lo so!»

«Ma mamma, devi solo cercare sul computer! Come si chiama di cognome?»

«Certo, amore, con internet possiamo imbastire un ponte virtuale tra ieri, oggi e domani. Ma non penso di volerlo fare.»

«Hai paura, mamma?»

«Sì, perché il tempo passa e ci si affeziona più ai ricordi che alle persone reali. Piuttosto, domani è l'ultimo giorno di scuola prima delle vacanze. Allora, chi vuoi invitare per il pranzo di Natale?»

«Giosuè, i nonni, il papà...»

«Solo...»

60

Smetti di lasciare il tuo cuore in giro

ERA l'ultimo giorno prima delle vacanze di Natale 2015.

Malvina e Bernadette si avviarono a scuola a piedi. Mentre la bimba guardava i rivoli dell'acqua tra le chiazze di neve lungo il fiume, Bernadette si ricordò di una poesia di John Donne studiata al liceo, in cui il vero amore veniva paragonato a un compasso, il cui il baricentro teneva le due punte connesse nonostante la distanza oggettiva. Poteva esservi una possibilità quindi, e si immaginò come la puntina fissa che, stabile sul foglio, gira su se stessa tornando sempre da dove è partita, senza allontanarsi mai.

La bimba corse dalle amiche e lei si diresse al bar.

«Buongiorno Ugo, un caffè d'orzo e pane di segale con marmellata di lamponi, grazie!» Si sedette dopo aver preso una sedia da aggiungere al tavolo dell'amica.

«Per me uguale!» gridò Silvia mentre osservavano le bimbe rimaste in piazza a giocare con la neve, coperte da abbondanti piumini.

«Belle le vostre bimbe, sono ancora anime semplici.» Le raggiunse Lili e pronunciò queste parole con un velo di tristezza. Forse avrebbe voluto un bimbo pure lei, da portare a scuola, abbracciare, far ridere e curare quando aveva la febbre.

«Ma raccontaci la storia delle due madri!»

E per l'ennesima volta Bernadette ripercorse il passato nuovo.

«Sembra un romanzo!» esclamò Silvia a gran voce.

«Non urlare, Silvia, mica dobbiamo dirlo a tutta Cimacase, no?»

«E ora che farai?» Lili lo chiese seriamente.

«Per prima cosa, porto queste sulla tomba di mia madre, quella biologica intendo: ha una piccola pietra in montagna con scritto il suo nome.» Mostrò un vaso con eriche blu. «Secondo, non lo so... C'è anche il divorzio da Edoardo.»

«È stato l'anno della verità», mormorò Lili.

«Ma come ti senti alla fine?» chiese Silvia.

«Molto leggera. Svuotata, ma serena.»

«E gli attacchi di panico?»

«Se ne sono andati.»

«Vuoi un consiglio serio?» bisbigliò dolcemente Lili. «Smetti di lasciare il tuo cuore in giro per il mondo.»

«Ecco, appunto, e Bastiano? L'hai cercato su internet?» la redarguì Silvia.

«Ancora? No! Ho sempre pensato a lui come il prototipo dell'amore ideale. Quello che non mi ha mai deluso, quello forte e fragile quando ce n'era bisogno, quello che mi ha dato tutto se stesso e mi ha salvato dai fantasmi del passato! E...»

«E...?» ripeterono Silvia e Lili con occhi limpidi che non accettavano finali alternativi.

«E non vissero felici e contenti. Insomma, eravamo giovani e anche lui mi ha lasciato. Se n'è andato.» Bernadette sovrappose le sue mani nervosamente. Le amiche la guardarono contrite.

«Non guardatemi a quel modo. Non sono una fiaba che deve finire bene per fare felice i bambini. Le donne rimangono sole. In un modo o nell'altro, accade sempre.»

«Non so, io ho evitato direttamente di caricarmi con fardelli amorosi. Però devo spezzare una lancia a favore degli uomini. Pensa a tuo padre, al mio, a Giosuè. Persone meravigliose. E a Bastiano. Lui se n'è andato ma, da quel che mi hai raccontato, sei tu che non l'hai seguito! Guarda che, nel bene o nel male, l'alveo della vita lo scaviamo noi. Non possiamo regalare agli altri il compito di accendere la nostra luce», aggiunse Lili imbastendo un nuovo scenario.

«E quindi un'occhiatina su Google per vedere che fine ha fatto Bastiano, io la darei», concluse Silvia accarezzandole le mani pallide e affusolate.

61
Alberi pionieri

Il bar cominciò a svuotarsi come se una sveglia inconscia spingesse tutti a correre verso la vita, così anche le amiche si alzarono per iniziare la loro giornata.

Bernadette approfittò del tempo fermo, silenzioso, del caldo del legno sulle pareti e del profumo di latte e caffè.

Ordinò ancora una tisana alla cannella che ricordava le gioie piccole e profonde del Natale e si mise a guardare la montagna erta, riflessa dalla vetrata.

La parete si innalzava maestosa e gli alberi ondeggiavano serafici sotto spruzzate di bianco. Pensò a come la flora cambiasse a seconda dell'altitudine seguendo un ordine preciso che si era sedimentato nel tempo con maestria e perfezione.

Non si vedeva più il patchwork dei colori autunnali che ricordava le fiabe dei fratelli Grimm, solo bianco candido che sulle chiome disegnava onde.

Pensò al cuore gelato di sua madre sepolto lassù, cullato e protetto dall'amore di un padre che, colmo di dolore, si era fatto eremita per proteggere i ricordi e riuscire ad andare avanti. Le venne di nuovo voglia di stargli vicino, di battere il tempo. Partì subito verso la montagna, guidò a fatica e percorse l'ultimo tratto correndo come una bambina, mentre Kira le andava incontro scodinzolando.

«Nonno, Giosuè, ho dimenticato di chiederti una cosa. Perché le betulle?» gli disse sulla porta di casa, con le mani appoggiate sullo stipite e il fiatone.

Lui la portò alla fontana ghiacciata e gliele fece vedere da vicino, aristocratiche, flessuose, leggiadre e sottili, strette fra loro.

«Vedi il bosco? È buio. Faceva paura ai bambini. Allora mio padre piantò delle betulle per calmare l'angoscia. Quando Agata era piccina, le dicevo sempre di guardare il bianco di questi tronchi, non il nero del bosco.»

«Sono di un bianco meraviglioso!»

«Hanno altre doti, per esempio sono alberi pionieri.»

«Cioè?» e accarezzò il cane.

«Sono piante vagabonde che si ostinano a scoprire nuovi territori dove poter crescere vigorose e preparare, con generosità, la strada ai semi di altri alberi che costituiranno il bosco. Per questo motivo non vivono a lungo, centoventicinque anni al massimo.»

«Ma è tantissimo!»

«Per una pianta, non molto. Loro sono molto coraggiose, hanno semi leggeri e germogliano in campo aperto, oppure su terreni dissestati o bruciati. E una volta che gli altri alberi cominceranno a crescere, le soffocheranno.»

«Quindi si sacrifica per fare spazio agli altri?»

«Diciamo di sì. Io me ne sono sempre preso cura, perché ci proteggessero, dal bosco da una parte e dalle persone dall'altra e poi...»

«Poi?» gli sorrise con la stessa genuinità.

«Poi perché mi ricordano la tua mamma... Lei era bella

come loro e ha trovato solo una vita breve e lontana. È come se la loro caratteristica fosse subentrata in lei. Ma forse, quando ci vivi a stretto contatto, succede.»

Bernadette accolse il respiro delle betulle intorno al suo corpo. Era una sensazione al di là delle sue aspettative. La morbidezza e la lievità di esseri differenti, sebbene non inferiori. Le parve un legame archetipico, l'ingresso in un mondo senza tempo. Fu finalmente accolta da loro.

«Quando la natura ti avvolge, cominci a comprenderla, ad assumerne i tratti e infine a comunicare. Forse non è un caso se siamo attorniati da loro. Sono così simili alla mia progenie che hanno trovato il terreno più fertile per tutti.»

«O forse viceversa, magari Agata ha letto il suo destino in questi alberi che l'hanno fatta crescere.»

«Loro dicono così.»

«Loro... intendi gli alberi? Tu li puoi comprendere, Giosuè? Per questo le persone ti cercano e vogliono parlare con te...»

«Non tutti mi possono trovare. Sono le betulle a decidere di aprire il varco. Di solito, chi incontro ha veramente bisogno di entrare in contatto con la natura e li aiuto a sintonizzarsi.»

E vide che anche lui era parte di quell'intreccio, era lento, fluido, senza contorni definiti, eppure completamente partecipe alle sensazioni che li animavano.

Percepì la natura dei loro sentimenti.

«Tutti possiamo ascoltare messaggi che vanno oltre le parole, bisogna volerlo e accettarne i tempi. Sai, comunicare con gli umani è immediato. Con gli animali un poco più lento, loro comunicano con gli occhi e i movimenti, sono anime semplici. Le piante invece....»

«Immagino ci voglia tempo, tanto tempo, e la maggior parte delle persone non si dedica a questo.»

«No, non conoscono il tempo, per questo vivono sulle radici il loro presente. Sono meravigliose, guardale, non hanno un centro di comando.»

«Intendi un cervello o un cuore?»

«Esatto. Intendo che sono un'unità completa, perché amano e reagiscono allo stesso modo con ogni cellula. Quando sono riuscito a intuire questo, ho cominciato a comprenderle. A capire il loro scorrere, l'abilità di stare ancorate alla terra, la resilienza dell'accettare, con estremo coraggio, la mutabilità degli eventi.»

«Qual è il loro messaggio, nonno?»

«Amare.»

«Amare gli altri?»

«Prima se stessi, solo così nasce lo spazio necessario per accogliere.» E Bernadette si lasciò prendere la mano, percepì la sua pelle ruvida, le dita ossute, l'odore di bosco e tabacco. E si sentì a casa, la stessa che sua madre aveva abbandonato.

Poi lui si alzò e rientrò in casa, mentre lei si sedette sulla panca sbrecciata.

«Aspetta», le disse dandosi un colpetto sulla fronte, «tua madre lasciò una lettera prima di andarsene dalla casa di Orazio, quasi dimenticavo... L'ho letta migliaia di volte, ma non sono mai riuscito a capirla fino in fondo. Forse tu...» Gliela appoggiò sulle gambe. Bernadette l'aprì con attenzione, cercando una traccia viva su quella pagina sottile.

* * *

A te,

che non conosci la mia essenza. Sono una betulla ed è giusto che tu lo sappia.

Ho una scorza fragile e algida, temprata dal freddo vento delle montagne. Fui una bambina selvatica che studiava l'orizzonte, calpestava le cacche delle capre e accarezzava la muffetta verde che cresceva sulle pareti esposte a nord, come fosse velluto. Amavo il sole. Mi scaldava la chioma, mi sentivo lucida, sbalzata verso le nuvole che guardavo con stupore, pura, amata. Finché non conobbi il mondo. Scesi in paese e vidi gli altri bambini.

Vivere in montagna comporta contemplare bellezza, ma anche solitudine.

Io mi sentii estremamente sola. Fu lì che iniziai a stare con le betulle e a berne la linfa.

Io la assaporai. Per lungo tempo. E quel liquido amaro penetrò nel mio essere, e ne cambiò la consistenza, modificando la mia percezione. Fu la provvidenza che mi spinse ad aprire veli, a proiettarmi in una realtà insondabile, a percepire due mondi che non riuscii mai a far coincidere. Due mondi relegati in un unico spazio con uno scorrere del tempo completamente diverso. Troppo veloce l'uno, troppo lento l'altro.

E diventai funambola. Pioniera tra due vite. A metà.

Una notte sentii una spinta fortissima verso il mondo. Decisi di levare le radici.

I miei genitori erano acqua pura, di sorgente, ma in quel momento trovai la persona meno probabile e bevvi la sua acqua inquinata.

Sicuramente sbagliai, ma come potevo apprezzare il sapore dell'acqua senza conoscerne le sfumature? Come potevo essere fedele a una vita quando percepivo due mondi? Come potevo essere donna e betulla?

Incompresa da tutti, ho cercato un nuovo terreno su cui spargere semi. Incompresa da tutti, ho pagato la mia colpa, l'aver levato le radici.

Sono una betulla ed è giusto che tu lo sappia.

Agata

Bernadette ripiegò il foglio, mosse la testa in senso di approvazione e lo guardò.

«Ora puoi vivere come loro. Scopri le tue radici e risplendi d'argento. Segui la musica nel vento e cerca il tuo angelo», sussurrò Giosuè.

Non servirono ulteriori parole, il cuore sa sempre tutto, molto prima di noi.

In quel momento, le piante ondeggiarono con eleganza femminile, bianche e azzurrognole, imperturbabili nell'accettare qualunque vento fosse venuto a piegarne i rami e spazzarne le foglie.

Come soldati a proteggere il loro re delle betulle.

Come le donne, che sono alberi leggeri con radici profonde, poggiati su prati ostili, silenziosi. Ferme a guardare l'orizzonte infinito.

Anche la notte, quando cala la luce e il buio si ammanta di lucine infinite.

Anche d'estate, che, quando arriva, spazza i ricordi della sofferenza e li dipinge di speranza.

Epilogo

La voce metallica annunciò la discesa verso l'aeroporto di Lecce. I passeggeri si erano acquietati diligenti sui sedili, avvicinando le gambe, poggiando i gomiti e alzando i tavolini. Bernadette riguardò quel mare lucido e la terra paglierina sfumata di verde. Aveva ancora un cuore timido che stava in subbuglio, allora pensò all'amore di Orazio e Josephine, di Giovanni e Bice, di Giosuè per Agata, e pensò che sì, era quello il sentiero da percorrere.

Rovistò nella borsa patchwork e tirò fuori un piccolo specchio e un rossetto: aveva il viso pallido. Se lo mise con lentezza, finché uno scossone dovuto all'atterraggio spinse il colore in una striscia da squaw che le attraversò la guancia.

«Accipicchia, potevo aspettare di scendere dall'aereo!»

Prese un kleenex e si ripulì come meglio poté. Malvina non si accorse di nulla, intenta a osservare le manovre. Una volta atterrate, si alzarono e salutarono la coppia di sposini litigiosi. Bernadette continuava a strofinarsi con il kleenex. Prima di andare al nastro per il recupero dei bagagli e del violoncello, si spinse in bagno con Malvina per truccarsi di nuovo. Si sciacquò la sbavatura, si rimise il rossetto. Si passò una matita nera sul bordo inferiore dell'occhio per enfatizzare lo sguardo senza essere volgare e con le mani smosse un poco la frangetta.

«Mamma, sbrigati o ci ruberanno le valigie!»

«Amore, scusa, mi sono truccata perché non voglio che veda le mie rughe.»

«Ma tu sei bella così, senza niente.»

«Dici?» le rispose poco convinta. Si tolse l'ampio maglione e rimase con l'abitino rosa antico che sottolineava il figurino leggero.

Non riusciva a lasciare la zona ritiro bagagli, né a guardare la porta d'uscita che si apriva in continuazione, si sentiva liquefatta.

Infine si girò, la porta scorrevole si aprì. Non lo vide subito. Alcuni parenti dei passeggeri si sbracciarono per attirare l'attenzione, mentre dei tour operator tenevano dei cartelli alzati sopra la testa. Poi le persone cominciarono ad andarsene e la piccola folla si aprì come un sipario. Lui stava davanti alle vetrate con la testa appoggiata di lato, in mano un magro papavero colto all'esterno, poggiato sul petto.

Era abbronzato, un poco più in carne, i capelli ora corti, gli occhi grandi comunicativi, la bocca leggermente aperta e le grandi spalle evidenziate da una maglietta chiara leggermente slabbrata. Era strano vedersi tanti anni dopo, l'esperienza aveva modificato lo sguardo e ingentilito i tratti, aveva un aspetto da uomo da cui ancora trapelava la dolcezza giovane. Le parve di sentirne l'odore.

«Lei è Malvina!» fu tutto ciò che riuscì a dire andandogli incontro.

«E tu sei Bernadette!» rise lui e se la strinse forte al petto.

«Sono sempre io.» Bernadette ricambiò la stretta e sentì davvero il suo profumo di muschio bianco. Dolce e familiare. «Ci sono così tante cose che dobbiamo dirci!»

«Ora abbiamo tutto il tempo del mondo», rispose lui con un sorriso forte.

Poi allargò le braccia come un albero frondoso e le prese a sé, pronto ad ascoltare la voce delle betulle, e Bernadette cominciò a raccontare.

«Ci sono re dell'abbondanza, re della povertà, re dell'arroganza e re di se stessi.

«Io ho incontrato un re d'argento e d'aria. Viveva tra alberi, vento e passato. Aveva una figlia senz'anima e una nipotina sconosciuta che amava un angelo. Era il re delle betulle. Io l'ho conosciuto, viveva in uno di quei posti che ti si cuciono addosso. Si accedeva da una stradina nascosta tra larici, poco discosta dalla strada.

«Oltre i larici c'era un prato di eriche e un piccolo avvallamento che girava oltre il costone. Da lì si ergeva un muro di betulle coordinate che si apriva a ventaglio per mostrare una casetta custodita con amore. Lì viveva lui. 'Queste sono le mie betulle!' disse presentandomi alberi screziati che parevano incanti. Alberi maestosi che proteggevano un segreto di famiglia. Il mio.»

RINGRAZIAMENTI

Grazie di cuore a tutte le persone che in un modo o nell'altro hanno partecipato alla nascita di questo romanzo.

Mio nonno Giovanni, che mi ha lasciato un insegnamento semplice ma fondamentale: se scrivi, fallo perché ti rende felice, così le tue parole saranno sincere.

Massimo e i nostri bambini, il loro abbraccio caldo della sera.

Vilma e Giancarlo, i miei genitori, che amano cercare tracce del nostro passato tra le mie parole.

Mia nonna Carolina, che attende sempre con ansia i miei libri e promette di comprarli con la pensione, anche se sa che alla fine glieli regalo.

Silvia Meucci, la mia magica agente, perché è riuscita a far luce sul mio mondo segreto con quel suo modo gentile ma tenace.

Grazia Rusticali, che con la sua dolcezza mi ha aiutato a colorare con luce viva il romanzo.

Mio fratello Tommaso, Francesca Bianchi e Marcello Mariana per la foto di copertina scattata in un giorno freddo in cui avevo la febbre alta.

Le mie amiche, Camilla Moretti, Claudia Bigi, Raluca Gregoiu, Simona Fascendini; Guido Tortorella, che si è accontentato di un bozzetto prematuro per darmi il primo parere professionale.

Tiziana Stangoni, che conosce bene gli alberi.

Gianni Magno per i consigli sulla danza, e la sua masseria dalle estati piene di stelle.

Vito Ciavirella e Francesca Vignato per i suggerimenti musicali.

Lara Bianchi Bazzi e la sua meravigliosa casa dei tramonti sul lago, luogo in cui ho terminato il romanzo.

La musica di Ezio Bosso, che mi accompagna quando scrivo.

Infine ringrazio la Casa delle Betulle, che esiste realmente. È un luogo sospeso, in cui amo rifugiarmi. Una grande baita di sasso circondata da faggi e betulle, un lieve prato di eriche, una fontanella, l'erba tagliata, la legna accatastata. Un luogo all'apparenza vivo senza che io abbia mai percepito la presenza di un abitante. Questa casa rimarrà per sempre un mistero.

Finito di stampare presso ELCOGRAF S.p.A.
Stabilimento di Cles (TN)
Printed in Italy